새로 읽는

고려의 명시가

— 별곡편 —

김창룡

보고사
BOGOSA

『새로 읽는 고려의 명시가』
-별곡 편-에 부쳐

　이 책은 기왕의 졸서인 '『한국의 명시가』-고대·삼국시대 편-'(2015)과 '통일신라 편'(2016)의 연결 후속편이다. 역시 위의 두 편저와 나란히 서예 문인화 교양지인 월간 『묵가(墨家)』에 등재한 글들을 일체로 기획 편수(編修)한 결과물이다.

　그런데도 이 마당엔 책제를 '『한국의 명시가』-고려시대 편-'으로 하지 않았으니, 응당 그만한 사유가 있었다. 다름 아닌, 고려시대 편은 기존 타이틀에 맞추기엔 전작(全作)의 무게감이 상당해서 '별곡편'과 '한시 시조편'으로 양대분하는 일이 불가피하였다. 필경 노심(勞心) 끝에 종차(從此)로는 큰 제목 안에다 시대를 표방하기로 하였다.

　그만큼 시대가 뒤쪽으로 가면서 시나브로 다수의 명편들이 족출(簇出)을 보였기 때문이다. 예컨대 고대의 시가는 훨씬 후대인 조선의 시가에 대어보면 일별에도 운니지차(雲泥之差)가 있음이 감지된다. 나란히 오백 년 안팎을 구가한 고려의 것과 조선의 것을 견주어도 다를 바가 없다. 고려조가 암만 노래와 한시의 전성(全盛)을 구가했다손 물량 면에서 조선조의 흐벅진 풍섬(豊贍)을 덮어 볼 나위는 없거니, 강물과 바다의 차이만 같다. 한갓 양적인 증폭뿐이랴, 내면의 질적인 수준에조차 진화를 거듭했으니, 이것이 단순한 즉흥적 판단만은 아닐 터이다. 이를테면, 같은 연주지사(戀主之詞) 주제로만 대비해 본대도 신라의 〈원가〉와, 고려의 〈정과정곡〉,

조선의 〈사미인곡〉 사이에서 체감이 될 법하다. 급기야 조선의 시가는 정송강(鄭松江)의 가사와 윤고산(尹孤山)의 시조에 이르러 분량의 크기만 아니라 그 문질(文質)의 빈빈(彬彬)이 절정에 이르렀다고 해도 과언이 아니었다. 역시 인지(人智)의 발달이 문명 쪽에만 적용될 바가 아니라는 증좌이기도 했다.

 '새로 읽는'이란 수식어를 보탠 것 또한 단지 세인의 주목을 더 끌어보자는 요량은 아니었다. 일반에 영합하는 무리인 소위 향원(鄕原)들이나 하는 행색처럼 여겼기로 꺼렸으나, 구태여 첨(添)한 데는 별곡론 중의 혹 흘게 늦은 부분에 대해 새로운 담론 종종을 함께 제시한 까닭이었다.

 이 책 최대의 키워드인바 '별곡(別曲)'이란 게 대관절 무엇인가? 여요의 전후간 내력을 포착할 단초는 궁극 이 '별곡(別曲)' 두 글자의 진의 파악에 귀착된다. 일찍 공자가 제자 증삼(曾參)에게 '나의 도는 하나로 일관돼 있다(吾道 一以貫之)'고 하자, 증삼은 그 하나로 꿰어 있는 것이 다름 아닌 '충(忠)'과 '서(恕)'일 뿐이라고 대변한 바 있다. 지금 고려가요 전체를 한 두름에 놓고 일이관지할 수 있는 요령(要領)이 또한 여기 '별(別)'과 '곡(曲)' 양개자(兩箇字)에 응축돼 있는 것이다. 별곡의 정확한 의미, 그 정곡을 꿰고자 별별 추론이 다 시험대에 올랐다. 그것이 별리를 노래한 곡조가 아님은 물론이지만, 그렇다고 고려국의 자긍심 표현으로서 중국의 것과는 다른 우리만의 고유하고 특별한 곡조라는 뜻도 아니었다. 별곡이 흥행한 시대 자체가 원나라의 강포와 압제로 인해 신라 향가 때와 같은 자주의식을 기대할만한 상황이 되지 못하였기 때문이다.

 대신, 별곡 탄생의 근체(根蔕)는 자포자기의 행락에 있었다. 이때 왕실 정통의 악곡(樂曲)에 대한 권태 내지는 색다른 취향의 음악에 대한 욕망에 따라 궁정에서 민간의 속요를 가져다 별도로 편곡해내었으니, 그게 별곡이었다. 민간의 '속요'에서 궁정의 '속악'으로의 변전이었고, 또한 남녀상열이자 비리지어(鄙俚之語)인 속요를 토대로 했기에 별개로 만들어낸 그 음악의 성향은 당연히 감각과 관능에 충실한 것이었다. 이런저런 문헌들 안에 '별사(別詞)'거니, '신성(新聲)'이거니, '신조(新調)'거니, '신사(新詞)'거니 하여 갖가지 용어들이 보는 이로 하여금 혼란케 만든지라 무슨 각각의 다른 무엇을 뜻하는 것인 양 미혹되기 쉬웠다. 허나, 기실은 다 별곡의 다기(多岐) 다양(多樣)한 표출에 다름 아니었다. 별곡을 가사 중심으로 말하자니 '별사(別詞)'요, 그것이 기존에 향유해 온 당악(唐樂)의 대성악(大晟樂) 곡조에는 없던 새로 만들어낸 소리인 바에 '신성(新聲)'으로도 표현했다. 또, 그것이 새로운 가락임을 강조하려던 마당에 '신조(新調)'라고 했으며, 다시 가사 중심으로 짚자고 하니 '신사(新詞)'로 썼을 따름, 궁극엔 모두 별곡의 동의이어(同義異語)였다. 그리고 바로 이 신성 별곡이야말로 궁정의 아악과 상대되는 속악이란 울타리 안에서 나름의 위상을 지켜온 바에, 오늘날 '고려가요'라는 이름으로 관심과 사랑을 받게 된 것이다.

이처럼 궁정악인 별곡의 형태로 남은 여요일망정 오늘날 그 실다운 진솔미가 칭찬 받고 있거늘, 훨씬 투박할지나 원색의 생생한 속내평을 품었을 원형의 민간 속요들은 과연 어떠한 모습일까? 열 편(篇) 별곡 각각에 대한 완색(玩索)의 도정에서 여염 단계의 속요 모양 그대로를 볼 수 없음이 못내 애운하니 한사(恨事)로 남았지만, 이제현과 민사평의 악부 및 『고려사』 악지에 소개된 배경담 등을 통해 애오라지 유주(遺珠)의 아쉬움을 달래기도 하였다.

명시가 주제의 연속간행 공간을 선뜻 내어준 보고사 김흥국 대표의 후의(厚意)에 치사(致謝) 드리고, 번거로운 고어와 한자어, 삽도(揷圖) 많은 원고를 사뿐히 받쳐 편집해 준 이순민 선생께 고마움을 표한다.

2018년 小寒에
夢碧山房에서
저자 金景游 識

차 례

1
서경별곡 西京別曲

이른바 고려가요(高麗歌謠) 또는 별곡(別曲)이라고 하는 일련의 노래들 중에 이별을 노래한 것이 많지만 특히 현재적 이별을 노래한 것은 〈가시리〉와 〈서경별곡〉 두 편 뿐이다. 이 둘은 별리시(別離詩)의 명편으로 알려져 있거니와, 일반적으로는 〈서경별곡〉이 선행된 것으로 인식되기에 먼저 살피기로 한다.

본래 이 〈서경별곡〉 가사를 수록하고 있는 『악장가사(樂章歌詞)』에 보면 각각의 행임을 알려주는 표식은 되어있는 반면, 연을 구별할 수 있는 어떠한 표시도 나타나 있지 않다. 따라서 이 〈서경별곡〉이 전체 몇 개의 연으로 구성된 노래인지 관심사가 아닐 수 없는데, 초기 양주동을 위시하여 그 뒤의 논자들 대부분은 전체 3연으로 분단함이 추세처럼 되었다. 이를테면 사공 향한 노래 및 그 뒤의 '대동강 건넌편 고즐여' 이하 두 행까지를 합쳐 한 개의 연으로 간주한 것이다.

그런데 이것을 각각의 연으로 분리하여 소개한 경우도 없지 않거니와, 여기서는 그 방식에 따라 전체 4연 가사로 나누어 보았다. 다만 음악의 가사라는 측면에서는 '아즐가'니 '위두어렁셩두어렁셩다링디리' 등 전렴·후렴을 다 넣음이 마땅하나, 지금 문학적 차원에선 그 유의미한 내용만을 살려 인용한다. 이제 작품의 전모는 이러하다.

> 西京이 셔울히 마르는
> 닷곤디 쇼셩경 고외마른
> 여히므론 질삼뵈 브리시고
> 괴시란디 우러곰 좃니노이다
>
> 구스리 바회예 디신돌
> 긴힛똔 그츠리잇가 (나논)
> 즈믄히를 외오곰 녀신돌
> 信잇둔 그츠리잇가 (나논)

大同江 너븐디 몰라셔
빈내여 노혼다 샤공아
네가시 럼난디 몰라셔
녈비예 연즌다 샤공아

大洞江 건넌편 고즐여
비타들면 것고리이다 (나는)

　전체 가사를 통틀어서 가장 첫머리 글자, 곧 제1연 '서경의 노래' 가사의 제일 선두에 놓인 어휘는 '西京'이다. 그리고 이것은 적어도 서사적 객관성을 띤 어휘인지라 '서경의 노래' 생성의 때를 가늠해 볼만한 하나의 잠재적 정보가 될 수도 있어 일단의 주목을 요한다. 곧 서경이란 명칭의 연혁을 우선 핵실(覈實)하게 소구해 보는 일이 긴요한 과제로서 대두된다. 그 일차적인 고증은 역시 『고려사』 권58 (志12, 地理3) 및 『신증동국여지승람』 권51 '平壤府' 안에 있는 설명에 대거 의지해야 될 법하다.

『악장가사』에 수록된 〈서경별곡〉

다행으로 일찌감치 서경 지명의 유래를 통해 제작연대를 가늠하고자 했던 서수생은 '익재 소악부의 연구'라는 글에서 역시『동국여지승람』의 기록을 토대로 〈서경별곡〉 형성이 고려 광종 이전에 형성된 노래가 아닐까 하는 추정을 낸 바 있었다.

> 대개 고려 광종 이전에 형성된 노래가 아닐까 한다. … 기록을 통해 보면 평양이 곧 서경이며, 광종 11년에는 西都라 개칭하였다. 태조 이후 광종 11년 이전에는 평양을 西京이라 한 것이다. 그러므로 '서경별곡'이라는 歌題의 서경은 태조에서 광종 11년 사이에 붙여진 평양의 都名이었기에 이 사이에 이루어진 가요였으리라 추정할 수 있고, 또한 현대에 전하는 노래 형식, 곧 소박한 동일어 반복이 심하여 짧은 詩型을 이루고 있기에 이렇게 추정한다.

대개『동국여지승람』의 내용은 당초에『고려사』지리지의 내용 중 상당 부분을 할애하여 그대로 가져온 것이다. 이에 두 문헌의 기록을 통해 역사상 가장 처음 일컬어졌던 이름으로서의 평양이 시대의 변천을 거치면서 명칭의 변혁 과정을 일람하면 이러할 것이다.

> 平壤(단군조선, 고구려~) → 서경(고려태조 3, 4년 ; 920, 921년) → 西都(광종 11년 ; 960년) → 서경(성종 14년 ; 995년) → 鎬京(목종원년 ; 998년) → 서경(문종 16년 ; 1062년) → 平壤 (공민왕때 ; 1360년경)

그런데 '서경'이라 명명한 것은 위의『고려사』지리지에서 보았던 대로 하필 고려 태조(920년경) 이후 광종 11년(960) 사이 뿐 아니라, 성종 14년(995)~목종 원년(998) 사이, 문종 16년(1062)~공민왕(1360년 전후) 사이에도 다름이 없는 사실로 나타나 있다. 고려 태조에 의해 서경으로 불린 뒤 서도(西都)로 개칭된 것이 40년 만이다. 이후 35년 간 이 명칭이 유지되었다. 다시 서경이라 했으나, 불과 3년

만에 '호경(鎬京)'으로 바뀌었고, 이 명칭은 64년간 지속된 듯하매 그 어느 경우보다도 장수하였다. 그리고 문종 16년 이후부터 공민왕 시절 다시 '평양'으로 부를 때까지의 약 300년 동안 줄곧 '서경'이라 호칭했던 양 싶다.

'서경'의 기간 중에도 간혹 가다 곤란한 국면을 야기시키는 일도 없지는 않다. 예컨대 같은『고려사』임에도 그 사이 혹 '평양부(平壤府)'라 했던 경우도 간간 보이기는 한다. 이를테면 충숙왕 12년 동(冬) 10월 을미일(乙未日)의 교시 가운데, '기자(箕子)가 이 나라에 처음 봉하여지매 예악(禮樂)의 교화가 이로부터 행해졌던 것이니, 마땅히 평양부로 하여금 사당을 세워 제사케 하고…' 운운 했다던가, '충숙왕후(後) 2년 하(夏) 4월 '정해(丁亥)에 왕이 평양부에 이르러 어용전(御容殿)에 배알' 운운, 또 공민왕 원년의 교시에 '마땅히 평양부로 하여금 사당을 수리하여 제사를 받들게 하고…', 또 공민왕 15년 12월 '기미(己未) 곽영석이 돌아가던 중 평양부에 이르러 기자묘에서 시를 지었으되 이르기를…' 등등이 그것이다.

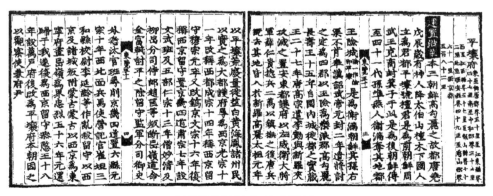

『신증동국여지승람』의 〈평양부〉.
고려 태조 원년인 918년부터 공민왕 18년인 1369년까지의 평양 명칭 변천사를 한눈에 읽을 수 있다.

하지만 이렇듯 중간에 잠깐 다른 말이 끼어듦은 다분히 일과적인 현상에 불과한 것이다. 그 어간의 사술(史述) 내내 '서경'이라 했으면서도 기술의 중간중간에 어떤 일시적 자의(恣意)에 따른 표현으로 수용이 가능한 부분들이다. 그 증거의 일단으로, 그같은 부분이 역으로도 나타나는 현상을 볼 수 있다. 곧 공양왕 후반에 이르러는 '평양부'로 고쳤다고 했음에도 불구하고, 나중의 사적(史蹟)인 '신우열전(辛禑列傳)·五' 안에서 '평양부'라고 적는 대신 '서경'의 표현 쪽을 거듭[3회] 사용하여 있고, 나중 공양왕 4년(1392년; 조선 태조 건국의 해이기도 하다)의 안에서까지 '기묘에 조인경이 서경에 이르렀다가 황태자의 훙(薨)하였단 소식을 듣고 이에 들어왔다'고 할 정도였으니, 이 경우의 '서경' 표현 역시 즉흥적인 명칭 구사란 뜻 외에 다른 의미는 없음이 자명한 것이다.

이쯤, '서경'의 명칭이 지시하여 주는 시간 범위는 생각보다 광범위한 바, 〈서경별곡〉 제1연의 '서경'이란 표현만 가지고서 곧장 생성 연대의 초창기 운운을 결정하기에는 사뭇 허약하고 허술한 국면이 따른다.

다만 이러한 여운은 있다. 다름 아니라 권영철이 『시용향악보(時用鄕樂譜)』에 남아 있는 〈유구곡(維鳩曲)〉·〈서경별곡〉 등 몇몇 악보를 형식 면으로 살펴보던 과정에서 다음과 같이 추짐(推斟)한 것이 있다.

> 예로 든 4곡을 악보 형식 발달사적인 견지에서 보아, 거칠고 통일성이 없는 〈서경별곡〉(제1연의 악보를 토대로 한 것임: 필자주)이 여기선 제일 먼저가 될 것이고, 다음에 〈청산별곡(靑山別曲)〉, 다음에는 〈야심조(夜深調)〉와 〈유구곡(維鳩曲)〉이 거의 동시대에 되었다고 본다.

그리하여 이것이 과연 정곡을 건드렸다고 하는 전제에서만큼 '서경의 노래'의 발생시점 또한 보다 앞쪽에 자리하게 되는 것만은 사실이다.

그럼에도 이것이 정작 서경 명칭이 처음 세워진 초창기, 곧 고려태조 3, 4년(920,

921)~광종 11년(960) 사이의 가요라는 사실 정립을 위해 결정적인 이바지는 될 수 없다. 타 가요에 비해 상대적으로 앞섰다는 말이 반드시 초창기 가요라는 말과 직결되는 것은 아니기 때문이다. 이를테면 '호경'에서 다시 '서경'으로 개칭을 보았던 문종 16년(1062) 직후가 될 수 있는 가능성을 배제시킬 수 없다는 뜻이다. 개국 이래 한 세기 반, 정확히 144년 지난 시점이니, 고려가 존속했던 전체 5세기(474년) 기간 안에서 본다면 아직 전기, 또는 상반기에 속하는 시간대인 것이다.

〈서경별곡〉제1연의 '西京이'로 시작되는 이 한 절(節)은 일단 '서경의 노래'라 호칭할 수 있다. 그런데 서경을 노래한 것은 이것뿐이 아니었다. 『고려사』 권71(志 25, 樂2)에 〈서경(西京)〉이란 제목 하에 그 노래의 간략한 개요를 밝힌 것이 있으되, 그것은 당초 백성들이 군장의 은인덕화(恩仁德化)를 기린 노래였다. 따라서 지금 이 〈서경별곡〉의 가의(歌意)와는 거리가 멀다 함을 쉽게 확인할 수 있다. 그럼에도 『고려사』 악지가 이 노래도 함께 소개했다면 동일 '西京'이거나 또는 '西京別', '西京 女' 정도의 제목쯤 붙였을 법하다. 그런데도 악지가 저것은 소개했으나 이것을 소개하지 않은 것은 아마 『고려사』 편술을 담당했던 조선조 사대부의 가치관에 의한 적부(適否) 판단의 소치인 듯싶다. 성리 인식과 도덕적 관념에서 명분 획득이 어렵고, 그다지 대수롭지 않아 뵈는 남녀의 상열(相悅) 및 별리(別離)의 과정 따위를 소개하는 일은, 가급적 기록의 점잖음을 유지코자 하는 조선시대 지식인의 의취에 별반 부적절했기 때문으로 볼 수 있다. 지금 이 노래가 『고려사』에 오르지 못하고 『악장가사』에 실린 이유일 터이다.

그것이 그럴 뿐이지, 〈서경별곡〉의 제1연인 '서경의 노래'는 통상 〈서경별곡〉의 중추격이라고 하는 제2연 '구슬의 노래' 못지않은 뛰어난 문학성을 확보하여 있다. 이를테면 '구슬의 노래'의 경우 육신을 초월한 거룩한 사랑의 승화가 은유법 안에 공교히 묘사되었음에 비해, 이 '서경의 노래'는 비장한 사랑의 열정이 점층법적인 구성 안에 잘 구사되어 있다.

떠나려는 애인의 앞에 매달리다시피 가련해진 여인은 바야흐로 자신의 인생에서 가장 중요한 것 세 가지를 은연중에 모두 제시해 놓은바 되었다. i) 서경 고향, ii) 질삼뵈, iii) 님. 이 셋은 전통시대 여인의 일생에서는 하나같이 절실하니 목숨처럼 소중한 것이었다.

i) 고향 : 이는 선조 때부터 살아오던 영원한 의미의 공간이요, 부모형제의 혈족이 함께 하는 그리움의 터전이다. 태어나 잔뼈가 굵어진 땅이요, 살아있는 동안의 생을 담을 삶의 텃밭이자, 죽어 뼈를 묻을 모성의 대지이다. 교통·통신 문화의 격세지감으로 지금에야 벗어났다가도 언제든 쉽게 회귀할 수 있는 왕래 자재한 개념이지만, 그 당시에는 한번 고향 바깥으로 떠난다는 일이 결코 쉬운 일 못되었음이다. 어찌 생각하면 한 차례 출향(出鄕)이 그 곧 죽음을 각오하는 일쯤으로 생각되었을 양하다. 특히 여자의 경우에는 더욱 그랬을 것이다. '생어사(生於斯), 장어사(長於斯), 사어사(死於斯)'란 말처럼, 일생동안 땅의 경계를 벗어나지 않은 채로 삶을 마치는 일이 허다하였을 터이다.

ii) 질삼뵈 : 이는 옛 여인들에게 있어 거의 유일하고 생생한 삶의 표현이자 활력소였다. 생활의 방편이며 둘 없는 유오물(遊娛物)이기도 했다. 생명 있음을 확인할 수 있는 가장 확실한 표현, 궁극적으로 그녀들의 숨통이었다. 만일 여자에게서 이마저 빼앗아간다면 삶은 창졸간에 그 빛이 바래고 삭막해질 것이었다. 옛 시에서 출정(出征)이거나 헤어진 남편 그리는 정을 침선(針線)과 방적(紡績)으로 달래곤 하던 사례는 도처에 비일비재하다.

김홍도의 길쌈도 – 국립중앙박물관 소장

iii) 님 : 한 여인의 일생을 통해 행복과 불행을 점치고 가름하는 필생의 반려자가 곧 이것이다. 예컨대, 송강(松江) 자신을 한 여자의 몸에 비유하고 선조 임금을 님이라 하여, 그 둘 사이의 운명적 사랑을 펼쳤던 〈사미인곡(思美人曲)〉 서사(序詞) 첫 행의 "이몸 삼기실 제 님을 조차 삼기시니"(이 몸이 생겨날 때 님을 따라 생겼으니) 및 제4행의 "이ㅁ음 이ㅅ랑 견졸 더 노여 업다"(이마음 이사랑 견줄 데 다시 없다)는 여자에게 있어서 진정 사랑하는 님의 의미가 무엇인지를 알려주는 가장 곡진하고 극명한 표현이 아닐 수 없다. 과연 님이란 존재는 어느 시대이거나를 막론하고 여인의 소중한 운명이 거의 그것에 걸려있다 해도 과언은 아닐 정도의, 참으로 아깝고 안타까운 대상임에 틀림없었다.

그러면 지금 〈서경별곡〉의 주인공 여인에게 있어 고향·길쌈베·님, 이 세 가지는 그 어느 것 하나 결코 목숨보다 덜 소중하여 바꾸거나 포기할 수 있는 대상이 아니므로 그 중 선택을 해야 한다는 것은 차마 상상조차 싫은 일이었다.

그러나 그녀의 앞에 생애 가장 절박한 상황이 닥쳐왔다. 소중한 님이 떠난다는 것이다. 이 마당에서 여인은 자신의 일생일대 가장 가혹한 선택을 강요받기에 이르렀음이다. 닥쳐진 현실 앞에서 죽기보다 싫으나 가장 지독한 갈등을 딛고 기막힌 결정을 내려야만 했다. 길쌈베 더불어 서경 고향에서 계속 사는 삶을 영위할 것인지, 바야흐로 서경 떠나려는 그 님 하나 믿고서 길쌈베와 고향 없는 다른 삶의 영역으로 나서야 할 것인지, 양자택일을 해야만 했다. 이때 여인은 기어코 혈맥의 고향땅을 버리고, 삶의 숨결 길쌈베도 다 버리고 님을 따르겠다는 선언을 내렸다. 그 선택은 처절한 바 있었다.

그런데 진정으로 묘한 것이 하나 있었다. 마지막에 선택한 쪽은 '님'이었으되, 그 님을 좇겠다던 결의의 굳셈 뒤에 슬며시 나타나 뵈는 '우러곰' 세 글자의 여운이 그것이다.

그렇게 선택한 님인지라, 이제야 그 님 따라 떠나면 그 뿐, 고향이며 길쌈베

등은 사실상 다 단념되고 포기된 형상일 밖에 없다. 하나뿐인 육신으로 고향·길쌈과 님을 한꺼번에 다 움켜쥘 수는 없는 소이이다.

그러나 이제 여인은 '우러곰'이란 3음절 한마디로 인하여 그녀의 정신 안에서 어느 것 하나도 놓친 바가 없게 되었다. 울며울며 따르겠다는 그녀의 우는 이유가 다른 무엇도 아닌, 바로 뒤두고 갈 고향이며 길쌈베에 있었기에, 그녀의 마음 속에서 버린 것은 아무 것도 없었다. 이미 그 세 가지 가운데 단 하나도 잃은 것 없이 다 간직한 셈 되었다. 육신의 형이하 개념으로는 하나의 선택만이 가능하겠지만, 정신의 형이상 개념에서는 굳이 택일을 할 이유가 나변에도 없음이다.

'우러곰'이 갖는 갈등의 극복 및 자기적 위안으로 승화되는 경지, 이는 문학의 분야가 아니면 감히 해내기 어려운 일이 아닐 수 없었다. 그리하여 만일 그녀가 님과 함께 떠날 수 있었다고 했을 때, 순 객관적 사실만을 추구하는 역사적 진실 안에서는 '그녀는 서경 고향과 길쌈베를 버리고 님을 따라서 갔다'는 서술로서 족하였을 것이다. 하지만, 정서(情緖)와 심상(心象)을 마저 추구하는 문학적 진실 안에서는 바로 그 '우러곰' 한마디로 인해 실로 버린 것도 잃은 것도 없는 정신적 자위(自慰)와 영혼의 위안 속에서 님을 따라 갔노라는, 도저(到底)한 함축성의 구경(究境)이 별도 더 마련될 수 있었다.

만약 이 '서경의 노래' 안에 '우러곰' 한 단어가 없었다고 한다면 그 결과가 어떠했을까? 서경 어느 여인이 고향 길쌈을 버린 대신 님을 선택하였다는 정도의, 특별한 여운도 감동도 새겨볼 길 없는 한낱 통속적인 이별노래 쯤 머물고 말았으리니, 과연 이 '우러곰' 한 단어야말로 양주동이 「가시리 평설」에서 '선하면'에 대해 절찬한 바의 "천래(天來)의 기어(綺語)"에 "의표(意表)의 착상"이었다. 정녕 지고지선의 정채로운 요어(要語)라 하여 지나치지 않을 것이다.

제3연은 편의상 '대동강 사공의 노래'라 일컬을 만하다. 역시 제1연의 '서경의

노래'가, 『고려사』(권71) '악지' 안에 노래는 없이 그 대요만을 소개해 놓았던 바의
〈서경〉과는 무관하였듯, 지금 이 '대동강 사공의 노래' 또한 『고려사』 악지 소재
〈서경〉의 바로 뒤에 노래는 없이 개요만 소개되어 있는 〈대동강〉과는 아무런 연관
도 찾을 길 없다. 악지의 두 노래는 이를테면 치리가(治理歌) 계통의 가요라는 사실
만을 상기시킬 뿐이었다. 이제 〈서경별곡〉 제1연의 허두 '서경'과 3연의 허두 '대동
강'이, '악지' 소재 제목으로서의 '서경'·'대동강'과는 한갓 공간적 소재가 같다는
의미로서만 족할 수 있었다. 이것은 예컨대 20세기 중엽의 대중가요로서 〈대동강
편지〉·〈한 많은 대동강〉 등이 있어, 역시 소재가 같다고 말할 수 있겠지만 주제의
맥락에서야 앞서 든 〈대동강〉 또는 '대동강 사공의 노래'와 동일선상에 두기 어려
운 사실과 다를 바 없다.

박재홍의 〈꿈에 본 대동강〉과 손인호의 〈한 많은 대동강〉 음반.
20세기의 대동강 노래는 국토분단의 특수성으로 하나같이 망향의 한을 달래는 주제이다.

　　다만 여기서도 앞의 '서경(西京)'이란 명칭을 단서로 고증을 시도해 보았던 것처
럼 '대동강(大同江)' 명칭을 통해 노래 발생의 시기를 가늠해 볼 이유는 있겠다.
그리하여 '대동강' 세 글자 지명이 제공해 줄지도 모르는 진실의 미세한 편린이라도

애오라지 건질 수 있을까 하는 막연함 속에서 적이 그것의 연혁을 살펴 볼 듯이 일었다.

우선 무엇보다 분명한 사실은 적어도 삼국시대며 통일신라 때까지는 어디까지나 '패강(浿江)', '살수(薩水)'의 이름만 보일 뿐 끝내 '대동강'의 명칭은 나타나지 않았다는 점이다. 『삼국사기』(신라본기 8) 성덕왕 34년(735) 2월조에는 "당현종이 패강 이남의 땅을 우리나라에 주었다[勅賜江以南地]"는 기사가 보인다. 『고려사』 안에서 고려 초창기 상황을 본다 해도, 고려 태조 10년(927) 12월에 견훤이 왕건에게 보낸 글월 가운데는 아직 대동강이란 일컬음은 볼 수 없고 대신 '패강'의 이름만이 잠깐 비칠 뿐이다.

그러다가 고려 정종 7년(1041) 조에 비로소 '대동강'이란 표현이 공식적인 첫 면모를 보인다. 이때는 고려 개국 이후 123년 지난 시점이다. 아울러 평양에 대한 호칭도 '서경' 대신 '호경(鎬京)'이라 하던 때임을 알 수 있다.

고려 김인존(金仁存, ?~1127)의 무렵에도 이 강이 그같은 이름을 가지고 있었다 싶은 것은 그의 시 허두에,

雲捲長空水暎天　　구름 걷힌 긴 하늘 강물 위 비치고
大同樓上敞華筵　　대동루 위에서 벌어진 화려한 잔치.

라 하였으니, '대동루(大同樓)'란 명호가 스스로 대동강 기슭에 버텨 있는 누각임을 짐작하기 어렵지 않다.

정지상(鄭知常, ?~1135)의 대표작 세칭 〈대동강(大同江)〉 혹은 〈송인(送人)〉으로 불리는 불후의 명시 제3구 '大同江水何時盡' 안에서도 대동강의 명칭이 명료하게 드러나 있었다.

淵民 이가원의 扇墨. 정지상의 〈대동강〉 시.

雨歇長堤草色多　비 개인 긴 둑에 풀빛 더욱 짙은데
送君南浦動悲歌　님 보내는 남포에 울렁이는 슬픈 노래.
大同江水何時盡　저 대동강 물이야 어느 때나 마르리
別淚年年添綠波　이별눈물 해마다 푸른파도에 덧치거늘.

　　김인존과 정지상 생전의 바로 앞뒤를 장식하는 예종 9년(1114)과 의종 23년
(1169) 기록 중 예외적으로 종전의 '패강' 명호(名號)가 불쑥 드러나는 곳도 있기는
하다. 하지만 이 경우 역시 어디까지나 잠깐의 고의(古意)에 맡겨 그렇게 표현한
것일 뿐 당시 유행의 범칭은 이미 아니었다. 다름 아니라 '浿江' 명칭이 잠깐 비쳤
던, 바로 그 예종 대의 기록들이 이곳을 나타내는 바는 필경 예종의 뱃놀이 풍류가
꾸준히 이루어진 지소(地所)로서의 '대동강' 일색일 뿐이었다. 『고려사』 권12와 권
14에서의 기록이다.

　　二年 … 十二月丙戌 御大同江龍船 置酒
　　十一年 … 夏四月甲子朔 至西京 置酒大同江船上
　　十五年 … 八月 戊戌 幸大同江 登舟觀魚

과연 그 뒤에 이루어진 최자(崔滋, 1188~1260)의 〈삼도부(三都賦)〉 중에도

衆水所匯 名爲大同
온갖 물 돌아 흐르니, 그 이름 대동강이라.

라고 하여 물 이름으로서의 '대동강'이 역력하게 나타나 있다.

이후로는 내내 '대동강'으로 적었음이 사실인가 하였다. 고려 후반기『삼국유사』
를 쓴 일연(一然, 1206~1289)이 권1, 기이(紀異)1 '낙랑국(樂浪國)'을 기술하는데 '살
수(薩水)'에 관하여 각주한 내용 중에 '살수'는 지금의 '대동강'이라고 한바, 여기서
의 '지금[今]'이란 일연이 살던 고려 당년이니, 일연의 시대에까지 줄곧 변함이
없었다는 증좌이다.

약 80년 뒤에 이제현(李齊賢, 1287~1367)이 고려 성종조 기록(『고려사』권3, 세가3
성종)의 말미에 쓴 찬(贊) 중에 "棄委積於大同(쌓인 곡식을 대동강에 버린다)"한 데에
서도 달라진 게 없음을 볼 수가 있다.

이상『고려사』문헌 한도 안에서 '대동강' 명칭이 제일 먼저 나타난 때는 정종
7년(1041)임을 어림잡을 수 있다. 그 이후는
고려가 다하는 마지막 때(1392)까지 연면히
이 명칭이 그대로 유지되었음을 파악할 길 있
다. 앞서『동국여지승람』의 기록에서도 잠깐
비쳤지만, 조선조 때도 그 일컬음이 '대동강'
이었음은 물론이다.

이제 무엇보다도 〈서경별곡〉이 가사 내용
안에 직접 '대동강'이란 수사가 들어가 있는
바에야, '대동강'이란 지명이 이미 보편화된

晴江 김영기의 1940년대 평양 대동강 스케치

다음에 이 노래도 이루어진바 되리라 한다. 그리하여 암만해도 〈서경별곡〉 창작의 시기 역시 고려 건국(918) 이후 최소한 일백 년 정도는 지나고 난 다음으로만 간주되는 것이다.

　〈서경별곡〉 1, 2연이 해독 상 별반 문제된 부분이 없었던 경우와는 달리, 제3연은 제법 만만치 않은 논란이 연출된다. 우선 첫 행의 '몰라셔'를 풀어 읽는 방식부터 그러하다. 이에 대한 해법은 크게 '모르고서'와 '모를까 보아서'로 분리를 보인다. 이것을 각각 적용시킬 경우 그 의미상의 차이는 자못 상당한 데가 있다.

　　　ㄱ) 대동강 넓은지 모르고서,
　　　　　배 내어 놓느냐 사공아!
　　　ㄴ) 대동강 넓은지 모를까 보아(서),
　　　　　배 내어 놓느냐 사공아!

　그런데 대동강 사공이 대동강 넓은 줄을 모른대서야 잘 말이 되지 않는다. 그래서 암만해도 ㄴ) 쪽으로 더 기울어지려는 찰나에, 문득 고맙게도 '~몰라셔' 어휘가 제3행에서 반복 출현한다. 그리하여 여기서의 용례는 어떠했는지를 잘만 진단한다면 1행 안 '~몰라셔'의 진의도 결정적인 파악을 얻을 수 있게 될 터이다.
　한편 이 3행 안에는 '몰라셔' 말고도 문제되는 부분이 더 숨어 있었다. 럼난디/시럼난디 논의가 그것이다.

　　　ⅰ) 네가시 럼난디 몰라셔 (네 아내가 음분한지 모르고서)
　　　ⅱ) 네가 시럼난디 몰라셔 (네가 주제넘은 줄 모르고서)

한얼 이종선 墨의 〈서경별곡〉

주격부터 '너의 아내(your wife)'와 '너(you)'로 크게 달라진다. '럼난디'란 말 역시 무슨 뜻인지만 알면 간단하련만, 다른 곳에서 사용된 사례가 없어 석명하기 어렵다. '시럼난디' 또한 마찬가지로 추납이 어려운 말이다. 그런데 제3연의 경우 그 율격은 특히 1, 2, 4행 모두에 3음보 3음절 3·3·3 율조가 분위기적 압도를 이루는 가운데 전체의 흐름 속에서 안정된 리듬감을 보여주고 있다. 더욱이 1행과 3행, 2행과 4행이 보여주는 구문 배치의 모양이 정제된 틀 위에 놓여 있다.

제1행 : 대동강/너븐디/몰라셔
제3행 : 네가시/럼난디/몰라셔

제2행 : 빈니여/노흔다/샤공아
제4행 : 널비예/연즌다/샤공아

2, 4행 사이, '노흔다'에 대한 '연즌다', '샤공아'에 대한 '샤공아', 마찬가지로 1, 3행 사이의 '몰라셔'에 대한 '몰라셔'와, '너븐디'에 대한 '럼난디'가 각기 공교한 대응(對應) 관계를 확보하고 있다. 마찬가지로 1행을 표시한 '대동강'에 상응하는 3행의 주제어는 당연 '네가시'일 밖에 없다. 생각해보면 이같은 조응(照應)의 효과는 한낱 우발적인 것이 아니라, 작사(作詞)의 첫 마당에서 이미 그같은 대우(對偶)를 짐짓 의식한 바탕 위에 이루어진 결과로 사료된다. 역시나 궁극적으론 '아즐가' 렴(斂)을 표시한 『악장가사』 원문에 "네가시아즐가네가시럼난디몰라셔비내여아즐가비내여노흔다샤공아"를 눈으로 짚어 확인하는 순간 명백해짐과 동시에 가장 결정적인 힘을 얻게 되는 것이다. 그러므로 '네가시/럼난디'가 된다.

이 마당에 '네가시'는 '네갓(너의 색시)'에 '이'가 더해진 연음효과임은 알겠는데, 다만 '럼난디'가 뜻하는 바가 과연 무엇인지가 문제된다. 종전 해석은 음분(淫奔) 또는 음일(淫佚)의 뜻으로 유추했고, 따라서 '너는 네 각시가 음란한 줄도 모르고서 태평하게 떠날 배에 얹느냐?' 쯤으로 풀었다. 만약 이 풀이가 옳다면 전게 1행의 '너븐디 몰라셔'도 역시 양주동의 소견대로 '넓은지 모르고서'로 해야지만 온당함을 얻게 된다. 1행의 '몰라셔'는 '모를까 보아서'로 했는데, 3행의 경우 오히려 '(음분한지) 모르고서'로 한다면 크게 일관성을 잃는 까닭이다. 1, 3행에 통일하여 '모르고서'로 해야 하든가, '모를까 보아서'로 해야 두 가지 모두의 의당함이 획득된다. '모르고서'로 통일한 상태에서 풀이한 방법은 양주동에 의해 시도된 바이지만, 반면 양쪽 모두 '모를까보아(서)'로 통일하여 풀이한 방식은 아직 보지 못하였다. 그리해서 이제 그 방식으로 적용한 결과는 이러하다.

  대동강 넓은지 모를까 보아 배를 내어 놓는건가, 사공아!
  네각시 럼난디 모를까 보아 떠날 배에 얹는건가, 사공아!

바로 위와 같은 의미맥락의 전제에서 '럼난디'의 진의를 알아내는 일에 비로소 서광이 보이는 듯하다.

그런데 같은 '몰라셔=모를까 보아(서)'의 대응관계에서도 '대동강~사공아'까지는 별반 무리 없이 이해 가능하나, '네각시~사공아' 구문 안에서 '럼난디'의 뜻을 '음분한지'로 한다면 바로 뒤 '모를까 보아'와 합쳐 어색해져버리고 만다. 때문에 '럼난디'는 '넘난디', 곧 '넘나는디'는 아닌지 가정해 볼 필요가 있다. 다시 말해 '럼

대동강은 총연장 439km, 유역 면적은 1만7천km2의, 한국에서 다섯 번째로 큰 강이다.

난디'의 두음법칙 현상으로서의 넘난디, 곧 넘나는디(넘나는지). '넘나다'는 현행 국어사전 중에도 '분수에 넘친 행동을 하다'의 뜻으로 명백히 남아있는 말이다. 그러면 일단 이렇게 구성된다.

네 각시 넘난지 모를까 보아서 떠날 배에 얹혀 실은 건가, 사공아!

한편 '연즌다' 앞의 숨은 목적어를 연상의 편리함에 맡겨 대체로는 '(떠날 배에 필요한 제반의) 연장' 쯤으로 보았던 것이지만, 기실 연장이란 말은 가사 중엔 없는 말이다. 전적으로 해석자의 상상력이 끌어들인 제3의 언어이다.

그래서 거듭 생각하면 '네가시'(네각시)가 또한 배에 '연즌다'(얹히는가) 앞의 목적어로서 적용하는 일이 불가능하지 않다. 게다가 이것은 오히려 앞의 가사 중에 엄연 나왔던 말이기에 이미 나온 어휘의 중복을 피하기 위해 생략했다는 의미 부여가 가능하다, 하물며 본문 가사에도 없는 제3의 어휘를 끌어오는 일과는 비교

할 수 없을 정도의 긴밀성과 짜임새가 있다. 그러면 종국에 이렇게 낙착된다.

네 각시 넘난지 모를까 보아서 떠날 배에 네 각시를 얹혀 실은 건가, 사공아!

'그렇지 않더라도 네 각시가 분수없이 행동하는 줄은 다 알고 있다. 그런데 사공 너는 네 각시 분수 모르는 여자인 줄 혹 제대로 모르는 사람 있을까 보아 확실하게 보여주고자 배에다 얹혀 싣고 가려는 것이냐?'

혹은 이러한 가정도 판비해 둘 필요가 있다. '분수에 넘치다'는 뜻의 '럼나다'를 사공 기준으로 하는 발상법. 이 경우 '럼난디'는 '잘난지'로 대치 가능하다. '네 각시 (너의 분수에 넘을 정도) 잘난지 모를까 보아 한데 태운건가, 사공아. 네 각시의 용모 뛰어난지를 혹 제대로 모르는 사람 있을까 보아 확실히 자랑해 보이고자 배에 얹혀 싣고 가려는 것이냐?'

무릇 사공한테 있어서 배는 바로 생활의 절대방편이자 생업의 일선 현장이다. 주인공 여인의 눈으로 볼 때는 참으로 분수 모르게 행동하는 제 각시를 생활전선까지 자랑처럼 데리고 다니는 사공이 눈엣가시일밖에. 때문에 바로 그 사공에 대

한 증오감의 가눌 길 없는 분출로 보는 것이다.

여기서 사공 부부의 존재는 주인공 여인과 대비하여 막강한 대항세력임을 간과하지 않는다. 그것은 '짝'의 이미저리를 중심으로 보았을 때 스스로 명현해진다. 주인공 여인은 바야흐로 자기의 소중한 짝을 잃으려는 순간에

처해 있다. 반면 사공은 어떠한가. 이제 짝을 잃고 혼자가 될 자신과는 정반대로 외려 생업의 현장에까지 단단히 붙어 다니는 정도의 완벽히 밀착 결집된 모습이다. 고통에 겨운 자신과는 전혀 딴판으로 이별 같은 것 없어서 태평스럽게만 뵈는 사공 하나만 보아도 울분이거늘, 한 수 더하여 제 각시까지 곁에 붙이고 다니는 사공은 그 얼마나 가증스러우랴. 이렇듯 짝의 이미저리를 중심으로 한 이(離)와 합(合), 산(散)과 집(集), 응결과 해체의 강렬한 대조 안에서 비참의 상승과 분노의 고조가 최대한의 효과를 기약할 수 있던 것이다.

제4연은 건넌편 곳의 노래이다. 사실은 이것을 별도 한 연으로 설정 안하고 바로 앞의 제3연과 한 묶음으로 간주하는 일이 많고, 드물게는 분리해서 보는 견해도 있지만, 여기서는 후자로서 타당성을 둔다. 무엇보다 제3연은 별리(別離) 여인이 사공을 상대로 한 대화임에 반하여, 이 설백(說白)만큼 더 이상 그 대상이 사공한테 있지 아니한 까닭이다. 덧붙여, 이렇듯 대상 객체의 달라짐 뿐 아니라 해당 대사를 토로하는 주체가 위 3연이나 다름없이 여전히 여인한테 있는지는 마침내 석연치 않아 재고의 여운을 강하게 남긴다.

돌이켜, 이 극사(劇司)는 더 볼 것도 없이 서경 여인이라고만 인식되어 왔다. 1연과 2연에서 서경여인의 독백이 계속되다가 돌연 3연에 이르러 사공을 잠깐 빌미잡았지만 궁극엔 님을 향해 터뜨리고 만 원망의 사(詞)로서 당연 이해하던 방식이다. 동시에 여기의 '곳'은 전혀 망설일 이유도 없이 꽃다운 딴 여인을 은유한 것으로 이해되었다. 따라서 '건넌편 곳'은 대동강 건너에 있을 다른 아름다운 여인의 뜻, 그리고 '꺾는다'는 그 여인과 관계를 맺는다는 말로서 당연시 되어 주인공 여인의 강렬한 질투와 원망으로만 인식하여 왔다.

한편 〈서경별곡〉에 대한 색다른 안목에서 이것이 남녀 사이 어느 한쪽이 정감을 담아 흘리는 노래가 아니고 남녀 사이 서로가 주거니 받거니 하는 대화체 노래로 간주했던 여증동은 제1연 '서경이 ~좃니노이다'를 여자노래[女詞], 제2연 '구스리~그츠리잇가'를 남자노래[男詞], 그리고 제3연 '대동강너븐디~샤공아' 및 '대동강건넌편~것고리이다'까지를 한 묶음으로 잡아 여자노래[女詞]라 했다. 이렇게 전체를 여사(女詞) → 남사(男詞) → 여사(女詞)의 흐름으로 간주하되, 첫째 대목이 우는 노래인가 하면, 둘째 대목은 울음을 달래는 노래요, 마지막 대목은 발버둥하면서 허탈에 빠지는 노래라 하였다.

이렇듯 〈서경별곡〉 전체를 여인의 독사(獨詞)로 보지 않고 남녀가 교대로 부르는 노래로 투시한 안목이 경청된다. 그런 중에 다만 한 가지, 남녀 간 대화의 틀을 전체 3연 안에서 여-남-여(A-B-A)의 3대목으로 분리하는 견해는, 전체 〈서경별곡〉을 4연 노래로 파악코자 하는 관점에서는 있을 수 있는 다른 유망한 개연성과 마주하게 된다. 다름 아니라, 이 글 안에서 제4연으로 간주하는 맨 마지막 두 행 '건넌편고즐' 노래의 화자 주체는 제3연 안에서 뱃사공 앞에 훼언(毁言)하던 그 서경 여인이 아닌, 앞서 '구슬의 노래'를 창하였던 바로 그 남자[님]가 된다고 추정함이다. 결국 A-B-A-B의 틀로서 인식된다고 하는 취지이니, 이제 이렇게 되어야만 남녀 간에 역할 비중이 같게 되고, 남녀 사이 대화도 상호 균형과 안배를 유지할 수 있게 된다.

아울러 그러한 취지를 뒷받침하여 줄만한 개연성의 일단을 최종 행 맨 마지막 어휘인 '것고리이다'에서도 찾을 수 있으리라 한다. 이때 '~리이다'의 어법이 중요한 관건으로 다가온다. 곧 〈서경별곡〉 노래가 시종일관 여인 일변도의 노래인지, 여증동의 논의대로 여·남 대화체 노래인지를 보다 명백히 분간해낼 수 있는 관건이 여기 이 '~리이다'의 의미 안에 전적으로 달려있을 것이라는 말이다. 이제 고어의 다양한 사례들을 놓고 비준해 본 결과 대저 '-리이다'는 현대어로는 '-ㄹ것입니다' 정도 해당된다고 하겠다. 이 '-ㄹ것입니다'는 역시 문법상으로 추측의 의미를 나타낼 때가 있고, 혹은 의지를 나타낼 경우도 있다. 그러면 '비타들면 것고리이다'의 의미 역시 이 두 가지 안에서 선택적 파악이 가능함이 물론이다.

한 가지는 예상·추측의 뜻에 입각한 해석법이니, 이는 종래에 지속되어 왔던 방식이다. 이때 화자는 당연히 서경 여인이 되고, 가사 속의 행위 주체는 님이 된다.

(저 님이야) 대동강 건너편 꽃을 배타고 들어가면 꺾을 것입니다.

이 해석법은 두 말하면 췌언이라는 식으로 되어왔기에 이에서 새삼스런 설명은 불요하고, 다만 또 다른 한 가지의 가능성에 대해 점검해 볼 필요를 느낀다.

우선 이 대목의 요점적 표현이라 할 만한 '고즐 (비타틀면) 것고리이다'는 흡사 저 신라가요 〈헌화가〉 맨 나중 구인 '곶홀 것가 받ㅈ보리이다'와 동일한 문법 맥락으로 보아서 마땅할 것 같다. 〈헌화가〉의 그 구문 – 꽃을 꺾어 바칠 것입니다 – 이 온전히 경어법상 상대존칭의 의미를 그대로 담고 있음과 한가지로, 〈서경별곡〉의 이 구문 – 대동강 건너편 꽃을 배타들면 꺾을 것입니다 – 역시 상대에 대한 존대의 개념을 내포해 있다고 보는 것이다.

돌이켜 보면 〈서경별곡〉의 1연, 2연, 4연은 한결같이 경어법적 체계로 일관되어 있음을 새삼 각성 환기할 필요가 있다.

```
1연 : 괴시란디 우러곰 좃니노이다  :  –시–, –노이다
2연 : 信잇든 그츠리잇가          :  –리잇가
4연 : 비타들면 것고리이다        :  –리이다
```

–노이다(1연), –리잇가(2연), –리이다(4연) 등 어법상의 일관성과 통일성을 확인할 수 있는 반면, 사공을 상대로 한 3연 만이 반말체계로 되어있을 뿐이다. 곧 이 두 남녀 사이 대화 안에서는 끝끝내 반말어법은 나타나지 않고 시종 존대어법 태도만이 고수되고 있는 점을 중시하는 뜻이다. 비록 3연에서 순간적이나마 사공이라고 하는 제3자적 존재를 통한 분노 표출이 있었고 그 분노 안에서 일시 반말

독백이 일어났을망정, 이 별리의 두 주인공 남녀 사이에는 한 번도 존대어법의 파괴가 감행되지는 않았다.

여기에 요령이 있다. 〈서경별곡〉이 다른 상열지사에 비해 유별나서 안 된다는 법은 없다손 치더라도 그처럼 느닷없는 정서적 돌변, 급작스런 애정 파탄은 속요 일반의 내용이 보여 주는 보편성에서 과도히 일탈되어 있다. 여타 남녀상열의 속 요들, 〈이상곡〉·〈동동〉·〈가시리〉·〈정석가〉·〈만전춘〉 등은 어느 것이나 여 인이 남자로부터 결별을 당한 경우이지만, 그들 주인공 여인들은 그 어떤 상황에 서도 님을 상대로 직접 자기 쪽에서 배반의 감정을 노골화시키면서 끝장임을 선언 하는 일은 없었다는 점을 상기하는 뜻이다. 여인들은 하나같이 자기의 님 앞에 공경의 태도를 한 번도 잃는 일 없이 철저히 존대어법 바탕에서 님의 앞에 고백하 고 하소연했던 것이다. 지금 〈서경별곡〉의 마지막 연 또한 전언한 그대로 존대어 법 체계에서 예외이지 않아 그 공손, 그 공대가 엄연히 잘 유지되어 있다. 그리고 이상은 제4연조차도 어디까지나 화자인 서경 여인이 님을 상대로 한 메시지라는 전제 하에서의 해석이었다.

그러나 여기서는 여증동이 전체 3연으로 보는 가운데 여사(女詞), 남사(男詞), 여사(女詞)와 같은 대화체 노래로 간정(看定)하였던 견해에 크게 유의하면서, 경어 법체로 된 마지막 연 '대동강 건넌편 …' 부분이 남자의 대사(臺詞)일 수 있는 가정 을 일으켜 본다.

사공 대상의 3연은 상대높임법 상의 이른바 'ᄒ라체', 그리고 지금 이 4연은 이른바 'ᄒ쇼셔체'로 이루어져 있음은 분명한데, 한편으로 생각해 볼 때 한 사람이 과격한 어투의 아주 낮춤말을 쓰다가 금세 상대를 바꾸어서 아주높임법의 다소곳 함으로 돌변하여 말한다는 일은 아주 자연스럽지 못하게 들릴 수 있다. 한 사람이 계속해서 부르는 가사라고 하기엔 지나치게 돌발적이고 변덕스러워서 정신을 차 리기가 쉽지 않다. 설령 같은 사람이 연속하여 부른 것이라 하더라도 듣는 입장에선 이해하기 힘든 불안한 정서만이 촉발될 뿐이다.

　게다가 애꿎은 이별을 당해 불현듯 노여움의 감정을 주체 못하는 여인의 눈앞에 있는 상대방이 누구인가. 또다시 다른 여인을 넘보며 꺾을 것으로 생각되는 남자, 이제야 속절없이 끝장난 관계로만 생각되는 남자이다. 이렇듯 믿을 구석 없고 두고 생각할 것 없는 대상 앞에 갖게 되는 환멸과 더욱 거세어진 정서적 반발심리 안에서 '쇼셔체' 극존칭의 개연성 수치가 얼마큼 될는지 회의적이다. 짙은 배신과 단절의 여운을 남기고 가는 님, 아니 이제는 더 이상 님이랄 수 없는 사람에 대해 품는 불신과 경멸의 심리 안에 극존칭 대사는 여간 수긍될 수 없는 낯설음이다.

　반면, 이것을 남사(男詞)로 생각해 본다면 상황은 같지 않을 것 같다. 2연에서 여인에 대한 천 년 사랑을 맹세하여 달래려고 하였으나 잘 되지 않았다. 제3연에서 여인은 차마 님의 면전에는 못하고 애꿎은 제삼자인 사공 앞에 대고 그 원사(怨詞)를 발하였다. 때문에 이제 몌별(袂別)의 순간에 부닥친 남자는 다시금 비장한 태도로 여인을 달랠 수밖에 없었다. 그 최종 결심과 절박한 결의의 메시지가 바로 '건넌편 곶의 노래'이다.

　　대동강 건너편 꽃을
　　배타고 들어가면 이내 꺾으리이다.

　이 경우에 오면 '꽃'은 더 이상 아름다운 여인을 비유하는 말이 될 수 없다. 돌이켜, 꽃의 생활 문예적 의미는 과연 미인 한 가지에만 전일되었던 것인지 다시 생각해 볼 이유가 있다. 사랑의 진정을 나타내고자 할 때, 이른바 구애의 표현으로서 상대방 이성에게 꽃을 바치는 행위는 굳이 동서고금을 불문하고 길이 통해 오던 발상이다. 신라 때 한 견우노옹(牽牛老翁)이 수로부인(水路夫人) 앞에 부르는 형태를 띠었던 노래 〈헌화가〉에서도 적실히 반영돼 있다.

> 나홀 안디 붓ᄒ리샤ᄃᆞᆫ
> 곶홀 것거 받ᄌᆞ보리이다 (양주동 풀이)

'만일 나를 아니 부끄러워하신다면 꽃을 꺾어 바치겠습니다.' 철두철미한 경어법 체계에 입각되어 있으려니와, 여기의 '곶홀 것거 받ᄌᆞ보리이다'와 〈서경별곡〉의 '(…)고즐(…)것고리이다'는 그 의미 맥락에서 두 가지가 아니라는 인상을 강하게 제시한다. '꽃'과 '꺾는다'라는 언어의 이미저리가 그걸 연상시켰을 것이다. 〈서경별곡〉 가사에 반드시 '바친다'는 표현이 없다 하더라도 이미 '꽃'과 '꺾음'의 두 단어가 발휘하는 공동의 이미저리로써 바침[獻]의 연상적 뉘앙스를 끌어당길 만한 힘은 충분히 주어진 셈이다. 애정의 남녀 사이에서 꽃을 꺾은 다음엔 그것이 바치는 행위로 연결되는 일이야 너무도 당연하겠기 때문이다. 그 종결어미인 '-보리이다', '오리이다'도 양자에 꼭같은 '-(오)리이다'에 통하여 있고, 〈서경별곡〉 끝의 연이 보여주는 존대법상의 면모,

> 비타들면 것고리이다

'-리이다'는 역시 앞에서 남자의 대사일 것으로 가정해 보았던 두 번째 연의 어미 부분,

> 긴힛ᄃᆞᆫ 그츠리이가
> 信잇ᄃᆞᆫ 그츠리이가

'-리잇가'와 더불어 나란히 경어법 태도에서 완합하는 것이다.

그 뿐이 아니다. 〈서경별곡〉 전체 가사를 통해서 행미(行尾)에 '나는'의 첨부가 세 곳에서 이루어지고 있다.

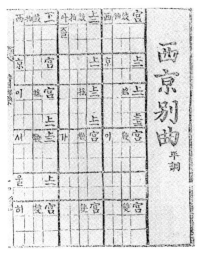

『시용향악보』에 실린 〈서경별곡〉 악보

> 긴힛쭌 그츠리잇가 나는 / 제2연
> 信잇둔 그츠리잇가 나는 / 제2연
> 비타들면 것고리이다 나는 / 제4연

2연과 4연 사이에 한 번 더 공교로운 일치가 나타난다. 여기서 공연한 언어 낭비일 리 없는 '나는'은 문득 그 말한 당사자의 같음, 곧 역할자 동일성을 지시하고 기약해주는 메시지 혹은 지표로서 하등의 손색이 없었다.

앞서에 남자는 여인에게 천년 불변의 굳은 맹서를 바쳤더랬다.

> 비록 몸이 떨어져 일천 년을 외롭게 살아간들 그대를 향한 나의 信義야
> 어찌 끊어지리이까.

그럼에도 여인 편에서 느끼는 야속함과 원망의 감정은 그것대로 남아 있었던가 보다. 때마침 시야에 붙들린 사공을 빙자하여 넌짓 자신의 원정(怨情)과 울분을 고스란히 전해오는 여인 앞에, 그리고 곧 돌아서 배를 타야만 하는 상황 앞에 남자는 무슨 말을 어떻게 해 주어야만 안타까운 자기 심정을 알릴 수 있을까. 이러한 안타까움 속에 그가 여인에게 마지막으로 다짐을 보일 수 있는 것은 바로,

대동강 건너편에 핀 꽃을, 배 타고 들어가면서 곧 그대 위해 꺾으리이다.

이 말일 것이었다. '내 이제 대동강 건너 저편에 닿는 그 즉시에, 외오곰 녀도 신(信)을 저버리지 않겠다던 그 맹서 그대로 변함없는 내 사랑의 뜻 그대에게 바칠 꽃 한 송이 꺾으오리다.' 〈서경별곡〉이 남녀 간 애정파탄과 파경의 노래라면 모르겠거니와, 그것이 아니라고 한다면 이렇게 해석함이 온당하다.

동서고금의 문학 중에 특히 애정시가 추구하는 것은 남녀 간 배신과 파국 같은 사나운 역류의 정서에 있지 아니하였다. 사랑의 기쁨과 슬픔, 아니면 슬픔의 극복·승화 같은 온화한 순류(順流)의 정서에 있었다. 사랑의 분화적(分化的) 산물인 별리시의 존재들 역시 마찬가지이다. 이별의 현황 내지 이별 뒤의 슬픔이거나 또는 그러한 감정의 극복·승화 등은 하나같이 순응적 정서의 바탕 위에 있다. 별정(別情)을 토로한 고금동서의 그 어떤 시도 이같은 보편 개념 안에 머물기를 거부하지는 않아왔던 진실이 그것을 완곡히 대변한다.

그럼에도 불구하고 일만 가지 중에 하나 있을 예외를 위해서 다음 같은 가설까지도 하나 더 설정해 둘 필요가 있다. 곧 건넌편 꽃과 꺾음의 뜻이 위와 같은 곳에 있는 대신, 종래의 해석처럼 건넌편 꽃이 '다른 여인'의 은유적 개념 안에 있다고 전제하고, 그 끝도 결국 남녀 간 결별 선언에 닿는 것이라 하자. 그럴망정 이 경우에조차 그것이 남자의 무신(無信)한 바람기를 예측하고 빈정대는 여자의 노래로서보다는, 달래어도 막무가내로 원망만을 보이는 여자의 태도가 마땅치 않아 중얼대는 오기(傲氣)의 독백일 가능성 쪽을 상고해 보고자 한다. '그대 정녕 떠나는 마지막 순간까지 내 심사를 불편케 할진대, 나 또한 대동강 건넌편 땅에 들어가기만 하면 그대 외의 또 다른 미인을 꺾을 것이리라.' 사랑 상징의 꽃을 꺾어 바치겠다는 것에 비한다면 상당한 긴장이 남아돌지만, 다른 여인을 범할 것으로 믿는 배반과 야유, 질시의 종말로 몰고 간 해석보다는 훨씬 덜 사납게 보인다. 오히려 볼멘 해학성과 짓궂은 애교가 가벼운 여유마저 느끼게 한다.

돌이켜 '꽃 꺾음'이 지시하는 의미가 이만한 차이를 유발할 수 있는 것이지만, 그것이 일차적인 의미 그대로의 꽃(flower)을 뜻하든, 은유적 표현으로서의 '미인(beauty)'을 뜻하든 간에, '−리이다'는 의지형 평서문장으로서의 막강한 잠재력을 지녀 있다. 상응하여 마지막 4연 또한 의연히 남성의 사(詞)로서 해석 가능한 터전이 마련된다.

2
가시리

고려가요엔 남녀의 사랑을 다룬 '임'의 노래가 대종을 이룬다. 남녀상열을 주제삼은 여요(麗謠)를 순례하매 〈가시리〉 한 편장(篇章)을 빼놓고 이야기할 수는 천만 없을 것이다. 한국인 정서의 중요한 기조(基調)라고 하는 한(恨)에 대해 운위할 때마다 긴밀히 따라 언급되는 명가(名歌)이기 때문이다.

하지만 아쉽게도 노래의 시대며 작가는 모두 미상이다. 다만 애절초절(哀絕超絕)한 네 개의 연(聯), 여덟 줄 가사만이 오늘까지 시대를 넘어 만인(萬人)에 회자된다. 조선 초기의 『악장가사(樂章歌詞)』안에 전체 가사가 남아있고, 『시용향악보(時用鄕樂譜)』에는 '귀호곡(歸乎曲)'이라는 제목으로 한 연(聯)만이 실려 있다.

또한 조선 후기 숙종 때의 학자였던 이형상(李衡祥)의 수고본(手稿本)인 『악학편고(樂學便考)』에 '가시리(嘉時理)'라는 표제와 함께 가사가 실린 것도 있었다. 이에 『악장가사』의 것을 다시금 옮겨 보인다.

　　　　가시리 가시리 잇고 나는
　　　　ᄇᆞ리고 가시리 잇고 나는
　　　　위 증즐가 大平盛代(대평셩ᄃᆡ)

　　　　날러는 엇디 살라 ᄒᆞ고
　　　　ᄇᆞ리고 가시리잇고 나는
　　　　위 증즐가 大平盛代(대평셩ᄃᆡ)
　　　　잡ᄉᆞ와 두어리마ᄂᆞᄂᆞᆫ
　　　　선ᄒᆞ면 아니 올셰라
　　　　위 증즐가 大平盛代(대평셩ᄃᆡ)

　　　　셜온 님 보내ᄋᆞᆸ노니 나는
　　　　가시는 ᄃᆞᆺ 도셔 오쇼셔 나는
　　　　위 증즐가 大平盛代(대평셩ᄃᆡ)

이 노래가 고려 별곡 가운데 가장 일반에 알려져 있고, 그와 함께 이 노래의 의미와 가치를 평가한 준론(峻論)과 이 노래를 바탕소재로 지은 현대시들이 많은 중에도 양주동의 「가시리평설」 한 편(篇)이 단연 높이 훤자(喧藉)되었다고 하겠다. 이제 그 맨 첫머리 벽두를 다시 끌어서 보도록 한다.

　　별리(別離)를 제재(題材)로 한 시가(詩歌)가 고금(古今) 동서(東西)에 무릇 그 얼마리요마는, 이 '가시리' 일 편(一篇), 통편(通篇) 육십 칠 자(字) 이십 수 어(數語)의 소박미(素朴味)와 함축미(含蓄美), 그 절절(切切)한 애원(哀怨), 그 면면(綿綿)한 정한(情恨), 아울러 그 귀법(句法), 그 장법(章法)을 따를 만한 노래가 어디 있느뇨? 후인(後人)은 부질없이 다변(多辯)과 기교(技巧)와 췌사(贅辭)와 기어(綺語)로써 혹은 수천(數千) 어(語) 혹은 기백(幾百) 행(行)을 늘어놓아, 각기 자기의 일편(一片)의 정한(情恨)을 서(敍)하려 하되, 하나도 이 일 편(一篇)의 의취(意趣)에서 더함이 없고, 오히려 이 수 행(數行)의 충곡(衷曲)을 못 미침이 많으니, 이 노래야말로 동서(東西) 문학(文學)의 별장(別章)의 압권(壓卷)이 아니랴!

　　호일(豪逸) 분방한 필치로 왕양(汪洋)히 펼쳐보이는 독특(獨特)의 문필 앞에 다시금 온고지정이 새롭다.

　　그런데 세상의 물론(物論)은 하나로 정제되기 쉽지는 않은가 보다. 양주동 같은 이가 〈가시리〉 표현의 소박함과 오의(奧義) 깊은 함축미에 심취하여 여요들 가운데서 따로이 평설을 내어 찬미하였으나, 작품을 보다 냉정하고 담박하게 관조하자는 측면도 더불어 사례가 없지 않았다.

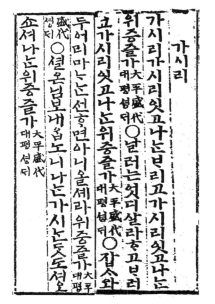

『악장가사』에 실린 〈가시리〉

보내고 싶지 않은 님을 보내야 하는 심정을 소박하게 나타내기만 했으니, 너무 감탄한 나머지 지나친 평가를 할 것은 아니고, 수준 높게 다듬은 표현이 없다고 해서 낮추어 볼 필요도 없다. (조동일, 『한국문학통사』)

다소 과장된 감성으로써 심해(甚解)한 국면이 있음을 견제하는 뜻이겠다.

가사는 각 2구를 한 연(聯)으로 하여 전체 4연에 나누어 조성하였으니, 이런 것을 분련체(分聯體) 형식이라고 이른다. 이때 네 개의 연으로 나눈 것은 다름 아니라, 『악장가사』 원전이 각 연과 연 사이에 ○를 넣어 구분한 형태를 존중한 결과이다. 운율 단위를 음보(音步)라 하는바, 여기서는 각각의 구가 세 개의 음보로 되어 있다. 또, 통상 한 음보는 2음절·3음절·4음절로 되어 있는데, 여기 〈가시리〉 3음보 율격은 3·3·2조가 기본이라 할 수 있다. 고려가요는 이렇듯 일견(一見) 육안으로 확인이 되는 외재율(外在律)의 형식을 띠고 있다.

본사(本詞) 1연의 "가시리잇고"는 '가시겠습니까, 가시렵니까'로 자연스럽다. '-잇고'는 상대방 존대를 갖춘 의문형 종결어미이다. 갑작스런 헤어짐을 선언한 임 앞에 그 떠남이 하도 의아해서 차마 믿지 못하는 듯 거듭 다짐인 양 확인하고 있다.

그 큰 의아함을 빌미 삼은 특이한 접근도 없지는 않았다. 즉 '가실 리가 있겠나요?'·'가실 리(理) 있겠습니까'로 대체하여 주명(註明)해 보인 경우이다. "리"는 '리(理)', "잇고"는 독립된 품사 자격을 주어 '있을까'로 본 것이다. 하지만 그 경우라면 굳이 '가시리'란 표기 대신 곧장 '가실 리'로서 쓰지 못할 이유가 하등 없다. 하물며 『시용향악보』에서 〈가시리〉 제목에 대한 한자 역은 역시 '귀호곡(歸乎曲)'이다. 떠나감에 대한 반문일 뿐이니, 또한 현대의 이해 방식과 동일할 뿐이다.

'나는'에서의 나는 1인칭의 나[我] 다시 말해 '나는 어떠하다(I am)'를 뜻하는 유의미 언어가 아니다. 운율을 맞춰 가창의 흥을 돕는 일종의 여음구(餘音句), 조음구(調

音句)이다. "위 즁즐가 大平盛代(대평셩ᄃᆡ)" 역시 여음구이다. '위'는 감탄사, '즁즐가'는 악기의 의성어 악률에 맞추기 위함으로 설명하기도 한다. 보통은 의미 없는 후렴인데 여기서의 '대평성대'는 크게 평화로운 번영의 시대라는 의미를 지닌다.

2연의 "날러는"은 '나더러는, 날랑은.' '나는'이라 하지 않은 데 대해, 전체 리듬을 위해 한 음절을 더한 것으로 보기도 한다. 고려가요 중에서도 궁정악인 별곡(別曲)은 문학만 아니라 음악적인 속성이 매우 중요한 까닭이다. 음률 맞추기는 이 노래의 다른 곳에서도 포착이 가능하다. 〈가시리〉는 여주인공이 자신의 임에게 존대법으로 나아가고 있다. 노래의 시작인 "가시리잇고"부터 그러하고, "가시는 듯"·"도셔 오쇼셔" 등이 모두 존대법으로 받쳐져 있다. 그런데 노래 전체에 존대법이 일관되게 유지되려면 "션ᄒᆞ면"이 아닌 '션ᄒᆞ시면'이 맞다. "아니 올셰라" 대신 '아니 오실셰라'로 해야 마땅한데도, 이를 지키지 않은 것은 다름 아니라 운율 지키기의 우선성 때문이었던 것이다.

정희남의 〈여인별곡〉 중에서

3연의 "잡ᄉᆞ와"는 '(붙)잡아, 만류하여'로 문제가 없다. 그런데, "두어리마ᄂᆞᄂᆞᆫ"은 '두리마는, 둘 일이지만'으로 새긴다. 타방(他方), '억지로라도 붙잡아둘 생각이야 없으리요마는(붙잡아두고 싶지만)'과, '잡으면 설마하니 가시랴마는'처럼 뉘앙스 상 살짝 다르게 수용되기도 했다. 후자 쪽은 아직 남아있는 자신감이 엿보인다. 하지만 노래의 여인은 날더러는 어떻게 살라 하고 버리고 가느냐고 하소연할 정도로 임 앞에 한없이 약하기만 한 처지로만 보이매, 전자 쪽에 보다 개연성의 무게가 실린다.

"선ᄒᆞ면"은 노래 전체에서 가장 난이도 있는 처소이다. 다른 문헌에서 거듭해서 쓰인 사례를 잘 찾기 어려운 까닭이다. 초창기 고려가요의 주석본인 『여요전주(麗謠箋注)』의 저자 양주동은 '선뜻, 선선하다' 할 때의 선이라 했다. 이 마당에 그의 「가시리평설」에서 이 "선ᄒᆞ면" 석 자에 대해 고담활론(高談闊論)으로 부연 풀이한 대목을 가져다 보기로 한다.

　　"그리도 무정스레 자꾸만 떨치고 가려는 임을 낸들 억지로라도 붙잡아 둘 생각이야 없으리요마는, 만일 그리한다면 행여나 임께서 선하게 생각하시와 다시는 오지를 않을세라." 묘처(妙處)는 전(全)혀 '선ᄒᆞ면' 석 자의 돌올(突兀)한 자세에 있다. 이를 일러 천래(天來)의 기어(奇語)라 할까, 의표(意表)의 착상(着想)이라 할까. 이 석 자, 촌철살인(寸鐵殺人)의 개(槪)가 있어, 통편(通篇)을 영활(靈活)ᄒᆞ게 하며, 전 연(全聯)을 약동(躍動)ᄒᆞ게 하여, 예리(銳利)한 섬광(閃光)이 지배(紙背)를 철(徹)하려 한다. 대개 대불(大佛)의 개안(開眼)이 바로 이 석 자요, 승요(僧繇)의 점정(點睛)이 정작 이 일어(一語)다.

　기껏 세 음절을 앞에 놓고 의석(義釋)한 글이 어느새 자자주옥(字字珠玉)으로 〈가시리〉 원 가사에 하등 손색됨 없이 따로이 광망(光芒)을 발하니, 평설 자체가 별개로 희세(稀世) 경장(瓊章)이 되고 말았다.

　그러나 이후, 이 한 구의 의미 풀이에 있어서만큼 논자들의 안광(眼光)이 정녕 종이마저 뚫는 듯 점차로 관점의 다름을 초래하였다. '선뜻, 선선히' 외에 '성가시면(귀찮으면)'·'화나면(노여우면)'·'연연하게 보내면'·'서운하면' 등의 설이 제기되었으니, 이 삼자(三字)가 정녕 이상하고 야릇한 "기어(奇語)"가 맞긴 한가 보다. 하지만 보편적인 해석대로 '서운하면, 마음이 토라지면' 정도로서 근리(近理)해 보인다.

　4연의 "셜온 님"은 '내게 서러운 님, 나한테 서럽게 하는 님'이라는 뜻이다. 따라서 "셜온"의 주체는 임이 아니고 임과 서러운 이별을 하는 서정적 자아, 노래의 주인공이다. 반면 '서러운 님'에 대해서도 '화자인 나를 서럽게 하는 님'의 뜻 하나만을 예측하진 않았으니, 무언가 드러나 있지 않은 곡절 때문에 '서럽게 떠나야 하는 님'이기에 그렇게 당부할 수밖에 없다는 가능성까지 타진한 것이 있다.

"듯"은 '듯(이), ~처럼, 같이.' 관형사형 어미 '-은'/'-는'·'-을'의 뒤에 쓰여, 비슷하거나 같은 정도의 뜻을 나타내는 의존명사이다. 그러면 '지금 그토록 총총히 가시는 것처럼 그렇게 총총히 돌아오소서'로 무난하다. 바쁘게 가는 임에 대한 원망까지 배어있는 해석이다. 그런데 '듯'에는 '본 듯 만 듯'·'갈 듯 말 듯'에서처럼 어떤 상태를 추상적으로 나타내는 뜻도 깃들어 있다. 그러면 지금 이 대목에조차 살린다면, '그저 가는 것인지 아닌 것인지 모르게'·'가시는 듯 마는 듯 돌아오소서'가 되리라. 좀 더 과감히 해석한다면 '가시자마자 이내 다시 오소서'의 적용이 불가능하지 않다. '도다녀오다'라는 표현이 있다. 갔다가 지체하지 않고 올 길을 빨리 오는 것을 말한다. 이 경우는 가는 임의 빠른 몸짓이거나 원정(怨情)보다는 그렇게

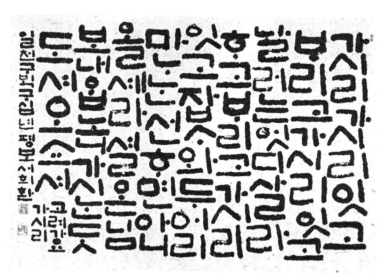

平步 서희환의 字迹 〈가시리〉

도다녀오는 일에만 관심이 온통 집중된다. 이렇듯 〈가시리〉 길지 않은 불과 8구지만, 그 안에는 해석의 뉘앙스가 썩 간단하지 않아 쉽게 어느 한 쪽 택할 수가 없는 몇몇 모호한 국면들이 있었다. 그럼에도 이 자체가 약점으로 폄하되는 일은 없다. 오히려 한 어휘에 두 의미를 담아내고 있는 소위 일자양의(一字兩義)의 묘처(妙處)가 이 노래를 나우 매력적인 명시가로 이루어낸 잠재력인 것으로 칭도된다.

이상의 내용을 참작하여 현대말로 옮겨 보이면 대개 이러하겠다.

> 가시렵니까 가시렵니까, 버리고 가시렵니까?
> 날더런 어떻게 살라고, 버리고 가시렵니까?
> 붙잡아 두고 싶지만, 서운하면 아니 오실까봐
> 서러운 임 보내옵나니, 가시는 듯 다시 오소서.

노래 벽두의 "가시리 가시리잇고"는 문득 〈청산별곡〉의 첫머리 "살어리 살어리랏다"의 구절을 꼬박 연상케 한다. 가락의 3·5조는 물론이고, 그 반복법에 바탕한 어사(語辭)가 속절없이 동일 발상적인 틀 안에서 결구된 조자(調子)라는 것이다. "살어리"는 살아야겠다는 주체 의지형인 반면에, "가시리"는 가시려나요 하고 묻는 객체 의문형으로 피차 다름에도 불구하고, 이렇듯 교묘한 일치의 느낌을 유발케 함이 못내 신기하다.

이 같은 심상하지 않은 일치감의 비밀은 대개 두 노래의 탄생 경위와도 관련이 있을 법하다. 다름 아니라 이 둘 모두 창작의 초기에는 고려시대 평민들이 부르던 민요적 시가인 속요였지만, 나중 단계에 고려 왕실에서 가져다가 새로 조성시킨 '별곡(別曲)'이었다. 이 두 노래뿐 아니라 오늘날 고려가요라고 하는 노래 거의 모두는 별곡인 것이니, 기성(旣成) 민간 유행의 가요라든지 간혹 〈정과정곡〉처럼 사대부의 손길에서 나왔으되 세상에 잘 알려진 노래들을 중앙에서 일정한 목적에 따라 별도 채선(採選)하여 새로이 궁정 가악 전문가의 손길로 재편성된 곡조이다. 왕실엔 기존에 전통의 곡목인 정악(正樂)이 있음에도 왕의 성색(聲色) 취향에 맞추고자 주로 민간에 퍼진 남녀상열의 노래를 가져다가 내정(內廷)에서 '별도로 새로이 조성한 곡조'이기에 별곡이라 한 것이다. 이렇게 새로운 곡조, 새로운 음악으로 탄생된 결과 이를 '신조(新調)'·'신성(新聲)'으로 부르기도 했다. 이 때 그 가사 쪽에 비중을 두어 말할 상황에선 '신사(新詞)' 같은 명칭도 구사되었으니, 그 반반(斑斑)한 자취를 『고려사』 및 『익재난고(益齋亂藁)』 등에서 이루 확인할 수 있다.

그러면 〈가시리〉나 〈청산별곡〉이나 고려 동 시대의 같은 부서, 같은 기류의 손길 속에 만들어진 신성 별곡인 셈이고, 그러다보니 그 개편의 성향과 솜씨가 상근(相近)하리라는 것은 별반 짐작키 어려운 일이 아니다. 두 작품의 첫 행이 동일 유감(類感)을 주는 소이(所以)도 이런 데 있었다.

또한 그렇게 새로 포장되어 나온 모든 별곡들이 모두 왕의 흥취를 돕는 일에 이바지된 것이다 보니, 명백히 단조 가락의 슬픈 노래임에도 왕의 구미에 맞춰 밝은 풍의 중렴·후렴들로 참신 발랄하게 솟구쳐 나왔던 것이었다. 지금 〈가시리〉 또한 이별의 설움을 노래할 것임에도 매 구절의 끝마다 납득이 어려운 '위증즐가 대평성대'의 명랑한 조흥구(助興句)가 따라붙는 현상도 다 그러한 배경을 안고 있었기 때문이다. 구절 말미마다에 따라 있는 '나는'도 얼추 비슷한 정조(情調)를 품은 한 형태의 여음으로 보고 있다.

〈가시리〉가 흡사 한시의 기승전결을 방불케 한다는 관점은 제대로의 정곡을 얻은 것이다. 외형상의 포치(布置)가 그렇고, 또한 내용 흐름이 경겁(驚怯)-애소(哀訴)-전심(轉心)-체관(諦觀)의 순차적인 4단 전개양상을 띠고 있다. 그 중에도 세 번째 단계의 "잡ᄉ와 두어리마ᄂᆞᆫ / 선ᄒᆞ면 아니 올셰라" 부분을 이 노래의 압권으로 이구동성한다. 임을 붙잡고 싶은 마음이야 간절하지만, 그랬다가는 임이 영원히 나를 떠나버리지 않을까 하는 조바심과 동시에 막바지의 자제(自制)가 담겨 있다. 표면적으로는 자기희생적인 것처럼 보이는 그 이면에는 자신의 앞날을 은 근 걱정하고 챙겨두는 현실적인 사고가 깔려 있음을 놓칠 수 없다.

이같은 미래지향적인 절제는 적어도 한국문학 속 여주인공의 세계에서만큼 전통성을 확보하고 있는 듯싶다. 민족 최고의 고전으로 절찬을 받는 〈춘향전〉도 이에 예외가 아니었다. 완판 84장 본 〈열여춘향슈졀가〉 중에 춘향이 이몽룡으로부터 이별을 통고 받고 대응하는 대목이다.

"전년 오월 단오야에 내 손길 부여잡고 우둥퉁퉁 밖에 나와 당중(堂中)에 우뚝 서서 경경(耿耿)히 맑은 하늘 천 번이나 가리키며 만 번이나 맹세키로 내 정녕 믿었더니 말경에 가실 때는 툭 떼어 버리시니 이팔청춘 젊은 것이 낭군 없이 어찌 살꼬. 침침공방 (沈沈空房) 추야장에 시름 상사(相思) 어이할꼬. 모질도다 모질도다 도련님이 모질도 다. 독하도다 독하도다 서울 양반 독하도다. 원수로다 원수로다 존비귀천 원수로다. 천하에 다정한 게 부부정 유별(有別)컨만 이렇듯 독한 양반 이 세상에 또 있을까. 애고 애고 내 일이야. 여보 도련님 춘향 몸이 천(賤)타고 함부로 버리셔도 그만인 줄 알지 마오. 첩지박명(妾之薄命) 춘향이가 식불감 밥 못 먹고 침불안 잠 못 자면 며칠이나 살 듯하오. 상사로 병이 들어 애통하다 죽게 되면 애원한 내 혼신(魂神) 원귀가 될 것이니 존중(尊重)하신 도련님이 근들 아니 재앙이요. 사람의 대접을 그리 마오. 인물 거천(擧薦)하는 법이 그런 법이 왜 있을꼬. 죽고지고 죽고지고. 애고 애고 설운지고." 한참 이리 자진(自盡)하여 설이 울 제 춘향모는 … (중략) … 왈칵 뛰어 달려드니 이 말 만일 사또께 들어가면 큰 야단이 나겠거든 "여보소 장모. 춘향만 데려갔으면 그만 두겠네." "그래 아니 데려가고 견뎌낼까." … "신주(神主)는 모셔내어 내 창옷 소매에다 모시고 춘향은 요여(腰輿)에다 태워 갈 밖에 수가 없네. 걱정 말고 염려 마소." 춘향이 그 말 듣고 도련님을 물끄러미 바라보더니 "마소 어머니. 도련님 너무 조르지 마소. 우리 모녀 평생 신세 도련님 장중(掌中)에 매었으니 알아 하라 당부나 하오. 이번은 아마도 이별할 밖에 수가 없네. 이왕에 이별이 될 바에는 가시는 도련님을 왜 조르리까 마는 우선 갑갑하여 그러하지. 내 팔자야. 어머니 건넌방으로 가옵소서. 내일은 이별이 될 텐가 보오. 애고 애고 내 신세야. 이별을 어찌할꼬. 여보 도련님."

〈가시리〉에서와 똑같이 정동(情動)에 빠져있던 춘향이 어느 순간 냉정(冷靜)을 되찾으면서 재빠르게 현실을 수습하고 있다. 하지만 그것이 체념은 아니다. 체념이면 품었던 생각이나 기대 희망 등을 아주 버리고 더 이상 기대하지 않는 법인데, 〈가시리〉의 여인도, 춘향도 그럴 뜻은 전혀 없다. 오히려 일단의 감정의 소용돌이에서 벗어나 평정 속에 순리를 찾고 있다. 두 여인의 태도는 체념이 아닌 일종의 체관(諦觀)에 가까운 것이었다. 그리하여 〈가시리〉는 한갓 정한(情恨)의 노래만이 아닌, 삶의 체관이 마저 어린 노래였다.

근세에 들어 『고려사』 악지(樂志) 중의 속악 조에 있는 고려시대 가요인 〈예성강(禮成江)〉이 가시리 노래와 관계있다는 설이 있었다. 곧 가람 이병기가 "〈가시리〉는 고려속요 〈예성강곡〉의 전편(前篇)이다"로 선언한 이래 자못 이 관계가 언급되곤 한다. 따라서 이 자리에 한 번 끌어다 검토해 볼 필요가 있다.

> 昔有唐商賀頭綱 善棋 嘗至禮成江 見一美婦人 欲以棋賭之 與其夫棋 佯不勝 輸物倍 其夫利之 以妻注 頭綱一擧賭之 載舟而去 其夫悔恨 作是歌 世傳婦人去時 粧束甚固 頭綱欲亂之 不得 舟至海中 旋回不行 卜之曰 節婦所感 不還其婦 舟必敗 舟人懼 勸頭綱還之 婦人亦作歌 後篇是也.

> 옛날에 당(唐)의 상인 하두강(賀頭綱)이 바둑을 잘 두었다. 일찍이 예성강에 이르러 어떤 아름다운 부인을 보고 그녀를 내기바둑으로 빼앗고자 했다. 그 남편과 바둑을 두되 거짓으로 이기지 않고 판돈을 갑절로 쳐주었더니, 그 남편이 욕심이 나서 아내를 걸었다. 하두강이 한 판에 내기에 이기고는 배에 싣고 떠나 버렸다. 그 남편이 뉘우치고 한탄하여 이 노래를 지었다. 세상에 전해지는 말로는 부인이 떠날 때에 옷매무새를 매우 굳게 묶어서 하두강이 그녀를 욕보이고자 하였으나 할 수 없었다고 한다. 배가 바다 가운데에 이르자 빙빙 돌면서 나아가지 않아서 점을 쳐 보았더니, "절부(節婦)에게 감동한 때문이니 그 부인을 돌려보내지 않으면 배가 반드시 부서질 것이다"라고 하였다. 뱃사람들이 두려워하여 하두강에게 권해 그녀를 돌려보냈다.

부인 또한 노래를 지었으니, 후편(後篇)이 이것이다.

이 기록에 덧붙여서 〈예성강〉 곡조는 두 편이라[歌有兩篇]고 했다. 고려 당시의 중국의 상인은 당나라 상인이 아닌 송나라 상인이다. 중국에서 나는 비단을 '당금(唐錦)', 신발을 '당혜(唐鞋)', 중국에서 간행한 서적을 '당책(唐册)', 붓 만드는 데 쓰는 족제비의 털을 '당황모(唐黃毛)' 등으로 부르듯, 전통시대에 '당(唐)' 자는 중국을 지칭하는 표현이기도 했다. 인하여 여기의 당상(唐商)은 중국의 상인 정도로 이해함이 타당할 듯싶다.

무릇 〈예성강〉 작품의 공간 배경이 되고 있는 예성강이 대관절 어떠한 곳인가? 두말할 것도 없이, 그 장소 자체가 이미 고려조에 대송 외교와 통상을 위한 유일한 국제항이었다. 다시 말하면, 고려 시대 송나라와의 교류를 위한 개경의 해로(海路) 출입구이자, 선박 발착지가 바로 그 자리였다. 당시에 사절단에 준하는 예우를 받았던 송의 상인단들은 수도인 개경에 한정하여 허입(許入)되었다고 하니, 이 강이야말로 물길을 이용하던 송상(宋商)들의 유일한 해상 출입로였던 것이다. 예성강이 이처럼 내력 있고 유서 깊은 곳이었으매, 그 시절 송상들이 끼쳐 놓았던 번화로운 경상(景狀)들이 『동국여지승람』이라든가 『이십일도회고시(二十一都懷古詩)』 같은 곳에 여실히 그려져 있다.

사내와 바둑을 두었다는 인물, 〈예성강〉 이야기의 중국인 주인공인 하두강은 바로 그 시

『고려사』 악지 '속악' 조의 〈예성강〉

절 송나라 대상(大商)들 중 한 사람이었을 터이다. 다만 하두강이라는 이름은 어쩌면 고유명사만은 아닌 듯싶다. 당시에 송나라 상인단의 두목을 '강수(綱首)'라 불렀다는데, '수(首)'와 '두(頭)'가 똑같이 수장(首長)·두령(頭領)의 우두머리란 뜻이 있는 바에 '두강(頭綱)'의 표현이 흡사 강수와 통용되는 말인양 여겨지는 국면이 있다. 말하자면 하씨 성을 가진 상인단의 우두머리 아무개임을 지시한 말이 아닌가 침량(斟量)된다.

바둑에 이긴 그가 다음날 남자의 아내를 싣고 떠났다 했다. 당시 송의 사행(使行)이 개경에 도착하였을 때는 여기 예성강에서 쉬고, 다음날 개경에 들어왔으며, 또 귀국할 때도 역시 여기에서 하룻밤을 자고 선상에 올랐다고 했으니, 하두강이 귀국길의 바둑 내기에서 남자의 아내를 차지해 싣고 갔던 것으로 이야기가 맞춰진다.

중국 상인의 속임수 도박에 뺏겨 배에 실려 가는 아내의 모습에 남편이 회한으로 지었다는 〈예성강〉과, 뱃길 도중에 여인이 보인 정절의 효험으로 귀환할 때 지었다는 또 한 편의 아내의 노래 〈예성강〉은 뒷시대의 문헌에 결국은 잃어버린 고려의 노래로 남게 되었다. 이때 이야기 전개상 당연히 먼저 것이 남편의 노래요, 나중 것이 아내의 노래로 된다. 그런데 막상 어느 쪽의 노래라 한들 왠지 〈가시리〉의 분위기 정서와는 버성긴 느낌이 있다. 하지만 굳이 결부를 짓고자 한다면 아내와 떨어지는 남편의 노래 쪽에 나우 타당성을 부여할 수 있다. 여자가 남편에게 돌아갈 수 있게 된 상황에서 부르는 노래 쪽은 맞지 않는 까닭이다. 그럼에도 고금에 통하는 보편의 정서는 〈가시리〉 노래를 여성 화자의 노래 밖으로는 생각하지 않으니 난감할 따름이다. 하물며 아내 〈예성강곡〉의 궁극의 키워드는 중국의 상인을 상대로 끝까지 지킨 '정조'에 있었다. 이는 〈가시리〉의 요체인 이별의 서러움 곧 '별한(別恨)'과는 맥락이 닿지 않는다.

한편 〈가시리〉를 〈예성강곡〉 전편으로 판정했던 당사자는 "〈사모곡〉은 본시 〈목주가〉이던 것을 후인이 이렇게 개제(改題)를 하여서…" 운운으로 〈사모곡(思母

曲)〉과 〈목주가(木州歌)〉 사이에조차 관계성을 단정했다. 그런데 〈사모곡〉은 『시용향악보』와 『악장가사』 등에 그 가사가 전해지지만, 〈목주가〉는 『고려사』 악지에 가사부전의 가요로 배경담만 수록되어 있다. 그 배경담은 이러하였다.

목주(木州, 木川 : 지금의 천안)의 처녀가 아버지와 계모를 정성껏 섬겨 효성스럽다고 알려졌으나, 아비는 계모의 거짓말에 현혹되어 그녀를 내쫓았다. 그녀는 차마 떠나가지 못하고 머물러 더욱 극진히 부모를 봉양하였으나, 부모는 끝내 그녀를 쫓아내고 말았다. 그녀는 할 수 없이 부모를 하직하고, 산중의 석굴에 사는 노파에게 사정을 이야기하고 함께 살았다. 노파를 정성으로 섬기매, 노파는 자신의 아들과 혼인시켰다. 아들 부부가 근면 검약으로 합심하여 부자가 되었고, 그 무렵 여자의 부모가 몹시 가난하다는 말을 듣고 자신의 집으로 맞이하여 극진하게 봉양하였다. 그런데도 부모가 그녀를 좋아하지 않으므로, 자신의 처지가 한탄스럽고 어머니가 그리워 이 노래를 지어 불렀다.

〈사모곡〉의 경우 배경에 다른 이야기는 없이 가사만 전승되었다. 아버지의 사랑을 호미에, 어머니의 사랑을 낫에 비유하였다. 따뜻한 사랑을 차가운 금속인 호미와 낫에다 견준 것이 다소 생경하긴 하되 역시 농경사회의 산물임을 느끼게 한다. 그리하여 낫의 날이 더 좋으매 어머니의 사랑이 더 위에 있다고 기렸으니, 결국 부모의 사랑을 견준 노래이다. 반면 〈목주가〉는 아버지를 향한 울억한 원정(怨情)을 노래한 것이다. 배경담의 끝에 "歌以自怨(가이자원)" 즉 노래로써 원망을 나타냈다고 한 메시지를 가볍게 지나칠 수 없다. 성기열의 견지대로 이 '自怨'의 표출이야말로 〈목주가〉를 특징짓게 하는 요인이요, 〈사모곡〉에는 없는 주요 주제이기 때문이다.
  순 국어에 '한가하다'는 말이 있다. 원통한 일을 하소연, 또는 항거한다는 뜻이다. 그러면 전자의 요체가 어머니에 대한 '기림'에 있다면, 후자의 요령은 아버지를 향한 '한가'에 있다고 할 수 있으니, 양자 사이에 격의(隔意)가 없지 않다. 게다가 단적으로 진정 〈목주가〉가 〈사모곡〉이고, 〈예성강곡〉 첫 결(闋)의 곡조가 바로 〈가시리〉 그것이 맞는다고 한다면 『고려사』 악지가 벌써 그렇게 적어 놓았을 터이다. 있는 대로 기록했을 일을, 무슨 일로 굳이 그 말에 인색했는지에 대한 의구심을 또한 못내 떨쳐버릴 길 없다.

　고려가요 중에 현재진행 형태로서의 임과의 이별을 그린 노래는 지금 이 〈가시리〉와 〈서경별곡〉 두 노래이다. 그럼에도 별리 앞의 정서 반응은 양자 사이에 크게 대조적이다. 서정적 여성 자아라는 공통점 안에서도 〈서경별곡〉이 다가온 이별에 대해 적극 거부하여 있는 반면, 〈가시리〉는 한껏 순응하고 있다. 전자가 감추거나 에둘러댐 없는 직선적인 감정으로 세계와 맞서고 있는 반면, 후자는 인고(忍苦)와 순종, 은근과 끈기 같은 절제의 정서로써 세계와 동화한다. 혹 〈가시리〉의 서정적 자아가 소극적이면서 자기희생적이라면, 〈서경별곡〉의 서정적 자아는 적극적이고 자기중심적이라는 말도 한다. 하지만 〈가시리〉에서 또한 표면적 태도의 저 안쪽 어딘가에, 임과 미래에 재회하기 위한 혹렬한 자기 단속의 심리(心裏)가 비쳤을 때 더 이상 자기희생만으로 보기 어렵다. 곧 겉으로는 소극적인 순종인 양 보이지만 속종으로는 사내의 심리를 저울질 하듯 잘 요량하여 처신한 국면이 노래 안에 있었다.

　남녀 간 이별의 정경은 고려가요로서 단절일 수 없다. 조선시대의 국문학에도 멋들어진 정취(情趣)의 이별시가 허다히 존재한다. 일례(逸例), 16세기 황진이(黃眞伊)의 시조 일편(一片)이다.

　　　어져 내 일이야 그릴 줄을 모로던가
　　　이시라 ᄒ더면 가랴마는 제 구타야
　　　보내고 그리는 情은 나도 몰라 ᄒ노라

있으라고 하며 붙잡고 싶은 속정을 잘 참아낸 사실만은 〈가시리〉와 같을 테나, 그것을 참는 이유만큼 서로 다양하다. 〈가시리〉의 여인이 '선ᄒᆞ면'을 생각해서 잡지 못한 것이라 한다면, 황진이의 경우는 붙들지 않았던 이유가 야무진 자존심 때문이었으리란 생각도 지우기 어렵다.

　둘 사이에 같지 않음은 헤어짐 뒤의 여운에도 있을 것이다. 〈가시리〉의 여인은 감정을 억제코 붙들지 않음을 다행이라 여길 터이나, 조선의 명기는 한사코 참으면서 붙들지 않았던 데 대한 뒤늦은 후회에 빠져있으니, 상등(上等) 가집(佳什)의 별리 명편들 중에 도렷한 또 하나의 갈림목이라 하겠다.

　근세의 이별 주제 민요인 〈아리랑〉이 고려가요 〈가시리〉와 상통하는 사연을 지녔다는 등 하여 양자 간에 접맥(接脈)을 얘기하는 논지가 있다. 〈가시리〉는 궁중 별곡으로 가기 전에 원래 민요였으리라는 추정이 강한 작품이기도 했고, 또한 민요만큼 대중 보편의 애달픈 정서가 잘 수용된 사례도 없다. 하물며 두 노래가 모두 이별 정황에서의 애끊는 한을 노래한 것임을 상기할 때 둘 사이에 대비가 가능하다. 전규태는 김소월 시 〈진달래꽃〉의 정서가 또한 〈가시리〉와 내적인 맥락을 이루고 있음을 논변하면서 이별의 정한이 세월의 흐름에도 불변 고정임을 강조한 글을 썼다. 그리하여 〈가시리〉가 한국인의 전통적 감정과 한국 이별시의 원형(原型)을 함축해 있다고 했다.

　다만, 〈가시리〉의 정한도 〈청산별곡〉의 울음도 과도한 시대적 수난들로 유난히 위축됐던 고려 시절의 산물이었다. 그 안에서 우러나온 정조(情調)들이 나릿하고 질박했던 상고시대와, 굳세고 영활(靈活)했던 삼국시대 및 통일신라 때에조차 두루 관통될 수 있는 내용인지에 대해서는 다시 숙고해볼 필요가 있다.

3

정석가 鄭石歌

고려 별곡(別曲) 〈정석가(鄭石歌)〉 역시 작자·연대 미상의 작품이다. 『악장가사(樂章歌詞)』와 『악학편고(樂學便考)』에 전체 가사가, 『시용향악보(時用鄕樂譜)』와 『금합자보(琴合字譜)』에는 악보와 함께 첫 연만이 실려 전한다.

『고려사』 악지(樂志)에는 그 배경설화거나 간단한 제목 소개조차 없기에 고려속요로서의 정체성을 잠깐 의심 받기도 했으나, 이것 외에 〈서경별곡〉이나 〈청산별곡〉, 〈만전춘〉·〈이상곡〉·〈가시리〉 등도 『고려사』엔 자취가 없다는 사실을 생각하면 따로 세워 괘념할 일은 못된다. 오히려 이 역사서에 없는 것들이 사뭇 정감이 깊고 보편적인 공감대도 커 보인다. 따라서 어쩌면 역설적으로 당시 피지배 계층의 정서가 더 잘 배어 있기로 『고려사』와 같은 통치권의 기록에서 배제되었을 가능성도 고려해 볼 수 있다.

이제 『악장가사』에 실려 있는 전체 가사를 옮겨 오면 이러하다.

딩아 돌하 당금(當今)에 계샹이다
딩아 돌하 당금(當今)에 계샹이다
션왕셩디(先王聖代)예 노니ᄋᆞ와지이다

삭삭기 셰몰애 별헤 나ᄂᆞᆫ
삭삭기 셰몰애 별헤 나ᄂᆞᆫ
구은 밤 닷 되를 심고이다
그 바미 우미 도다 삭나거시아
그 바미 우미 도다 삭나거시아
유덕(有德)ᄒᆞ신 님믈 여희ᄋᆞ와지이다

옥(玉)으로 련(蓮)ㅅ고즐 사교이다
옥(玉)으로 련(蓮)ㅅ고즐 사교이다
바회 우희 접듀(接柱)ᄒᆞ요이다

그 고지 삼동(三同)이 퓌거시아
그 고지 삼동(三同)이 퓌거시아
유덕(有德)ᄒ신 님 여ᄒᆡᄋᆞ와지이다

므쇠로 텰릭을 물아 나ᄂᆞᆫ
므쇠로 텰릭을 물아 나ᄂᆞᆫ
텰스(鐵絲)로 주롬 바고이다
그 오시 다 헐어시아
그 오시 다 헐어시아
유덕(有德)ᄒ신 님 여ᄒᆡᄋᆞ와지이다

므쇠로 한쇼를 디여다가
므쇠로 한쇼를 디여다가
텰슈산(鐵樹山)애 노호이다
그 쇠 텰초(鐵草)를 머거아
그 쇠 텰초(鐵草)를 머거아
유덕(有德)ᄒ신 님 여ᄒᆡᄋᆞ와지이다

구스리 바회예 디신ᄃᆞᆯ
구스리 바회예 디신ᄃᆞᆯ
긴힛ᄃᆞᆫ 그츠리잇가
즈믄 ᄒᆡ룰 외오곰 녀신ᄃᆞᆯ
즈믄 ᄒᆡ룰 외오곰 녀신ᄃᆞᆯ
신(信)잇ᄃᆞᆫ 그츠리잇가

　　원전에는 ○표와 함께 전체 11연으로 구분하고 있으나, 이렇게 의미상으로는 6단락의 6연짜리 노래로 봄이 일반화 되었다. 고려의 노래라 할지라도 조선조에나 정착 표기되었으니 조선시대의 언어이겠으며, 이를 현대말로 옮긴다고 할 때 그 대체는 이러하다.

[1] 징이여 돌이여 (임금님이) 지금여기 계시옵니다. / 징이여 돌이여 지금여기 계시옵니다. / 태평성대에 노닐고자 합니다.

[2] 바삭바삭한 가는 모래 벼랑에 / 바삭바삭한 가는 모래 벼랑에 / 구운 밤 닷 되를 심습니다. / 그 밤이 움이 돋아 싹이 나야만 / 그 밤이 움이 돋아 싹이 나야만 / 유덕하신 임과 이별코자 합니다.

[3] 옥으로 연꽃을 새깁니다. / 옥으로 연꽃을 새깁니다. / (그 꽃을) 바위 위에 접붙입니다. / 그 꽃이 세 묶음이 피어야만 / 그 꽃이 세 묶음이 피어야만 / 유덕하신 임과 이별코자 합니다.

[4] 무쇠로 융복을 말아 / 무쇠로 융복을 말아 / 철사로 주름을 박습니다. / 그 옷이 다 헐어야만 / 그 옷이 다 헐어야만 / 유덕하신 임과 이별코자 합니다.

[5] 무쇠로 큰 소를 주조해서 / 무쇠로 큰 소를 주조해서 / 쇠로 된 나무 산에 놓아줍니다. / 그 소가 쇠풀을 다 먹어야만 / 그 소가 쇠풀을 다 먹어야만 / 유덕하신 임과 이별코자 합니다.

[6] 구슬이 바위에 떨어진들 / 구슬이 바위에 떨어진들 / (구슬을 꿰고 있는) 끈이야 끊어지겠습니까. / 천 년을 외따로 살아간들 / 천 년을 외따로 살아간들 / (임과의) 믿음이야 끊어지겠습니까.

1연 : 이 작품의 제목 '정석(鄭石)'이 무슨 뜻인지에 관하여는 다소 견해차를 보인 바 있다. '정석'은 이 작품의 제1연에 보이는 "딩아 돌하"와 관련을 가지는 바, '정(鄭)'은 '딩'과, '석(石)'은 '돌'과 대응된다는 점에서는 모두 동의한다. 다만 그 의미의 접근법에 있어는 다소간의 차이를 드러내고 있다. 곧 '딩'은 징이고, 한자로 는 정(鉦). '돌'은 돌로 된 악기 즉 경(磬)으로 보아, 금석 악기인 '정경(鉦磬)'으로

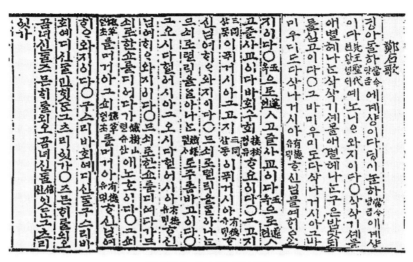

『악장가사』에 실린 〈정석가〉

본다. 징과 경쇠라는 악기라는 것이다. 이때 제목이 '정석(鄭石)'노래라는 사실과 맞추어 '딩'은 이것과 유사한 음의 '鄭'을 가리키고, '돌'은 그대로 '石'을 나타냈다고 한다. 따라서 "딩아 돌하"의 딩돌은 정석(鄭石)을 부르는 뜻으로 수렴되고, 금석악기를 의인화한 것이라는 견해가 대세인 양 하다. 일면 그와 같은 악기에서 나오는 소리 '딩·동'에 대한 의성어로 보는 견지도 있다. 나아가 '정석(鄭石)'이 악기 의인이나 의성어가 아니라, 연모하는 대상의 이름이라는 견해도 나왔다. 사랑의 님을 징과 경쇠 등의 악기에 가탁하여 나타냈다는 말이다. 혹은 생명신·우주신 등 신격화한 인물로 보는 관점도 없지 않았다.

여기서 돌 뒤의 호격이 '아' 아닌 '하'가 들어간 것은 오늘날엔 그냥 '돌'이지만 옛날에는 돌의 끝에 ㅎ자까지 붙은 '돌ㅎ'이었기에 여기에 '아'가 합쳐져[돌ㅎ+아 →돌하]로 된 까닭이다. "계샹이다"는 『시용향악보』에는 "겨샤이다"로 되어 있으되, '계시나이다'란 의미로 수용한다. 그런데 문득 악기를 상대로 '계신다'고 하는

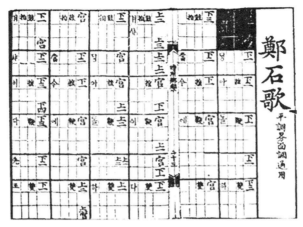

『시용향악보』에 수록된 〈정석가〉

존대법은 못내 어색하다. 역시 '임금님'이라는 주어가 앞에 감춰져 생략된 말로 융통을 기한다. "당금(當今)에"는 '지금에'이니, '임금님께서 지금 여기 계십니다'란 뜻이다. "션왕셩티(先王聖代)"는 '태평성대', "노니ᄋ와지이다"에서의 '지이다'는 원하고 바라는 뜻[願望]의 존대법 보조용언이다. 따라서 '노닐고 싶습니다', '노닐고자 합니다'로서 순조롭다.

여기 1연은 다름 아닌 바로 송도(頌禱)의 가사이다. 〈동동〉맨 첫 번째 서사(序詞)가 또한 송도지사(頌禱之詞)였다.

> 德(덕)으란 곰비예 받줍고 / 福(복)으란 림비예 받줍고
> 德이여 福이라 호늘 / 나슈라 오소이다.

그런데 여기 〈정석가〉에서 또 다른 모양의 찬사를 만났으니, 역시 〈동동〉에서처럼 상좌에 계신 임금을 의식하고 추종하여 바치는 헌사인 것이다. 이렇게 궁중음악에서 악인(樂人)이 풍류에 맞추어 올리는 찬양의 말을 치어(致語) 또는 치사(致

詞・致辭)라고 했거니, 지금 〈동동〉이며 〈정석가〉가 나란히 치어(致語)를 구사하고 있는 것이다. 이러한 관행은 뒷시대의 조선 후기에 성행하였던 판소리 춘향가 등에서도 구관(求觀)할 수가 있다. 84장본 〈열여춘향슈졀가〉의 허두이다.

> 슉종디왕 즉위 초의 셩덕이 너부시사 셩자셩손은 계계승승ᄒ사 금고옥족은 요슌 시졀이요 으관문물은 우탕의 버금이라 좌우보필은 쥬셕지신이요 용양호위난 간셩 지장이라 조졍의 흐르난 덕화 힝곡의 폐엿시니 사ᄒᆡ 구든 기운이 원근의 어려 잇다 츙신은 만조ᄒᆞ고 회자열여 가가지라 미지미지라 우슌풍조ᄒᆞ니 함포고복 빅셩덜은 쳐쳐의 격량가라 잇써 졀나도 남원부의 월미라 하난 기싱이 잇스되 삼남의 명기로셔 일직 퇴기ᄒᆞ야 셩가라 ᄒᆞ는 양반을 다리고 셰월을 보니되

저 양주별산대놀이의 〈합장재배(合掌再拜)〉라는 춤 또한 동일 개념 안에 있다. 상좌(上佐)가 첫 번째 과장(科場)에 등장하여 추는 이 춤은 자신들의 공연을 본 관중들이 해산 뒤에 모두 무사 무탈하기를 축원한다는 의미를 담고 있는 까닭이다. 오늘날 '공치사(功致辭)'거나 '공치사(空致辭)'라는 말도 바로 과거의 관습이던 치사(致辭)에서 부수되어진 언어라고 할 수 있는 것이다.

2연 : "삭삭기"는 바삭바삭한 모양. "셰몰애"는 가느다란[細] 부드러운 모래. "별헤"는 〈동동〉 6월조에도 나왔거니, '벼랑에'이다. "나ᄂᆞᆫ"은 악률에 맞추기 위한 무의미한 조흥구(助興句)이다. "삭나거시아"는 '싹이 나시어야.'

3연 : "사교이다"는 '새깁니다', "졉듀(接柱)ᄒᆞ요이다"는 '접합니다, 붙입니다.' "삼동"은 『악장가사』 원문에 "三同"이라 했으니 세 묶음의 뜻이나, '三冬' 즉 추운 겨울이라 했을 때 의미가 더욱 절실하긴 하다. 바야흐로 어이없는 이변들에 대해 열거하는 마당인데, 지금 옥으로 새긴 연이 꽃을 피운다면 뒤미처 기절초풍할 고동이 된다. 하지만 연꽃이 두 묶음이든 세 묶음이든, 아니면 서른 묶음이든 분량 때문에 놀라움이 달라질 일은 별반 없어 보인다. 옥으로 새긴 연꽃이 생화로 피어

난다는 현상 자체도 기경(奇驚)할 일이
거늘, 하물며 한여름에 피는 연꽃이 한
겨울에 피어난다고 할 때 왕청 기가 막
히고 어처구니없는 놀라움일 수 있다.
하지만 원사(原詞)에 "三同"이라고 한 바
에, 연꽃의 풍성을 돋보이자는 데 저의
를 두었을 터이다.

철릭. 무관이 입던 공복(公服).
허리에 주름이 잡히고 큰 소매가 달린 웃옷으로,
당상관은 남색이고 당하관은 분홍색이다.

4연 : "텰릭"은 '융복(戎服)'. 옛 무관의
공복(公服) 곧 군복을 이른다. "몰아"는
'재단(裁斷)하여 · 마름질하여'. "텰사"는 '철사(鐵絲)'. "바고이다"는 '박습니다.' '헐
어시아'는 '헐어야(만)'.

5연 : "한쇼"는 '큰 소' 또는 '황소'이다. "디여다가"는 '지어다가 · 주조(鑄造)하다
가'. "텰슈산(鐵樹山)"은 '쇠붙이로 된 나무들이 있는 산'. "철초(鐵草)"는 '쇠붙이 풀'.

네 개의 연에 걸쳐 총 네 가지의 사물이 등장한다. 이 중 구운밤과 황소는 서민
적 환경이 우선 연상되고, 철릭은 무관(武官)의 신상을, 연꽃은 불자(佛子)의 생활
분위기를 반영한다고 볼 만하다. 그러면 역시 일정한 신분에 있는 한 사람이 경험
할 법한 이런저런 면모가 아니라, 각기 다른 신분에 있는 이들의 다채 다양한 상황
들을 더끔더끔 합철(合綴)시킨 총화임을 너끈히 착안해 낼 수 있다.

이 간잔지런한 네 개의 연은 수사법상으로는 가정법과 역설의 과장법을 일관된
패턴으로 구사하고 있다. 곧 현실 불가능한 것을 가능한 일인 양 가정해 놓고 거기
에 맞춰 자신의 소망을 공고화(鞏固化)하는 수법이다. 그런데 그 가정이란 게 전수
일이 순편히 진행되지 못하도록 방해하는 상황과 조건, 말하자면 '가탈'일 뿐이다.
곧 '~(하)면 임과 이별하겠다'는 역설적으로 '결코 임과 이별하지 않겠다'는 의지
를 강조한 데 지나지 않으니, 돌이켜보면 이와 같은 방식이 문학상에 희한하긴

하나 여타에서 아주 포착이 안 되는 것은 아니다.

　가사 부전의 여요 중에 익재(益齋) 이제현의 《소악부(小樂府)》에 한역되어 전하는 〈오관산요(五冠山謠)〉란 것이 있다. 효자인 문충(文忠)은 개성의 오관산(五冠山) 밑에 살면서 모친을 지극히 효성스럽게 섬겼다. 그의 집은 도성에서 30리나 떨어져 있었는데, 벼슬살이를 하느라고 아침에 나갔다가 저물어서야 돌아오곤 하였다. 하지만 봉양은 조금도 게을리하지 않았고, 모친이 늙는 것을 개탄하여 이 노래를 지었다고 한다. 이제현은 '소악부'라는 제목 하에 당시의 속요 11수를 한시로 옮겨 놓았거니, 이것은 그 가운데 하나이다.

木頭雕作小唐鷄	나무 토막으로 목청 좋은 작은 닭 깎아
筯子拈來壁上棲	젓가락으로 집어 벽 위의 횃대에 앉히네.
此鳥膠膠報時節	이 새가 꼬끼요 하고 시와 때를 알리거든
慈顔始似日平西	어머님 얼골이 그제야 지는 해인양 되겠네.

　내용 속의 나무 닭 소재로 인해 일명 〈목계가(木鷄歌)〉라고도 하는 이 노래는 앞 3행까지는 조건절, 최종의 1행이 주절(主節)로 구성이 되어 있다. 〈정석가〉의 2, 3, 4, 5연과 똑같이 조건절에서는 있을 수 없는 상황이, 주절에서는 절대 원치 않는 일을 역설 방식으로 표현하고 있다. 특히 선택의 재료를 닭으로 한 것은 동물인 소에 가탁하여 소망을 내세운 〈정석가〉 제5연과 통한다고 할 것이다.

　그밖에는 전통의 문학 안에서 이같은 조건역설법의 유형적 사례를 톺기가 쉽지 않다. 다만 자암(自庵) 김구(金絿, 1488~1534)가 중종 앞에 바친 시조가 비록 어법상으로 조건절은 아니나 실현 불가능한 것을 전제로 삼아 자신의 소망을 강조한 점이 같다.

오리 짧은 다리 학의 다리 되도록애
검은 가마귀 해오라비 되도록애
향복무강(享福無疆)하샤 억만세를 누리소서

〈애국가〉의 첫 악절인 "동해물과 백두산이 마르고 닳도록 / 하느님이 보우하사 우리나라 만세"도 이와 다르지 않은 경우라 할 수 있다.

실현성 없음을 앞에 세운 조어(措語)는 조선 후기 작자 미상의 12가사 중 하나인 〈황계사(黃鷄詞)〉에도 도렷이 나타나 있다. 이 가사 역시 현실 불가능한 상황을 설정하여 임 이별의 애한(哀恨)을 병풍에 그린 누런 닭에 가탁한 노래이다.

병풍(屏風)에 그린 황계(黃鷄) 수탉이 두 나래 둥덩 치고 / 짜른 목을 길게 빼어 긴 목을 에후리어 / 사경(四更) 일 점(一點)에 날 새라고 꼬꾀요 울거든 오랴는가 /

〈청춘과부가〉에서도 근사한 모양을 볼 수가 있으니, 대개 시대적인 상투어였던가 보다. 역시 이해의 편의를 위해 현대어로 읽는다.

동창(東窓)에 돋은 달이 서창(西窓)에 지거든 오시려나 / 병풍의 황계(黃鷄)되어 사경일점(四更一點)에 날 새라고 / 꼬꼬 울거든 오시려나 / 금강산 상상봉(上上峰)이 평지되어 물밀어 배 둥둥 뜨거든 오시려나 /

〈춘향전〉에서도 이 투어(套語)는 다양한 모습으로 인증된다.

도련님 이제 가면 언제 오려 하오. 태산중악 만장봉이 모진 광풍에 쓰러지거든 오려 하오. 십리 사장(沙場) 세(細)모래가 정 맞거든 오려 하오. 금강산 상상봉에 물 밀어 배 띄워 평지 되거든 오려 하오. 기암 절벽 천층석이 눈비 맞아 썩어지거든 오려 하오. 용마 갈기 사이에 뿔 나거든 오려 하오. 층암상에 묵은 팥 심어 싹 나거든 오려 하오. 병풍에 그린 황계 두 나래 둥둥 치며 사경 일점에 날 새라고 꼬끼오 울거든 오려 하오. (古本 춘향전)

　도련님이 이제 가면 언제나 오려시오. 절로 죽은 고목이 꽃 되거든 오려시오. 벽에 그린 황계 짜른 목 길게 느려 두 날개 탕탕 치고 꽃끼요 울거든 오려시오. 금강산 상상봉에 물 밀어 배 둥둥 뜨거든 오려시오. (경판 23장본)

‘병풍에 그린 닭이 홰를 치거든’은 속담에도 있다. 도저히 불가능한 일이어서 기약할 수 없음을 비유적으로 이르는 말로 설명한다. 이 관용구는 급기야 계용묵이 1939년 1월『여성』지에 발표한 단편소설 〈병풍에 그린 닭이〉의 표제로까지 오르게 되었다. 제목은 바로 이 소설 속 다음의 구절에서 가져온 것이다.

　눈을 붙이려 했으나 죽어도 시댁 귀신이 되어야 한다는 생각에 몸을 일으킨다. 주막집에 들려 은바늘통 판돈의 나머지로 양초 한 쌍과 백지 다섯 장을 샀다. 병풍에 그린 닭이 홰를 치고 우는 한이 있다 하더라도 나는 그 집을 못 떠나야 옳다. 그녀는 어둔 밤길을 걸어 서낭당에 촛불을 밝히고 소지를 올렸다. 그런 다음 집을 향해 갔지만 시어미와 첩년 방엔 불이 켜져 있으나 자기 방만은 깜깜한 어둠뿐이었다.

　그러나 〈정석가〉의 발상과 더할 나위없는 유대감을 자아내는 비장(秘藏)의 별처(別處)가 중국문학에도 있다. 한나라 때의 악부시(樂府詩)인 〈상야(上邪)〉 곧 ‘하늘이시여!’라는 한 편이 그것이다.

　上邪
　我欲與君相知 長命無絶衰.
　山無陵 江水爲竭
　冬雷震震 夏雨雪 天地合
　乃敢與君絶

하늘이시여!
임의 사랑, 영원히 끊기지 시들지도 않게 하소서.
산등성이가 평지 되고, 강물이 모두 마르고,
겨울에 우르릉 천둥 치고, 여름에 눈이 내리고,
하늘과 땅이 합쳐지면,
그제야 임과 떨어질 수 있겠나이다.

　여인 화자(話者)가 사랑하는 남자와 절대 떨어지지 않겠다는 것을 역설(逆說)과 가정(假定)의 강조법에 의지하여 맹세하는 내용이었다. 이 시가 있은 이후 일천년도 더 지난 뒤에 해동(海東)에 피어난 〈정석가〉 별곡은 벅벅이 이 악부시의 부연(敷衍)인 듯, 화운(和韻)인 양하였다.
　사랑의 집념에는 양(洋)의 동서(東西)도 무색한가 보다. 저 스코틀랜드 출신 영국의 서정시인 로버트 번즈(Robert Burns, 1759~1796)의 〈붉디붉은 장미(A Red, Red Rose)〉라는 시가 또한 초자연적 사랑의 노래로 거푸 아연(啞然)한 차탄을 자아낸다. 전체 3연 중에 앞머리 두 연이다.

O My Luve's like a ref, red rose,
That's newly sprung in June:
O my Luve's like the melodie
That's sweetly played in tune.

Till a' the seas gang dry, my dear,
And the rocks melt wi' the sun:
O I will love thee still, my dear,
While the sands o' life shall run.

오, 나의 사랑은 붉디붉은 장미꽃다워라.
유월에 새롭게 피어난
오, 선율만 같은 내 사랑
감미론 곡조로 연주되네.

그대여! 온 바다가 마를 때까지
바위가 햇볕에 녹을 때까지
오, 그대를 한결같이 사랑하리라.
생명의 모래시계가 다할 때까지.

　　역시 모두의 공통분모는 실현 불가능한 상황들을 포함, 도저히 있을 수 없는 일을 전제에 두고 있는 것이다. 전통의 삶 속에서 '삶은 팥이 싹 나거든', '산호서 말, 진주 서 말 싹이 나거든', '곤달걀 꼬끼오 울거든' 표현들은 저저이 불가능한 일을 전제 삼은 비유어이다. '내 자식만 살릴 수만 있다면 난 죽어도 좋다'에서도 죽은 사람을 살릴 수는 없기에 역시 현실성 없는 일이 전제가 된다. 이보다 다소 성근 감이 없지 않되 예컨대 '거짓말이면 내 손에 장을 지진다' 같은 경우 또한 자신의 말에 거짓말 따위는 '절대 있을 수 없는 일'이라는 초강경 선언에 다름이 아니다.

　　궁극에 〈정석가〉의 조건문을 평서문으로 바꾸면, '구운 밤 다섯 되가 모래밭에서 싹이 돋아 자랄 때까지(제2연), 옥으로 새긴 연꽃을 바위에 접을 붙여 그 꽃이 활짝 필 때까지(제3연), 무쇠로 잘라 만든 군복을 철사로 박아 그 옷이 닳고 해질 때까지(제4연), 무쇠로 만든 황소를 쇠붙이 나무 우거진 산에 방목하여 쇠붙이 풀을 다 먹을 때까지(제5연)' 임을 여의지 않겠다는 말로 된다. 임과 헤어질 정황은 절대로 있을 수 없다는 극단의 부정과 강력한 거부인 것이다. 이어령은 이를 '불가능을 전제로 한 영원'이란 말로 표현하기도 했다.

그럼에도 그 불가능한 정도 면에서 2연보다 3연이 더욱 황당하다거나, 또는 3연보다 4연, 5연으로 가면서 시나브로 난이도가 상승되는 것도 아니다. 작고 낮고 약한 것에서 무장 크고 높고 강한 것으로 끌어올려 표현함으로써 효과가 더해지는 점층의 강조법이 무용화(無用化)된 채, 그냥 예제없이 단순 나열로 그친 사실이 세우 아쉬움으로 다가온다.

이제 작품을 유기적인 전체 안에서 오직 문면(文面) 상으로만 보았을 때, 여인은 2연에서 5연까지 죽어도 임과 헤어지지 않으려 끈히 몸부림하였으나, 마지막 6연에 이르러는 그만 속절없이 이별하지 않을 수 없는 정황과 맞닥뜨렸음이 포착된다. 천 년을 혼자서 살아간들 임에 대한 사랑의 신의는 끊어질 리 없다고 한 금석(金石) 같은 맹세가 그것을 고스란히 입증한다. 하기는 고려가요의 어떤 노래가 자신의 의지대로 행복히 맺음한 경우가 있었을까. 이별 및 이별 뒤의 애한·정한에 빠져듦에 예외란 없는 것이다. 그럼에도 바로 이 6연의 선언 덕분으로 노래가 한갓 별리의 슬픔으로만 그치지 않고 슬픔이 더 큰 사랑으로 승화되는 전기(轉機)를 새로 획득한 셈 되었다.

가람 신동엽 筆錄의 〈정석가〉

구슬의 노래는 저 〈서경별곡〉의 제2연에서도 목격된다. 두 편의 노래에 동시다발로 나타난 이 신기한 현상에 대해 그렇게 된 경위에 대한 설명이 필요하다. 그랬을 때, ⅰ)〈서경별곡〉이 정석가에서 가져왔을 가능성, ⅱ) 역으로 정석가가 서경별곡에서 가져왔을 가능성, iii) 〈서경별곡〉과 〈정석가〉가 전혀 다른 제3의 가요로부터 취용했을 가능성의 세 가지 경우를 세워 볼 수 있다.

그런데 이 구슬의 노래는 하필 이 두 노래 안에서만 낯을 세운 것이 아니었다. 고려 당년에 익재(益齋) 이제현의 소악부 중에도 두 노래의 다른 연은 다 고사(姑捨)하고 이 가사만이 단독으로 뽑혀 한역되어 있음을 본다. 말하자면 이 구슬의 노래 한 가지가 독보적으로 존재감을 과시했고, 나아가 여타의 다른 노래에 얹혀서 생광(生光)을 발휘하였다. 비유하자면 식물의 꽃밥 속에 들어 있는 꽃가루가 바람이나 곤충, 새 따위에 의해 암술머리에 묻어 운반되면서 생명력을 부여하는 이치라고 하겠다. 그러면 〈구슬의 노래〉라는 꽃가루가 〈서경별곡〉과 〈정석가〉의 암술머리에 들붙어서 생동(生動)과 보람을 불러일으킨 셈이 된 것이다. 이때 〈서경별곡〉에서는 제1연의 뒷자리, 〈정석가〉에서는 제5연의 바로 뒤에다 꽃가루를 받기 위한 주두(柱頭)를 심었다고 말할 수 있다. 따라서 역시 이것이 고려 당년의 독립가요로서 존재했을 개연성이 크다. 이는 저 〈쌍화점〉의 주요 고동이 되는 두 번째 연, "삼장ㅅ애 블 혀라 가고신된"이 각별히 익재(益齋) 이제현(1287~1367)과 급암(及菴) 민사평(1295~1359)들에 의해 단독 번역되었던 사실과도 부합이 된다.

주제의 면에서 제1연이 '임금에의 송축'이고, 2,3,4,5연이 '임에 대한 영원의 사랑'이라고 한다면, 이제 6연은 '임 향한 사랑의 맹세'로 명명할 수 있겠다. 그리고 여기의 임을 임금으로 보는지 연인으로 보는지에 따라서 주제는 문득 서로 다른 방향으로 나갈 수가 있다. 이를테면 전체 1연에서 6연까지 시종 임금님께 대한 흠모로 볼 수도 있고, 제1연의 임금에 대한 찬사 및 2연 이하 세간 남녀간의 사랑 노래로서 볼 수도 있다. 또는 더 나아가 이 두 가지를 복합적으로 아우르는 뜻이라 해도 무방하다. 그야말로 여섯 개 연이 탄력성 있게 해석될 수 있는 바로 그 의미의 다양성에 묘미가 있다.

『악학편고』(左)와 『금합자보』에 수록된 〈정석가〉

〈정석가〉가 염정가 범주의 노래가 아니라 시종 충신연주지사(忠臣戀主之詞)로 보겠다는 논지는 첫 연의 '선왕선대에 놀고 싶습니다'에서의 왕정(王廷) 분위기 내지, 반복되는 후렴 중 "유덕(有德)ᄒ신 님"에서의 님을 임금님 선입견으로 받아들인 결과인 듯하다.

그러나 〈동동〉에서도 맨 서두의 임금님 예찬 뒤에는 여인의 상사(相思) 일색으로 채워졌음을 상기할 필요가 있다. 게다가 이 구슬의 노래는 〈정석가〉만 아니라 남녀가 만났다 이별하는 이른바 남녀상열지사임이 명백한 〈서경별곡〉에서도 가져다 썼던 내용임을 끝까지 망각할 수 없다. 곧 과연 남녀상열에 쓰이는 천속한 가사를 드레 높은 군신 간의 충(忠)의 메시지와 구성없이 혼동해 썼겠는가 하는 의구심의 여운은 남는다. 하물며 내용 중에 구운밤을 심는다느니, 소를 방목하여 풀을 먹인다커니 따위는 다 민간의 생활권 안에서 배어나온 소재로서 합당해 보인다. 호화로운 왕실 환경 속에서 우러난 표현들 같지는 천만 않아 보이지만, 왕실로 들어와 별곡화 되는 과정에 귀족생활의 반영도 가해진 양 싶다. 이를테면 값비싼 보석인 옥(玉)으로 연꽃을 새긴다거나, 무쇠 갑옷을 재단한다거나 하는 등이 그것의 여실한 증좌가 된다.

〈정석가〉가 한 개 연으로서 족할 이 수사법을 무려 네 개의 연에 걸쳐 같은 방식으로 반복 나열하였으니 문학적 구상(構想)과 시적 상상력 면에서는 건조무미를 면하기 어려워 보인다. 그 이유가 역시 단순 반복성을 특징으로 하는 민요의 사설에서 가져왔기 때문이라며 두남둘 수야 있겠지만, 한 개의 아이템을 가지고 속칭 우려먹기 식으로 장황히 벌여놓은 안이한 조성은 그 자체 상상력의 예술인 문학의 측면에서는 썩 유표(有表)하다고 할 게 없다. 하물며 최종의 마무리 결사(結詞)까지도 창조적인 상상의 힘이 아닌 기성의 노래를 끌어다 붙였다고 한다면 상대적으로 옹색의 느낌을 면하기는 어렵다. 〈정석가〉의 이같은 면모가 다른 고려가요에 비해 약간은 덜 생색이 나는 소이일는지도 모른다.

4

정과정곡 鄭瓜亭曲

옛사람들은 참으로 제목에 대한 인식이 없었던가 보다. 오늘날 고대가요의 귀한 작품으로 남은 〈황조가〉·〈구지가〉·〈공무도하가〉도 원래의 표제가 아니요, 또 『삼국유사(三國遺事)』에 남은 14수 향가 수음(秀吟)도 하나같이 현대에 새로 붙인 이름 아닌 것이 없다. 심지어는 고려시대의 가요 중에도 긴 세월에 사연만 있고 이름은 모를 비목(碑木)같은 것이 있다. 글씨거나 그림에 비하자면 관련된 사람의 이름이 새겨져 있지 않은 '무명지작(無銘之作)'이요, 사람의 행색에 견주자면 옷을 제대로 갖춰 입지 못한 모양이라 할는지. 그같은 형상의 가장 극단은 시조(時調) 분야이니, 연시조 정도 제외하곤 방대한 양의 시조 무리가 온통 무제(無題) 일색임을 쉽게 본다. 조선조에 들어서나 다소 이름 구색을 갖추게 되었지만, 그럼에도 이전 시대의 문예에 대해서는 아예 무감각하였다.

신기한 것은 아득한 상고시대 때야 그렇다 쳐도 2천년의 시대를 지나도록 역사 속 기라성 같은 인물들 중에 앞 시대의 노래들에 제목 없음을 애석히 여기고 이를 해결하기 위해 뜻을 품은 유지자(有志者)가 따로 없었다는 사실이다. '필요는 발명의 어머니'란 말이 있듯이 불편이 컸다면 진즉 그렇게 했을 터이나, 일상에 별 불편함도 없고 어떤 과업에 따른 절절한 필요에 부딪힐 일도 없어서 그렇게 넘어갔으리라. 곡식의 낱알로 말하면 알맹이로서 족할 뿐 외장(外裝) 껍질은 종요롭지 않다는 생각의 반영이었는지도 모른다.

그런데 그게 그런가 보다 하고 나중에 필요해질 상황에서 이름 책정을 하면 그만이지 하고 후덕하게 넘어갈 수도 있었으나, 그만 20세기의 국문학 연구 단계에 들어서서 모든 고전 작품에 제목 책정이 불가피한 상황이 발생하였다. 그에 따라 문득 표제 인식이 돌올하였으니, 다름 아닌 작품 논의의 필요에 따른 것이었다. 그 때문에 후손 대의 연구자들 사이에 제목 논란으로 소모전의 양상까지 야기될 정도가 되었다면 제목 불감이 마냥 안이하게만 바라볼 사안은 못된다.

지금 보려고 하는 노래도 작가인 정서(鄭敍) 스스로는 제목을 붙여 둔 것이 없다. 다만 『고려사(高麗史)』 권97 '열전'에는 그가 스스로 호를 과정(瓜亭)이라고 했기 때문에 후세 사람들이 그의 성과 호를 따서 '정과정(鄭瓜亭)'으로 이름 했다고 하였다. 고의(古意)를 최대한 존중해야 하지만, 작사 작곡자 이름이 다름 아닌 노래의 제목이라니 참 어색하고 어정쩡하기 짝이 없다. 20세기의 근대가요를 예를 들되 김서정이 작사 작곡한 〈강남달〉의 제목을 '김서정'이라 했다든지, 현동주 작사 작곡의 〈서울야곡〉을 '현동주'로 제목을 삼았다면 난센스가 아닐 수 없는 것이다. 차라리 그럴 바에야 시가 제목엔 항용 맨 뒤에 '歌' 또는 '曲'을 붙이니, '정과정곡(鄭瓜亭曲)'이라는 보편의 명칭이 나우 부드럽게 느껴진다.

『악학궤범』에 실린 〈정과정곡〉

『고려사』 악지 속악 조의 〈정과정곡〉 관련 기사

한편, 이 노래는『악학궤범(樂學軌範)』제5권 〈학연화대처용무합설(鶴蓮花臺處容舞合設)〉의 출전인데, 여기서 '삼진작(三眞勻)'이라고 하였다. '진작(眞勻)'이란 속악 조명(俗樂調名)이다. 따라서 이는 곡조 명을 세워 말한 것일 뿐 제목은 아니다. 가장 느린 1진작에서 가장 빠른 4진작까지 있으되, 〈정과정곡〉은 자못 빠른 가락의 노래임을 알 수 있다. 내용상은 필시 어둡고 비감한 곡조가 확실한데 빠른 가락이라니 의외일 수 있다. 다름 아니라 오늘날『악학궤범』에 수록된 것은 고려 당년 정서의 곡을 옮긴 것이 아니라, 고려와 조선의 궁중에서 별곡 형태로 재편성하여 연회에 사용했던 결과적 산물이다. 광해 2년(1610)에 양덕수(梁德壽)도 자신의 편저인『양금신보(梁琴新譜)』서문 중에 이 궁중 편곡의 〈정과정곡〉이 후대 전통가곡들의 원초적 형태가 되었노라고 증언하고 있다.

어떤 노래에 그것의 배경에 깔려 있는 얘기가 없다고 한들 하등 이상하게 볼 이유는 없다, 그렇지만 요행으로 있다면 그로 연해 노래가 보다 간절히 감수(感受)되고 전달력도 커지는 법이다. 다행히 이 노래 〈정과정곡〉에도『고려사』'악지(樂志)' 속악 조에 간략한 역사 배경과 함께 노래를 짓게 된 동기가 실려 있다.

> 鄭瓜亭 內侍郎中鄭叙所作也 叙自號瓜亭 聯昏外戚 有寵於仁宗 及毅宗卽位 放歸其鄉東萊曰 今日之行 迫於朝議也 不久當召還 叙在東萊日久 召命不至 乃撫琴而歌之 詞極悽婉 李齊賢作詩解之曰 ….
>
> 정과정은 내시낭중(內侍郎中) 정서(鄭叙)가 지은 것이다. 그는 스스로 과정(瓜亭)이라 했고, 외척과 혼인을 맺어 인종(仁宗)의 총애를 받았다. 의종(毅宗)이 즉위하자 정서를 고향인 동래(東萊)로 보내면서 이르기를, "오늘 가게 된 것은 조정의 의논에 밀려서이니 머잖아 소환하리이다." 정서가 동래에 있은 지 오래되었으나 소환의 명은 오지 않았다. 이에 거문고를 잡고 노래했는데, 가사가 극히 처량하고 완곡했다. 이제현이 한시로써 이 노래의 뜻을 풀이하였다.

이제 『악학궤범』소록(所錄)의 가사를 그대로 옮기면 이러하다.

1. 前腔　내 님믈 그리ᅀᆞ와 우니다니
2. 中腔　山(산) 졉동새 난 이슷ᄒᆞ요이다
3. 後腔　아니시며 거츠르신 둘 아으
4. 附葉　殘月曉星(잔월효성)이 아르시리이다
5. 大葉　넉시라도 님은 ᄒᆞᆫ듸 녀져라 아으
6. 附葉　벼기더시니 뉘러시니잇가
7. 二葉　過(과)도 허믈도 千萬(천만) 업소이다
8. 三葉　몰힛마러신뎌
9. 四葉　ᄉᆞᆯ읏븐뎌 아으
10. 附葉　니미 나ᄅᆞᆯ ᄒᆞ마 니ᄌᆞ시니잇가
11. 五葉　아소 님하 도람 드르샤 괴오쇼셔

　모두 11개의 악절로 나누어 불렀음을 알겠지만, 문학상으로는 8.과 9.를 합쳐한 연으로 볼 수 있고, 9.의 감탄사 '아으'를 바로 뒤의 구로 옮겨 배치하면 10구체단연(單聯)의 형태를 띠게 된다. 이리 되면 흡사 차사(嗟辭)까지 갖춘 10구체 향가를 연상케 만드는 국면이 있다. 악보는 『시용향악보(時用鄕樂譜)』 및 『대악후보(大樂後譜)』에 전한다. 번호는 서술의 편의상 임의로 매긴 것이다.

1. "우니다니"는 '울며 지내더니'의 뜻이다.
2. "이슷ᄒᆞ요이다"는 '비슷합니다'라고 하는 데 의견을 나란히 한다.
3. "아니시며 거츠르신 둘"은 그냥 '옳지 않으며 거짓인 줄을' 내지, '그 누가 옳고 그른 것이 아니며 다 거짓인 줄을' 정도로 의견 조율이 된 양하지만, 기실은 다르게 바라보는 국면이 있다. 이에 또 하나의 과감한 시금석으로서, '안이시며 겉이신 줄을'을 제시해 보인다. 곧 '누구의 말이 안쪽의 말 곧 진실

[爲是]이고, 누구의 말이 바깥쪽의 말 곧 거짓[爲非]인 줄은.' 이때 보통은 진실은 정서 자신이고 거짓은 자기를 몰아낸 신하들 쪽이라고 생각할 수 있지만, 혹 거짓의 주체가 신하 아닌 임금일 가능성에까지 생각이 미치게 된다. 그랬을 때 '임금님이 진심인지 아닌지는'으로 풀린다.

4. "殘月曉星(잔월효성)이 아르시리이다"는 새벽달과 새벽별은 알 것이라는 말. 대개 달과 별은 천체 중에 있으니 요컨대 하늘이 안다는 뜻. 오늘날도 자신이 결백함을 극구 세워 하는 말에 하늘이 알고 땅이 안다는 말이 있으니, 그것과 통한다고 하겠다. 그리고 여기까지의 네 개의 구를 토대로 익재 이제현이 한역화를 수행했다는 사실 역시 해당 구절에 대한 문학적인 우위성을 인증한 소치라 하겠다.

5. "흔디녀져라"의 흔디는 함께, 녀다는 가다라는 뜻이매, '함께 살아가다'의 의미로서 순조롭다.

6. "벼기더시니 뉘러시니잇가"는 '우기시던 사람이 누구였습니까?'로 보는 반면에는 '어기시던 이 누구였습니까?'의 풀이도 있다. 그 당사자가 임금이라는 의미로 받아들이는가 하면, 이와는 완전 다른 방향에서 자신을 모함한 정적(政敵)들을 염두에 둔 해석도 있다. 이 입장에서는 '나를 헐뜯은 사람이 누구였던가요?'로 닿는다. 어느 경우든지 하나같이 원망감에 찬 사의(辭意)가 아닐 수 없다. 그런데 이는 같은 고려조의 별곡인 〈만전춘(滿殿春)〉에도 똑같은 대목이 삽입되어 있기에 판단에 보탬을 준다. 동시에 이 중첩 현상은 당시 고려 궁중이 별곡 제작 시에 기존 고려사회에 단독 형태로 유행하던 대목을 가져다 쓴 데서 비롯되었을 공산이 크다. 마치 저 〈서경별곡〉과 〈정석가〉에 똑같이 "구스리 바회예 디신둘"의 구슬 노래가 끼어있었던 것과 동일한 현상이다. 그런데 이렇듯 〈만전춘〉에도 있는 "벼기더시니"에다 간신들의 모함 운운을 대입시킨다면 창졸간에 난센스가 되어 버린다. 아울러 '우기시던'보다

정과정곡 鄭瓜亭曲 81

一中 김충현의 1978년 遺墨 〈정과정〉

'어기시던' 쪽에서 보다 유연한 소통의 느낌을 준다.

7. 가장 무난하여 이견이 없는 대목이다. 과실도 허물도 전혀 없다는 말.

8. "물힛마러신뎌"야말로 이 노래 최고의 난해처이다. 임금을 향한 정중한 부탁의 언사로서 '그런 말 마오소서' 곧 '뭇 사람들보고 참소하지 말게 해 달라'는 말로 보는 경우가 하나이다. '-시-'를 존대법을 나타내는 선어말어미로 본 것이지만, 그것을 존대법과 무관하게 여기는 측면도 있어 그냥 평서문으로서 '뭇사람들의 참소하는 말입니다(잘못된 말입니다)'로 풀이한다. 이 경우 "물힛마러신뎌"를 '물힛마리신뎌'의 오자로 판단한다. 그 외 '말이 말라버리는구나, 즉 할 말이 없다'는 해석도 발견할 수 있다. 그러나 새로운 가설로서 '말 위에 말이었나요?'로의 접근이 불가능해 보이지 않는다. 곧, 반대파의 신하들이 처음 했던 말에 그만 다른 말들을 더 보태서 어이없는 참언으로 자기를 내쳤다

는 뜻. 이렇듯 서로 이견이 있는 중에도 공통점은 있다. 곧 반대파의 신하들이 참소 내지는 말 변종을 일으켰다는 전제인 것이다. 하지만 못내 마음에 걸리는 것은 선어말어미 '−시−'의 공경 어법이다. 참언에 가담했다고 믿는 이런저런 신하에 대한 역공으로선 부적절하기 때문이다. 따라서 또 하나의 가정으로 임금의 앞에 직접 원망조로 묻되, (곧 다시 소환하겠다는 그 말씀이 결국) '말씀 위에 말씀이셨나요', '공연히 하신 말씀이었나요'의 개연성을 함께 갈무리해 둔다. 이 해석은 앞의 제3구에서 신하들을 걸고 들어가서 하는 말이 아니고 직접 임금에게의 유감 표출이었을 수 있는 가능성과 더불어 전후가 잘 호응을 이루게 된다. 또한 이참에 문득 소위 '연주지사'라고 하는 〈정과정곡〉이 과연 자신을 모함하고 귀양 보낸 정적들에 대한 비난의 연속으로 조성된 노래일까 를 놓고서 의아해지는 국면이 있다. 〈정과정곡〉은 불과 10줄 전후의 짧은 가사이다. 처음부터 끝까지 정서가 왕과 자신 두 사람 사이의 헤어짐과 맹서 소환에 관해 얘기하는 것만으로도 마음이 바쁜 실정이다. 그런 마당에 내가 옳고 저편이 그르다 식의 통속적인 시비 다툼을 앞세웠을 것이랴. 저 거짓 참언하는 간신 때문에 이렇게 되었다는 말들로 아까운 행 소절을 낭비해 버렸 을는지 회의적이다. 하물며 그런 맞대응과 비방에서는 단지 치기(稚氣)만이 감득될 뿐, 수준 있는 문학적 메시지와는 멀어질 뿐이다.

9. "술읏븐뎌"도 위에 버금갈 만큼 난해한 대목이다. 대략 '슬프구나', '사뢰고 싶구나', '사라지고 싶구나' 안에서 논위된다. 그러나 맨 뒤의 설은 정서의 임금을 향한 애착의 정도로 보아 잘 실감이 되지 않는다.

10. "ᄒᆞ마"는 '벌써'로서 의견 상합하였다.

11. "아소"는 금지어로서의 '(그리) 마오'로 추정하는 반면에, 감탄사 '아아'로서 타당성을 짚는 측면도 공존한다. "님하"에서의 '하'는 옛말의 극존칭 호격조 사이다. "도람"도 '다시 (제 말) 들으셔서' 혹은 '돌이켜(돌려) 들으셔서' 등

다소간 뉘앙스 상의 차이가 있지만 그 대의에서는 일치한다. "도람"을 아예 '자세한 사연'으로 관측한 경우도 없지 않다.

이상을 토대로 전체 현대말로 풀어서 보면 대개 이러하다.

　　내 님을 그리워하며 늘 울고 지내노라니
　　저 산 접동새와 내 신세 비슷합니다.
　　참소의 말이 참 아니며 거짓인 줄을
　　지새는 달과 새벽별이 아실 것입니다.
　　영혼이라도 님과 한 곳에 가자스라
　　어기던 사람이 누구이셨습니까?
　　잘못도 허물도 결코 없습니다.
　　뭇 사람의 참소하는 말입니다.
　　서글픕니다, 아아!
　　님이 저를 벌써 잊으셨습니까?
　　마오 님이시여, 다시 들으시와 사랑해 주소서.

그리고 여기 전체 가사 중에서도 노래 화자의 마음을 요긴하게 잘 표현한 핵심어이자 문학성 짙은 시어(詩語)는 '접동새'라 할 수 있다. 사전에서 접동새는 '두견'의 (경남)방언이라고 했다. 그밖에 부르는 말로 두우(杜宇)·두백(杜魄)·자규(子規)·귀촉도(歸蜀道)·촉혼(蜀魂)·망제(望帝)·원조(怨鳥) 등등이 있다. 몸길이 약 25㎝에 등은 회색을 띤 파란색이고, 아랫가슴과 배는 흰색 바탕에 암갈색 가로줄무늬가 있다. 4월에서 8월까지 울지만 그 최성기는 5월~6월이다.

세간에서 곧잘 두견(접동)새를 소쩍새로 혼동해서 말하기도 하고, 심지어는 문학 작품 안에서도 그런 경우가 종종 발견된다. 하지만 두견새는 뻐꾸기과에 속하고, 소쩍새는 올빼미과에 속하니 완연히 서로 다른 종류의 새이다. 그 별칭 중에는 거듭 '사귀(思歸)'·'최귀(催歸)'·'불여귀(不如歸)'도 있음을 간과치 않을 일이다.

두견새(左)와 소쩍새(右)

하나같이 그만 또는 바삐 '돌아가고 싶다'는 말이다. 이런 별명들이 붙게 된 데는 그만한 사연이 있었기 때문이니, 전설상 접동 즉 두견새는 초나라 망제(望帝)의 원혼이 변하여 됐다는 새이다.

　　중국 춘추시대 촉(蜀)나라에 망제(望帝)라고 하는 왕이 있었으니 이름이 두우(杜宇)였다. 어느 날 그가 문산(汶山)이라는 산 밑을 흐르는 강가에 있는데, 익사한 듯한 시신 하나가 떠내려 오다가 망제 앞에서 눈을 뜨고 살아났다. 망제는 이상히 생각하고 그를 데리고 돌아와 물으니 형주(荊州) 땅에 사는 별령(鱉靈)이요, 강에 나왔다가 잘못해서 물에 빠졌는데, 여기까지 오게 된 영문을 모르겠다고 하였다. 망제는 하늘이 자신에게 어진 사람을 보내주신 것이라고 생각하여 별령에게 집을 주고 장가도 들게 하고, 정승으로 삼아 나라 일을 맡기었다. 망제가 나이 어린 데다 마음도 약하니 별령은 은연중 불측한 마음을 품고 그 좌우를 매수하여 정권을 휘둘렀다. 별령이 미색인 딸을 바치자 망제가 기뻐서 장인인 별령에게 국사를 맡겨 두고 정사에 태만하였다. 이에 별령은 궤계로써 망제를 국외로 몰아내고 스스로가 왕이 되었다. 하루아침에 나라를 빼앗기고 쫓겨 나온 망제는 원통함을 참을 수 없어 죽어 두견이라는 새가 되었다. 망제의 혼인 두견새는 그 맺힌 한에 피를 토하며 우니 뒷사람들은 이 두견새를 원조(怨鳥)라고도 하고, 두우(杜宇)라고도 하며, 귀촉도(歸蜀途) 혹은 망제혼(望帝魂)이라고 하였다. 그렇게 한이 맺힌 피가 땅 위의 꽃에 떨어져서는 붉게 물드니, 그 꽃의 이름을 두견화(杜鵑花)라 하였다. 진달래의 다른 이름인 것이다.

그리하여 두견새에게는 적어도 두 개의 원형(原型) 이미지가 부여되어진 셈이니, 그 하나는 '처연(悽然) 비측(悲惻)'이요, 다른 하나는 '강렬한 회귀욕'이랄 수 있다. 그리하여 정서가 접동새를 가사 중에 내세웠음은 그냥 우연이라기보다는 당초부터 그 안에 내포돼 있는 이 메시지를 살리고자 의도했을 개연성이 크다. 곧 산 접동새야말로 자신의 신세가 그만큼 처참함과 동시에, 있던 자리로 돌아가고 싶은 염원을 극진히 나타낼 수 있는 최적격으로 인식했을 터이다.

특히 두 번째 구 "山(산) 접동새 난 이슷ᄒ요이다"라는 대목은 연구자들 사이에 크게 논란을 불러일으켰던 부분이기도 하다. 문제는 바로 앞의 '난'을 띄어쓰기하는 방식에서,

1) 山(산) 접동새 난 이슷ᄒ요이다
   (산접동새는 나와 비슷하오이다)
2) 山(산) 접동새난 이슷ᄒ요이다
   (산 접동새는 비슷하오이다)

로 이동(異同)을 보이고 있다. 1)은 산접동새가 나(정서)와 비슷하다는 말이라, 임(임금)을 그리워하며 울고 다니는 자신의 신세를 망제혼(望帝魂)이 변하여 되었다는 두견새의 모습에 비유하고 있다. 2)는 임금의 신세가 산접동새와 비슷하다는 말로 수용하니, 작가인 정서는 비유의 대상이 못 된다고 한다. 접동새는 원래 촉나라의 임금이 죽어 화현한 존재라서 신하의 처지에선 거기에 가탁하는 일이 참람한 일이라는 것이다.

하기는 두견의 여러 이칭(異稱) 중

檀園 김홍도의 〈두견도〉

에는 '임금새'의 말도 없지 않다. 또 두보의 〈배두견(拜杜鵑)〉이란 시는 안록산의 난으로 수난 당하는 당현종을 두견에 비긴 애련(哀憐)한 뜻이었고, 단종이 영월에서 자신의 참혹한 신세를 접동새에 비겨 〈자규사(子規詞)〉를 쓴 것이 있어서, 천고(千古)에 애수를 간직하고 있다.

月白夜 蜀魂啾	달 밝은 밤 두견새 울어대니
含愁情 寄樓頭	다락에 기댄 몸 설움이 맺히누나.
爾啼悲 我聞苦	네 그리 슬피우니 나 듣기 괴로워
無爾聲 無我愁	네 울음 없다면 내 근심도 없으련만.
寄語世上苦惱人	괴로움 맺힌 세상 사람들이여
愼莫登春三月子規樓	춘삼월엔 자규루에 오르지 마소.

덧붙여 퇴계 이황(李滉)과 손곡 이달(李達) 등이 비운의 임금 단종에 대한 애석을 두견 소재의 한시로 읊은 사례를 들면서 오직 임금 신분으로서만이 접동새의 이미지를 간직한다는 취지를 세웠다. 따라서 〈정과정곡〉 또한 '임금의 모습을 생각하니 자규와 흡사하다'란 뜻으로 부른 것이라 하였다.

그런데 위 『고려사』 악지의 기사 맨 뒤에 이제현(李齊賢, 1287~1367)이 〈정과정곡〉을 한시로 옮겼다고 했다. 그는 당시 유행하던 우리말 속요 가사를 한역하면서 '소악부(小樂府)'라고 이름 붙였으니, 이 또한 그렇게 번역한 11편 중 하나이다.

憶君無日不霑衣	임 그리워 옷깃 적시지 않는 날 없으니
政似春山蜀子規	흡사 저 봄 산에 우는 촉자규와 같고나.
爲是爲非人莫問	옳거니 그르거니 사람들아 따지질 마오
只應殘月曉星知	저 밤 지샌 새벽 달과 별들만은 알리니.

정서가 노래 지은 지 약 150년 정도 뒤에 한시로 옮겨진 셈인데, 이것이 〈정과 정곡〉 가사의 이해에 자못 보탬을 준다. 위 시구 중에 '촉자규'는 바로 두견새를 말한다. 여기의 문맥상으로도 임금과 두견 사이 '처지'의 같음보다, 작가도 두견 새도 울면서 지낸다는 '울음' 안에서 부드러운 연결이 감지된다.

조선 초기의 문신인 서천(西川) 어세겸(魚世謙, 1430~1500)에게도 고려 이제현을 효방(效倣)한 번역시 한 작품이 있다.

苦憶吾君泣涕時　　애달피 내 님 그려 눈물흘리니
山中蜀魄我依稀　　산 접동새와 나는 비슷한 신세.
果爲非與還爲是　　진정 그른 건지 옳은 건지는
殘月曉星應及知　　지는 달 새벽별이 알아주리라.

그런데 반드시 한시 체재 안에서만 '자규'의 시어(詩語)가 존재한 것도 아니었다. 고려 후기의 문신인 이조년(李兆年, 1269~1343)의 일명 〈다정가〉라 하는 시조 일편,

이화에 월백하고 은한이 삼경인제
일지춘심을 자규야 알랴마는
다정도 병인 양하여 잠못 들어 하노라

에서의 자규 곧 접동새는 작가 이조년이 안타까운 봄밤의 탄식을 부추겨 자극하 는 구실 이상도 이하도 아니다. 다시 조 선시대 조위(曺偉, 1454~1503)가 지은 가 사인 〈만분가(萬憤歌)〉를 보아도,

〈정과정곡〉의 산실인 부산 동래 소재의 〈정과정〉

차라리 죽어져서 / 억만 번 변화하여 / 남산 늦은 봄에 / 두견의 넋이 되어 /
이화 가지 위에 / 밤낮으로 못 울거든 / 삼청 동리에 / 저문 하늘 구름 되어 /

자신이 천상(天上) 백옥경(白玉京)에 나아가 가슴 속 쌓인 비분을 임금[성종]께 사뢰
기 위해 두견의 넋으로 화(化)하고 싶다고 했다. 하물며 조선조의 시조 등에도
작자가 사뭇 임금 아닌 신분으로 지어낸 조어(措語) 종종을 어렵지 않게 볼 수 있다.

　　　이 몸이 싀어져서 접동새 넋이 되어
　　　梨花 편 가지의 속잎에 들었다가
　　　밤중만 살아져 울어 님의 귀에 들리리라

　　　이 몸이 싀어져서 접동새의 넋이 되어
　　　님 자는 窓 밖에 불거니 뿌리거니
　　　날 잊고 깊이 든 잠을 깨워 볼까 하노라

　이렇듯 두견 접동은 그 의미적 대상이 하필 임금에게만 국한되지 않은 바, 그
외연(外延)은 훨씬 더 넓고 자유로웠다.
　그러면 〈정과정곡〉 1, 2연에 대해 근대의 김태준이 '님 그리워 우는 양이 접동새
와 비슷하다'로, 양주동이 '내 님을 연모하여 늘상 울더니'로 한 것은 단지 표현상
의 차이가 있을 뿐 의미 수용에선 매일반이었다. 〈정과정곡〉의 접동새 역시 항시
눈물 적셔 우는 자신의 신세 정황이 마치 늘 울고 지내는 것만 같은 노래 당사자인
정서의 모습과 접점을 이루고 있음을 무난히 요량해 볼 나위가 있다.
　이상의 참작에 따라 저자가 시역(試譯)을 보탰으되, 이러하다.

　　　내 님을 그리워하며 울고 지내니
　　　이 신세 산 접동새와 비슷합니다.

갈물 이철경의 1979년 寫作 〈정과정곡〉

진정인지 겉으로의 말씀이신지는
천지신명(天地神明)이 아실 것입니다.
넋이라도 님은 한 데 가자스라
굳게 세우던 이 누구였습니까?
잘못도 허물도 천만 없소이다.
말씀 위의 말씀이었군요.
서글프나이다.
임께서 이미 절 잊으신 건가요.
마오 님이시여, 돌이켜 들으사 괴오소서.

돌이켜, 오늘날 우리가 보는 고려가요는 대부분 작자 미상이다. 애당초 여항의 노래가 궁정음악으로 재편성되는 단계를 거쳐 연주되다가 조선조에 이르러야 가집(歌集)에 실린 것이 대체(大體)를 이룬다.

하지만 이같은 일반적 추세에서 벗어난 고려가요도 마저 없지는 않다. 이를테면 고려 16대 임금인 예종(睿宗)이 지었다고 하는 〈도이장가(悼二將歌)〉가 있으나, 향가의 유향(遺響)으로 간주되어 여요와는 구별된다. 〈이상곡(履霜曲)〉의 경우 채홍철(蔡洪哲, 1262~1340)이 지었을 개연성이 높지만 확정된 것은 아니다. 다만 〈정과정곡〉이야말로 우리말로 전하는 고려가요들 중에 정서(鄭敍, 1115경~?)라는 작자 이름이 정식으로 천명된 노래로 세울 수가 있다. 하물며 가사를 지은 것으로만 그치지 않고 겸하여 거문고로 창(唱)했다고 하니, 본인이 작곡한 노래를 직접 불렀다는 의미이겠다. 그리고 보매 정서야말로 작사자, 작곡자이자 거문고 연주자, 게다가 가창자(歌唱者)까지 겸전한 다재다능의 인물이 아닐 수 없다. 이에 정서는 재예(才藝)가 있었다는 『고려사(高麗史)』의 기록이 또한 과장이 아님도 알겠다.

　　바로 그 예능 솜씨 절륜했다던 노래 주인공 정서는 대관절 어떠한 사람이었던가? 그는 지추밀원사(知樞密院事) 항(沆)의 아들로, 본시 전문 예술인이 아닌 고려 인종, 의종 시절의 고위 문관이었다. 인종의 부인인 공예태후(恭睿太后) 여동생의 남편으로서 큰동서인 인종의 총애를 받았고, 음보(蔭補)로 내시낭중(內侍郎中)에 이르렀다. 인종의 큰아들인 왕현(王晛)은 아우인 왕경(王暻)에게 밀려날 뻔하다가 곡절 끝에 1146년에 왕위를 계승하였다. 그가 바로 의종(毅宗)이요, 정서는 이제 큰조카인 왕의 이모부가 되었다.

　　평소 정서는 둘째 왕자인 경과 친밀한 관계였다. 1151년(의종5) 이 사실을 노린 왕의 총신인 정함(鄭諴)과 김존중(金存中) 등이 역모 가담의 참소를 가하는 바람에 고향 동래(東萊)로 유배되었다. 그때 의종은 곧 다시 부르겠다는 말로 보냈다 하고, 정서는 재소환의 명(命)을 고대하면서 유배지에다 정자를 짓고 오이 심고 거문고와 함께 스스로 '과정'이라 호하면서 지냈다고 한다. 하지만 끝내 소환이 없던 중에, 의종 24년(1170) 정중부의 난이 발발했다. 결국 거제에 유폐 당했던 의종이 이의민에 의해 살해(1173)되고, 새로 명종이 즉위하여 특사를 베풀 때에나 정서도 소환되어 직전(職田)을 받았다. 『고려사』 종실(宗室) 열전에는 성품이 경박하나 재예(才藝)가 있어 문장에 뛰어났고 묵죽화(墨竹畵)에도 능했다 한다. 저서로 『과정잡서(瓜亭雜書)』가 있다. 조선 중종 1531년의 편술인 『신증동국여지승람』 23권 경상도의 동래현(東萊縣) 조에도 현의 남쪽 10리에 위치한 '과정(瓜亭)'에 대한 기술이 있다.

　　앞서 『고려사』 악지 '속악' 조에는 정서가 귀양지 동래에서 과정곡(瓜亭曲)을 짓게 된 동기가 소개되어 있다. 하지만 기실 그가 동래로 귀양을 가서 이 금곡(琴曲)을 타게 된 보다 구체적인 사연과 배경은 『고려사』 권123의 〈김존중(金存中)〉 열전에 있다.

存中與內侍郎中鄭敍有隙 以敍交結大寧侯暻 與誠等交構 嗾其族左諫議王軾起居注李元膺等 上疎論之 流敍于東萊.

김존중은 내시낭중(內侍郎中) 정서(鄭敍)와 틈이 있었는데, 정서가 대녕후(大寧侯) 경(暻)과 가까이 지내는 것을 보고 정함(鄭誠)과 공모하여 그 친족인 좌간의(左諫議) 왕식(王軾)과 기거주(起居注) 이원응(李元膺) 등으로 논죄하는 상소를 올리도록 사주하여 정서를 동래(東萊)로 귀양 보냈다.

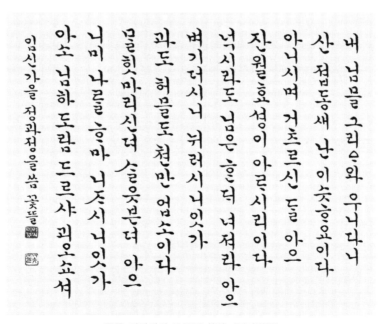

꽃뜰 이미경의 1992년 筆蹟 〈정과정곡〉

김존중은 환관(宦官)인 정함(鄭諴)의 추천으로 우승선(右承宣)에 발탁되었고, 이래 조정 내외의 권력이 그에게 집중되었다. "정서가 내쳐진 뒤에 김존중이 왕으로부터 더욱 긴밀한 총애를 받았다(敍旣流 存中益寵幸嘗密)"고 하니, 의종이 정서를 동래로 보낼 때 사세 부득하여 보낸 것일 뿐, 곧 다시 부르리라 한 말은 당초 마음에 없던 허언임이 백일하에 드러난다. 겉과 속이 다른 말, 곧 안으로 한 말이 아니라 겉발림으로 한 말이었다. 그래서 노래 3행에 있는 '아니시며 거츠르신'은 안의 말(진실)과 겉의 말(거짓말)의 뜻으로 보일 수 있겠다. 하물며 정서가 환자(宦者)들의 모략에 빠져 유배된 이후 의종의 태도를 보면 정서에 대한 연민이나 동정 따위는 전혀 없음을 더 확연히 알 수 있다. 오히려 김존중을 전보다 더 총애했으니, 그의 뜻을 따라 일을 처리했던 것으로 보인다.

　　存中益寵幸 嘗密白王曰 太子幼 宗親盛 恐致覬覦 宜選兩府宰相 以爲東宮師傅以效周公 霍光故事 王然之 以庾弼爲太師 崔允義爲太傅 居無何弼卒 存中代爲少保 王命宗室宰相文武百僚就賀.
　　김존중은 더욱 총애를 입었다. 김존중이 왕에게 은밀히 말하기를 "태자가 아직 어리고 종친들은 드세어 왕위를 엿보게 될 우려가 있나이다. 따라 양부(兩府)의 재상들 중에 선발하여 동궁사부(東宮師傅)로 임명하시와 저 주나라 주공(周公)과 한무제 때 곽광(霍光)의 고사(故事)를 본받음이 좋겠나이다"라고 하였다. 왕이 옳게 여겨 유필(庾弼)을 태사(太師)로, 최윤의(崔允義)를 태부(太傅)로 임명하였다. 얼마 있다 유필이 죽자 김존중이 대신하여 소보(少保)가 되었다. 이때 왕이 종실과 재상, 문무백관으로 하여금 찾아가 축하토록 하였다.

한창 때 김존중의 집 문지기들이 모두가 자색 옷 입고 칼을 차고 있었다 한다. 국정을 처결하면서 상벌을 임의로 하였으며, 자기에게 아부하는 자는 등용하고 거역하는 자는 밀어낸바, 그 형제와 친척들도 그의 권세를 믿고 교만 방자했다고 한다. 오랜 권세 동안에 벼슬과 작위를 팔아 재산이 누만에 달하니 고래등 같은 집이 네 채나 되었으며, 1156년에 김존중이 등창으로 앓아누웠을 때는 그를 문병하는 행렬이 줄을 이었다고 한다. 이때는 정서가 유배당한 지 5년 되던 해이다. 정서와 정적(政敵)인 김존중의 세도가 이런 정도이니, 동래 귀양지에서 혹여 자신을 불러줄까 하고 고대했던 정서의 꿈이 얼마나 허황된 것이었는지 실감하고도 남음이 있다.

왜 의종은 그렇게까지 정서에 대해 일말의 배려도 없었던 것일까? 인종의 비(妃)인 공예왕후 임씨(任氏)는 자신의 소생 다섯 아들 중에 둘째 아들인 대녕후(大寧侯) 왕경(王暻)을 왕위에 계승시키고자 애를 썼다. 거의 성사되는 듯싶었지만, 결국은 큰아들 왕현(王晛)이 보위에 올랐으니 그가 바로 의종이다. 가까스로 왕이 된 의종은 이전에 위협적으로 자신을 밀어내고 왕이 될 뻔했던 아우 경과 그의 파당들이 크게 못마땅하였다. 정서는 공예왕후 여동생의 남편이니 왕현·왕경 형제에게는 이모부가 된다. 의종인 왕현은 이모부인 정서가 평소 아우 경과 친분이 깊어 왕래가 잦은 사실에 대해서도 불만이 컸을 터이다.

그러다가 의종은 김존중과 정함 등이 지어낸 역모 관련의 소문을 듣고 정서를 의심하게 되었다. 마침 재상 최유청(崔惟淸)과 유필(庾弼) 등이 간관(諫官)들과 함께 "정서가 대녕후와 교분을 맺고 그 집에 맞아들여 잔치하고 놀아나니 그 죄는 용서하기 어렵나이다[鄭敍交結大寧侯 邀其第 宴樂遊戲 罪不可赦]"로 고하였고, 어사대(御史臺)에서도 "정서가 종실과 결탁하여 밤에 어울려 술잔치한다[陰結宗室 夜聚宴飲]"는 상소를 올렸다. 이를 빌미로 의종은 정서와 양벽(梁碧)·김의련(金義鍊)·유우(劉遇)·이시(李施) 등 소위 외척파로 불리는 이들을 가두었다. 또한 아우 왕경의 거처인 대녕부(大寧府)를 파하고 그 노비들은 귀양 보냈으며, 악공(樂工)은 태형을 가한 뒤 귀양보냈다. 직후 대간(臺諫)의 재청으로 정서는 동래로 보내고, 양벽과 김의련 등도 각기 다른 곳으로 정배시켰으며, 노비는 거듭 매를 때려 박도(博島)로 쫓아버렸다.

『고려사』 권90 열전3 종실1 대녕후 王暻

응징은 그것으로 끝나지 않았다. 정서가 유배를 당한 지 6년 되던 해인 1157년(의종11)에는 아우 왕경을 천안부(天安府)에 유배하고, 왕경과 정서의 향연에 그릇을 빌려주었다는 이유로 최유청을 외직인 충주부사로 강등하였다. 정서의 매부인 김이영(金貽永)도 지방에 발령하였고, 이때 정서로 하여금은 유배지를 거제현으로 옮기게 하였다. 의종이 본래 도참설(圖讖說)을 믿었던 데다 여러 동생들에게 우애가 없었다고 한다. 그럼에도 여전히 의심이 풀리지 않아 측근을 시켜서 아우 경과 자기 외삼촌인 임극정(任克正) 등의 죄를 논핵(論劾)케 했다. 이 모든 일들이『고려사』종실 열전에 소상히 나타나 있다.

궁극에 정서는 자신의 첫째 조카가 아닌 둘째 조카와 친밀히 결탁하는 통에 이처럼 차타(蹉跎)의 불행을 당한 것이니, 시속말로 줄서기를 잘못했다가 당한 비운이었던 것이다. 그리하여 정서의 동래 및 거제 유배는 어차피 면치 못할 일이었고, 뻔한 사실이지만 이런 판에 정서가 재소환의 혜택을 입을 가능성은 애당초 전무했다.

관련하여, 〈정과정곡〉이 과연 어느 시점에서 지어진 것인가라는 궁금증이 대두된다. 이를 두고 논자들 간에 갖가지 의견이 상충되기도 했다.

① 유배당한 의종 5년(1151)부터 의종의 권력이 무너진 24년(1170) 사이의 소환을 기다리던 어느 때라는 견해가 우세하다. 그 중에서도,

② 의종 5년(1151)에서 11년(1157) 사이의 동래(東萊) 유배기 쪽에 초점을 두어 그 시기를 당겨 보는 입장이 있다.

③ 의종 11년(1157) 2월 12일, 거제도 사등면(沙等面) 오양역(烏壤驛)으로 이배되었는데, 이래 적소(謫所) 체류의 기간이 꽤 깊어진 의종 24년(1170) 9월까지의 13년 사이로 보는 측면도 있다. 그런가 하면,

④ 의종이 실각하여 거제로 축출 당한 왕 24년(1170) 설로, 훨씬 구체적으로 그 해 9월 하순~10월말까지로 좁혀 관측한다. 『고려사절요(高麗史節要)』에는 거제도 둔덕(屯德)의 기성(岐城)에 유폐된 의종과 거제도 오양역에 이배된 정서가 1170년 10월에 약 한 달간 극적으로 재회했다는 드라마틱한 역사적 사실이 기록돼 있다. 이를 기제로 삼아 두 사람이 함께한 자리에서 직접 하소연하듯 노래한 분위기로 이해하기도 한다.

⑤ 나아가, 의종이 폐위된 시간(1170)부터 죽음을 당하기(1173)까지의 3년 사이에 지은 것으로 보는 추정도 없지 않았다.

④와 ⑤의 경우 정서 또한 거제로 이배된 상황에서 의종의 폐위와 축출을 슬퍼하며 자신의 충성심은 불변이라는 맹세의 심정을 담았다고 보는 것이지만, 『고려사』 악지는 분명 '귀양 간 이후 상당 기간이 흐른 이후에 임금의 소환을 기다리며 지은 것'이라 했다. 이 가정이 성립되려면 악지의 기록을 틀린 내용으로 단정 지어야만 한다. 뿐만 아니라 군신 간에 나란히 거제의 처량한 신세로 상봉한 마당에서

거제도 둔덕 기성. 고려 의종의 유배지로 일명 폐왕성(廢王城)으로 불렸다.
1170년 10월에 의종이 정서와 극적으로 상봉한 역사적 현장이다.

가사의 내용처럼 '임께서 저를 벌써 잊으셨습니까'라든지, '제 말을 다시 들어 사랑해 달라'고 애원한다는 것은 상황적으로 잘 부합되지 못한다.

이 노래를 두고 많은 논자들이 앞 시대 신라향가인 〈원가〉와의 맥락을 짚어 말한다. 〈원가〉와 〈정과정곡〉이 비록 서로 시대는 다르지만, 둘 다 자신을 돌보아 주겠다고 한 임금의 약속이 못내 지켜지지 않아서 생겨난 원망을 담은 신하의 노래라는 동기가 비슷한 까닭에 그럴 것이다. 〈정과정곡〉은 제목에서야 원망이란 말이 나오지는 않았지만 그 가사의 구구절절 이면에는 원망이 담긴 노래임이 분명하였다. 그리하여 '제2의 원가'라 해도 과언이 아닐 정도이다.

원망의 근거가 된 약속이란 임금이 잊지 않고 기용하겠다는 것이었다. 〈원가〉에서는 신충 앞에 훗날 잊지 않고 공신을 삼겠다는 다짐을 잣나무에 두고 맹서하였고, 〈정과정곡〉에서도 유배 떠나는 정서에게 가 있으면 다시 부르겠다고 하였다. 그러나 끝내 소식 없자 전자에서 그 약속을 일깨우기 위한 〈원가〉를 지었고, 후자에서 마찬가지로 그 약속을 상기시키는 〈정과정곡〉을 불렀다. 노래가 있고나서 조정의 반열에 다시 올랐던 점도 동일하였다.

또한 이 두 노래에 대해 똑같이 '충신연주지사(忠臣戀主之詞)'임을 언필칭한다.

그런데 신충은 다른 권력에 한눈파는 일 없이 효성왕 한 임금한테만 집중되어 있었던 반면, 정서는 임금 자리를 놓고 대립한 형제간의 권력 구도 안에 잘못 끼어 들었다가 낭패를 보았으니, 이렇게 다른 점도 있었다. 그렇기 때문에 진정 충신의 연주지사로 정의해도 좋을는지 확신은 없지만, 최소한 임금의 마음을 다시 얻고자 하는 그 애틋함만으로는 '연주지사'로서 손색이 없어 보인다. 그런 의미에서 〈원가〉와 같은 계통의 노래로서 간주할 수 있을 법하다.

그런 중에도 〈원가〉에는 없던 특징도 이에 새로 마련되었다. 같은 연주지사로 되, 유배지 공간에서 작성한 노래로는 〈정과정곡〉에 이르러 공식적인 최초가 되겠기에 가히 유배문학의 원조로 자리매김할 만하였다.

〈원가〉와 빛깔을 달리하는 점은 또 있었다. 중앙에서 밀려난 신하가 임금 앞에 간절히 하소연하는 노래인 점이 같은 중에, 여기 〈정과정곡〉에서는 그 구구절절한 가사가 흡사 사랑을 잃은 여인이 님 앞에 절실히 애소(哀訴)하는 분위기를 연상시킨다. 억울하게 버림당한 여자가 남자에게 제 억울한 심정을 일일이 드러내고 마지막엔 다시 사랑해 달라면서 원망인듯 하소연하는 품이 꼭 흔들리는 여심만 같다. 일위(一位) 장부로서, 그것도 고관대작 출신 문인으로서 어쩌면 그렇듯 나약한 여자의 목소리로 안타깝게 하소연할 수 있는지 희한한 느낌을 지울 수 없다.

그런데 돌이켜 보면, 실제로 남성 작가가 여인의 입김을 빌린 창작 행위가 문학사 일각에서 일찍이 자리해 있었다. 이백의 〈옥계원(玉階怨)〉이나 〈자야오가(子夜吳歌)〉, 두보의 〈신혼별(新婚別)〉 등과, 이 땅에서는 정몽주 및 권필의 〈정부원(征婦怨)〉 등이 그러한 자취이다. 이백 〈자야오가〉의 가을 편을 사례로 들어본다.

長安一片月   장안에는 한 조각 달
萬戶搗衣聲   집집마다 다듬이질 소리.
秋風吹不盡   가을바람 불어 하염없는데

總是玉關情	온통 옥문관으로 쏠리는 마음.
何日平胡虜	어느 날에나 오랑캐를 평정하고
良人羅遠征	우리 님 원정길에서 돌아오시련가.

　이 밖에 김시습이 〈이생규장전(李生窺墻傳)〉에서 최낭자의 입김을 빌어 지은 여러 한시는 물론이고, 임제(林悌)가 15세 처녀의 수줍은 사랑을 전지적 작가 시점으로 그려낸 〈무어별(無語別)〉도 넓은 의미의 여정(女情) 가탁(假託)의 시라 할 만하였다.

　그런데 지금 한 신하의 신분으로서 임금 앞에 직접 일인칭 주인공 시점으로 애달픈 심중을 토로하기는 〈정과정곡〉이 유일한 것이 아니다. 조선시대 정철의 〈사미인곡(思美人曲)〉 같은 경우 역시 그 문채(文彩) 조사(措辭)가 여지없이 여인의 구기(口氣) 안에서 전개된다. 엄연히 신하가 임금 앞에 바치는 군신 간의 메시지임에도, 그 가사를 읽다보면 흡사 잃어버린 사랑을 다시 찾고자 간구하는 여인의 세정(細情)과 마주 대하는 상황에 빠지게 된다. 이렇듯 군신 간에 야기되는 연주(戀主)의 정서가 남녀 간 연정과 구별 짓기 어려운 이 혼동의 현상을 두고, 이어령은 '정권(政權)의 동성연애'라는 부제와 함께 이렇게 논의한 바 있다.

　　그들은 남성이면서도 절대 권력제인 임금 앞에서는 성도착 현상이 생겨난다. 시로 표현하기 이전부터 그는 한 여인의 입장을 취하여 임금을 애인으로 가상하여 권력의 동성연애를 한다.

　한편, 권력을 가진 임금 앞에 신하의 마음속에 생성되는 이같은 의식의 변이 현상을 분석심리학적으로는 "아니마(anima)"라 할 수가 있다. 스위스의 정신의학자인 칼융(Carl Gustav Jung, 1875~1961)은 여성 속에 존재하는 억제된 남성적 속성을 "아니무스(animus)"로 지칭하였다. 상대적으로 아니마란 남성의 무의식 속에 있는 여성적 요소라는 뜻이라 했다. 남성의 여성적이면서 수동적인 측면을 지칭하는 말이다. 그랬을 때 고려 의종 시절 정서에게서 나타난 아니마다운 속성은 시대를 넘어서 조선시대 송강 정철이 선조 임금을 염두하여 지은 〈사미인곡〉에 이르러 더욱 선명해졌다. 근대에 이르러선 소월의 〈진달래꽃〉이나 한용운의 〈님의 침묵〉 등에서도 그 징후가 발견된다.

다만 〈정과정곡〉을 문학의 측면에서 냉정하게 평가할 때, 익재 이제현이 선정하여 소악부 번역의 대상으로 취택한 부분도 첫 1구에서 4구까지였음에 유의할 필요가 있다. 곧 처음 4구까지가 익재의 안목으로도 가장 정출한 대목이 된다. 그리고 실제로도 나머지 후반부의 구절들은 시의 언어에서 멀어진 감이 있다. 억울하기 짝이 없고 그지없이 서럽다는 구차한 사연의 서간문 같고, 또는 세간의 분쟁 끝에 올리는 진정서거나 탄원서 같기도 하다. 그리하여 신라 때의 연주지사인 〈원가〉와는 그 격조가 같지 않다는 점도 덮어두기 어렵다.

하지만 이와는 별도로 이 노래가 후세에 끼친 문학적인 여운과 음악적인 파장은 자못 강렬한 바 있었다. 음악적으로 〈정과정곡〉이 지닌 애원처창(哀怨悽愴)의 구슬픈 계면조(界面調) 가락은 당시의 추세였던 송나라 대성악(大晟樂)다운 틀을 사양하고 자국의 음률에 맞춘 것이다. 따라서 고유 향악으로 만든 첫 기수(起首)인 것으로 추정하기도 한다. 나아가 시조의 가창도 여기서 연원하였을 개연성까지 상시(嘗試)되는바, 그 음악사적 의의가 이만저만한 것이 아니었다.

문학적으로는 우선 〈정과정곡〉이 『악학궤범(樂學軌範)』 기준으로 매 구의 앞에 악곡명 숫자상으로는 모두 11행이지만, 내용의 흐름상 제8행인 삼엽(三葉)과 제9행인 사엽(四葉)을 합쳐 전체 10행으로 다룰 수 있으니 형식 면에서 10구체 향가를 승계한 것이란 관점도 있었다. 짐짓 10행짜리로 볼 경우 "아소 님하"가 향가의 감탄사에 해당되는 부분으로 볼 수 있다. 신라 향가가 제9구에서 차사(嗟辭) 즉 감탄사가 들어가는 데 반해, 이 경우는 맨 끝 10행에 자리한 셈이다. 이렇듯 감탄

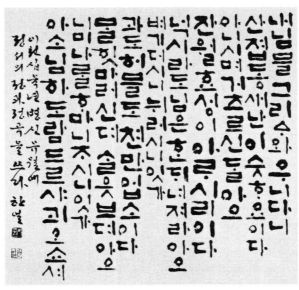

한얼 이종선의 揮灑 〈정과정곡〉

낙구(落句)의 위치가 정확히 떨어지지 않는 것은 〈정과정곡〉이 향가가 퇴영(退嬰)해 가는 시기의 잔영(殘影)인 때문으로 설명하였다.

한편, 이 노래의 5·6구인 "넉시라도 님은 혼디녀져라 아으 벼기더시니 뉘러시 니잇가"와 11구의 "아소 님하"는 같은 고려시대 남녀 간의 애정을 적나라하게 노래 한 〈만전춘(滿殿春)〉 제3연과 제6연에 고스란히 재현되어 나타났다. 이에 〈정과정 곡〉이 별곡(別曲)과 연관되어 있다는 설도 나왔다. 별곡 양식이 나타나기 이전의 전별곡적(前別曲的) 특수 형태로 이해한다는 뜻이다. 그러나 여타 모든 고려 별곡들 이 반드시 〈정과정곡〉과 견주어 발생의 선후를 확신할 수 없는 바에 미편(未便)한 가정으로 보인다. 이와는 달리 〈정과정곡〉도 〈만전춘〉도 공히 당시대에 유행하던 제3의 민요 사설을 취용한 것으로 이해하기도 한다. 또는 아예 〈정과정곡〉이 10구 체 향가 틀을 변용한 위에 당대의 유행 민요를 수용한 복합 창출의 작품으로 보는 설도 없지 않았다. 이 모두가 어디까지나 추정론이기는 하나, 〈정과정곡〉이 고작 단독 일개의 편장(篇章)으로 향가·여요·민요 같은 큰 단위의 장르들과 연관의 개연성을 논위할 정도였다는 점에서 그 놓인 자리가 대단히 비중 있어 보인다.

정서보다 약 180년 뒤의 문인 급암(及庵) 민사평(閔思平, 1295~1359)의 〈정중승월하무금(鄭中丞月下撫琴)〉은 중승 벼슬을 지낸 정서가 달빛 아래 거문고를 타는 정경을 읊은 7언시이다. 얼마 후, 한수(韓脩, 1333~1384)의 제영(題詠)인 〈정중승적거동래 대월무금(鄭中丞謫居東萊對月撫琴)〉 또한 일시 〈정과정곡〉에 대한 깊은 여운의 산물이었다. 한수와는 동년배인 정추(鄭樞, 1333~1382)도 정과정의 이 노래에 대한 감회를 〈정중승서적거동래매월명탄금위서(鄭中丞敍謫居東萊每月明彈琴違曙)〉와 〈동래회고(東萊懷古)〉 두 편 안에 그려 넣었다. 특히 앞의 시작(詩作) 안에는 노래의 제목 문제와 관련하여 괄목되는 바가 있다.

雲盡長空月在天　　구름 사라진 너른 하늘에 뜬 달
橫琴相對夜如年　　거문고 비껴놓으니 그날 밤인 양.
啼鵑曲盡思無盡　　제견곡 다하여도 다함없는 이 시름
誰把鸞膠續斷絃　　누구라 아교잡아 끊긴 줄을 이어줄까.

시 말미의 교주(校主)에 "제견은 중승 정서가 지은 곡 이름이다(啼鵑中丞所製曲名)"이라고 덧붙였으니, 정추는 정서의 노래 세칭 '정과정(곡)' 대신 '제견곡(啼鵑曲)'으로 명명한 것이다. 제견은 '두견이 울음'이란 말이니, 역시 원래 이 노래에 고정된 제목은 부재했음을 재확인할 수 있다.

조준(趙浚, 1346~1405)은 절구시 〈차초계객사운(次草溪客舍韻)〉의 전결(轉結) 구에서, "그대는 과정곡을 타지 말라. 세상에 이 맘 알 이 누가 있으리(勸君莫盡瓜亭曲 世上無人識此心)"라 하였고, 같은 시절 도은(陶隱) 이숭인(李崇仁, 1347~1392)의 〈추일우중유감(秋日雨中有感)〉도 다름 아닌 〈정과정곡〉을 추념하며 지은 애상(哀傷)의 조자(調子)였다. '가을비 속에서'이다.

琵琶一曲鄭過庭　　비파로 타는 정과정곡 한 곡조
遺響凄然不忍聽　　가락여운 처연하여 차마 못 듣네.
俯仰古今多少恨　　고금사를 헤오자니 한이 스쳐가
滿簾疏雨讀騷經　　주렴에 찬 비를 보며 이소경 읽는다.

고려 당년에 벌써 이 곡(曲)이 어느 정도로 사류(士類) 간에 풍미(風靡)되었는지 너끈히 짐작할만하다.

조선 초기에 들어서 어세겸(魚世謙, 1430~1500)이 고려 이제현을 본받아 정서의 〈정과정곡〉을 한시로 번역하였거니, 그 내용은 앞에서 이미 원용하였다.

김시습(金時習, 1435~1493)의 〈정중승적거동래대월무금(鄭中丞謫居東萊對月撫琴)〉 시가 역시 정과정의 옛일을 회상하면서 자신의 울민(鬱悶)을 위로한 자취이다. 뒤미처 김안국(金安國, 1478~1543)의 〈우청범주이하문비파(雨晴泛舟而下聞琵琶)〉 - 비 개어 배 띄우고 내려가 비파곡조 들으면서 짓다 - 시에서는 "비파 가락의 정과정곡, 그 여운 서글퍼 차마 못 듣네(琵琶一曲鄭瓜亭 遺響悽然不忍聽)"라고 하여, 정과정 노래에 대한 서회(敍懷)가 격정의 지경에 이르렀다.

더 훗날 조선 후기에 이익(李瀷, 1681~1763)은 『성호사설(星湖僿說)』 경사문(經史門)에서 아주 값진 증언을 남기고 있다. "오늘날 정과정곡의 계면조가 또한 그 애상에 빠져듦이 망국의 가요나 한가지임에도, 사대부들마다 배우고 익히지 않음이 없어 오래갈수록 없어지지 아니한다(今之瓜亭界面調 亦哀傷流涕與桑間一套 士大夫 莫不學習 愈久不廢)"고 하였다. 연주지사의 맥락에서 앞 시대의 〈원가〉보다 가일층 열띤 가사에 작곡과 연주까지 완비한 전천후 가요 〈정과정곡〉의 유운(遺韻)과 여파(餘波)가 끈히 강렬하다고 하겠다.

5

한림별곡 翰林別曲

고려 23대 고종(재위 1213~1259) 시절은 안으로는 최충헌 집안 4대의 전권(專權)과 밖으로는 거란 및 몽고의 침입 등, 이른바 내우외환(內憂外患)이 더욱 격심했던 때였다. 특히 1231년부터 본격화된 몽고의 침입으로 지금의 인천시 강화군인 강도(江都)로 도읍을 옮겨 1259년 강화(講和)를 청하기까지의 28년 간의 항쟁도 바로 이 고종 시대에 있었다.

하지만 이런 정황에서도 사대부 계층은 한문화에의 몰입과 함께 크게 융성을 보았으니, 한문학의 난숙기(爛熟期)라고도 할 수 있다. 이러한 지식인 사회 안에서의 사류(士類)들 중 세상이 자신의 뜻과 같지 않은 경우는 자연에의 예찬이거나 현실도피적인 풍류(風流)에 기울기도 했다. 그러나 관직에 진출한 대부(大夫) 계층은 집권 무신들 및 영향력 있는 문인 관료들에게 영합하는 가운데 종종 문객(門客)의 자격으로 그들의 연회에 참여하여 사교를 도모하고 향락에 취하기도 하였으니, 이제 〈한림별곡(翰林別曲)〉은 그 과정에서 생성된 노래 가운데 하나였다.

『고려사』연악(宴樂)의 악지(樂志)와『악장가사』,『악학궤범』에 실려 있거니와,『악장가사』의 것을 옮겨 오되 이러하였다.

元淳文 仁老詩 公老四六
李正言 陳翰林 雙韻走筆
冲基對策 光鈞經義 良鏡詩賦
위 試場ㅅ景긔 엇더ᄒ니잇고
(葉)琴學士의 玉笋門生 琴學士의 玉笋文生
위 날조차 몃 부니잇고

唐漢書 莊老子 韓柳文集
李杜集 蘭臺集 白樂天集
毛詩尙書 周易春秋 周戴禮記

위 註조쳐 내 외옰景 긔 엇더하니잇고
(葉)大平廣記四百餘卷 大平廣記四百餘卷
위 歷覽ㅅ景 긔 엇더ᄒ니잇고

眞卿書 飛白書 行書草書
篆籒書 蝌蚪書 虞書南書
羊鬚筆 鼠鬚筆 빗기드러
위 딕논景 긔 엇더하니잇고
(葉)吳生劉生 兩先生의 吳生劉生 兩先生의
위 走筆ㅅ景 긔 엇더ᄒ니잇고

黃金酒 柏子酒 松酒 醴酒
竹葉酒 梨花酒 五加皮酒
鸚鵡盞 琥珀盃예 ᄀ득 브어
위 勸上ㅅ景 긔 엇더하니잇고
(葉)劉伶陶潛 兩仙翁의 劉伶陶潛 兩仙翁의
위 醉ᄒ景 긔 엇더ᄒ니잇고

紅牧丹 白牧丹 丁紅牧丹
紅芍藥 白芍藥 丁紅芍藥
御柳玉梅 黃紫薔薇 芷芝冬柏
위 間發ㅅ景 긔 엇더ᄒ니잇고
(葉)合竹桃花 고온 두 분 合竹桃花 고온 두 분
위 相映ㅅ景 긔 엇더ᄒ니잇고

阿陽琴 文卓笛 宗武中琴
帶御香 玉肌香 雙伽耶ㅅ고
金善琵琶 宗智稽琴 薛原杖鼓

위 過夜ㅅ景 긔 엇더ᄒᆞ니잇고
(葉)一枝紅의 빗근 笛吹 一枝紅의 빗근 笛吹
위 들고아 줌드러지라

蓬萊山 方丈山 瀛洲三山
此三山 紅樓閣 婥妁仙子
綠髮額子 錦繡帳裏 珠簾半捲
위 登望五湖ㅅ景 긔 엇더ᄒᆞ니잇고
(葉)綠楊綠竹栽亭畔애 綠楊綠竹栽亭畔애
위 囀黃鸎 반갑두셰라

唐唐唐 唐楸子 皂莢남긔
紅실로 紅글위 ᄆᆡ요이다
혀고시라 밀오시라 鄭少年하
위 내 가논 ᄃᆡ 눔 갈셰라
(葉)削玉纖纖 雙手ㅅ길헤 削玉纖纖 雙手ㅅ길헤
위 携手同遊ㅅ景 긔 엇더하니잇고

형식은 전체 8장, 각 장은 6행으로 되어 있고, 중심을 이루는 음수율은 3·3·4이다. 1행~3행까지는 3음보, 4행~6행까지는 4음보의 기본 틀을 유지하고 있어 '별곡(別曲)'의 명분에 어긋나지 않는다.

다만 일반의 별곡가사들은 주로 민간 여염의 것을 가져다 손 본 것인데 비해, 〈한림별곡〉만은 시부(詩賦) 종사(從事)의

『악장가사』 안의 〈한림별곡〉

한림 제유(諸儒)가 직접 자아낸 문조(文藻)라고 하는 근본의 차이가 있다. 결과, 여느 별곡들에 비할 수 없을 만치 한문 투가 드세니, 보다 용이한 말로 전환해서 볼 필요가 있다. 겸하여 이것이 어디까지나 운율미가 존중돼야 하는 시가(詩歌) 문학이기에 리듬감도 살리는 쪽으로 아래에 의역해 보인다.

1.
유원순의 문장, 이인로의 시, 이공로의 사륙변려문,
이규보와 진화의 쌍운 맞춰 내려간 글,
유충기의 대책문, 민광균의 경서 풀이, 김양경의 시와 부
아, 과거 시험장의 정경이 그 어떠합니까.
금학사의 번화한 문생들, 금학사의 번화한 문생들,
아, 나를 조차 몇 분입니까.

2.
당서, 한서, 장자, 노자, 한유 유종원의 문집,
이백 두보의 시집, 난대집, 백거이의 문집,
시경, 서경, 주역, 춘추, 대대례 소대례를
아, 주(註)까지 줄곧 외운 일의 정경, 그 어떠합니까.
태평광기 400여 권, 태평광기 400여 권을,
아, 두루 읽는 정경이 그 어떠합니까.

3.
안진경체, 비백체, 행서 초서,
소전 대전, 과두체, 우세남체,
양털 붓 쥐 털 붓 비껴들어
아, 찍어내는 정경이 그 어떠합니까.
오생 유생 두 선생의, 오생 유생 두 선생의,

아, 내닫는 글씨 정경이 그 어떠합니까.

4.
황금주, 백자주, 솔잎주 단술,
죽엽주, 이화주, 오가피주,
앵무잔 호박잔에 가득 부어
아, 올리는 정경이 그 어떠합니까.
유령 도잠 두 선옹의, 유령 도잠 두 선옹의,
아, 거나한 정경이 그 어떠합니까.

5.
붉은 모란, 흰 모란, 진홍 모란,
붉은 작약, 흰 작약, 진홍 작약,
御柳梅, 노랗고 빨간 장미, 지란 영지 동백들이
아, 사이사이 핀 정경이 그 어떠합니까.
합죽과 복사꽃 고운 두 盆, 합죽과 복사꽃 고운 두 盆,
아, 마주 뵈는 정경이 그 어떠합니까.

6.
아양의 거문고, 문탁의 피리, 종무의 중금,
대어향 옥기향이 타는 쌍 가얏고,
김선의 비파, 종지의 해금, 설원의 장고로
아, 밤 지새는 정경이 그 어떠합니까.
일지홍의 비껴 부는 피리, 일지홍의 비껴 부는 피리,
아, 듣고서 잠들고 싶어라.

7.
봉래산, 방장산, 영주산의 삼신산,

이 삼신산에 있는 홍루각의 미녀,
어여머리로 비단 휘장 속에 주렴 반만 걷었으니
아, 높이 올라 오호를 바라보는 정경이 그 어떠합니까.
푸른 버들 푸른 대 심은 정자 둔덕에, 푸른 버들 푸른 대 심은 정자 둔덕에,
아, 지저귀는 꾀꼬리 반갑기도 하여라.

8.
당당당 당추자, 쥐엄나무에
붉은 실로 붉은 그네를 매옵니다.
당기시라 밀어시라 정소년아!
아, 내 가는 곳에 남이 갈까 두려워라.
옥을 깎은듯한 나긋한 두 손길에, 옥을 깎은듯한 나긋한 두 손길에,
아, 손잡고 노니는 정경이 그 어떠합니까

제1장의 첫밧은 유원순(俞元淳)·이인로(李仁老)·이공로(李公老)·이규보(李奎報)·진화(陳華)·유충기(劉冲基)·민광균(閔光鈞)·김양경(金良鏡) 등 당대 시문 각 분야별 명수(名手)인 8명의 이름과 각기소장(各其所長)을 추허(推許)하고 있다. 그런데 기실은 이들이 모두 '학사(學士) 금의(琴儀)의 옥순문생(玉笋門生)' 일원임을 밝히면서 궁극엔 금의에 대한 선양으로 귀납시켰다. 이때 앞의 수식어인 '옥순(玉笋)' 곧 아름다운 죽순은 훌륭한 후계자임을 비유한다. '문생(門生)'이란 대개 스승 밑에서 배우는 제자란 뜻이지만, 여기서는 감시(監試)에 급제한 사람을 고시관인 좌주(座主)에 상대하여 이른 말이다. 다시 말해 과거에 급제한 사람이 시험관을 '좌주(座主)'라 불렀고, 반대로 좌주 입장에선 자신의 감독 하에 급제한 이를 '문생(門生)'이라 했다. 이때 양자의 관계는 사부(師父)에 준하였다고 한다. 낮은 문생 그룹으로부터 높은 위치의 좌주로까지 끌어올림으로써 강조의 효과를 얻으려는 점층(漸層)의 수사법도 이에 동원된 셈이다.

제2장은 금의 문생들의 비범한 독서에의 긍지, 학문적 자부심을 한껏 자과(自誇)한 내용이다. 당서(唐書)·한서(漢書), 유가의 삼경(三經)과, 이두한유(李杜韓柳), 한나라 왕실의 장서(藏書)인 난대집(蘭臺集) 등에 대한 광범위한 섭렵 내지 암송의 역량, 그 뿐이랴. 400여 권 방대한 부피의 『태평광기』조차 쾌히 독파해 내는 상등의 독서 실력을 과시하여 있다. 논자 중에 무지한 권력 무신들에 대한 문인들의 우월감을 속내에 감춘 것으로 보는 견해도 없지 않다.

제3장은 글씨의 재능을 과시한 광경이다. 자신들이 안진경 서법, 비백체(飛白體), 행서, 초서, 전서(篆書)와 주서(籒書), 과두서(蝌蚪書), 우서(虞書) 남서(南書) 등 중국 역대의 전통 서체를 두루 섭렵해 있다는 자신감을 기껏 노정(露呈)하였다. 그런데 우서(虞書)와 남서(南書)는 무엇인지 소상(昭詳)하기에 다소 애매하고 모호하다. 혹 우서는 우(虞)나라 순(舜)임금의 필체를 말한다고 하나 석연치 않다. 『악학궤범』·『악장가사』보다 선간(先刊)된 『고려사』에는 우세남(虞世南)으로 되어 있는바, 훨씬 신빙도가 있어 보인다.

제4장은 문생들이 좌주에게 각종 명주(名酒)를 권진(勸進)하여 흥건히 취한 광경을 노래한 것이다. 황금주는 황금빛이 도는 술, 백주(柏酒)는 잣으로 빚은 술, 예주(醴酒)는 단술, 이화주는 배꽃 필 무렵 빚은 술이다. 앵무잔은 자개 껍질로 된 앵무새 부리 모양의 잔, 호박배는 호박 빛깔이 도는 잔이다. 이런 고급 술잔에 담은 명주들로 거나해진 자신들을 옛 중국의 호음가(豪飲家)인 유령(劉伶)과 도잠(陶潛)에 비유함으로써 연회의 분위기와 격조를 상승시키는 효과를 기하였다. 그러나 억병으로 마시지는 않았으리니, 다음의 행락이 기다리고 있는 때문이다.

제5장은 홍백목단·홍백작약·장미·매화·동백 등의 꽃들이 이에저에 피어

있고, 합죽·도화가 서로 마주한 흐드러진 광경을 방언(放言)하였다. 열거된 것들은 대개 봄과 여름 사이에 발화(發花)함에, 이것이 〈한림별곡〉의 역사적 시간으로 안내해 줄 수 있는 단서조차 될 법하다. 혹은 만정(滿庭)한 꽃들이 기녀를 비유한 것이라고 보는 경우도 있다. 그랬을 때 사이사이 피었다는 뜻의 '간발(間發)'은 문생들이 둘러 좌정(坐定)한 가까이의 도처에 꽃다운 기녀들이 염슬단좌(斂膝端坐)한 모습이겠다. 그리고 합죽(合竹)이 정녕 좌주문생연에 참여해 있는 좌주와 문생들 일진대, 도화(桃花)는 필경 문생들을 배종하며 있는 기녀들만 같다. 그리고 여기의 꽃들이 정말 꽃이든지 기녀든지 간에 흐드러진 연회 현장을 시감각적(視感覺的)으로 옹골차게 표현한 대목이라는 사실엔 변함이 없다.

제6장은 음악 풍류이니, 청감각적 도입이 보태짐으로 행락은 무장 점입가경으로 들어간다. 훌륭한 악공인 아양(阿陽)이 튕기는 거문고, 문탁(文卓)이 부는 대금(大笒), 종무(宗武)가 부는 중금(中笒), 또 명기 대어향(帶御香)과 옥기향(玉肌香) 둘이 화음 이뤄 뜯는 가야금, 김선(金善)이 타는 비파, 종지(宗智)가 켜는 해금, 설원(薛原)이 치는 장구 등은 온통 당대 명률(名律)의 레퍼토리인 것이다. 아울러 여기 거명되는 8명의 인물들 모두 따로 이름이 죽백에 올라 있지는 않지만 일시 당시의 실존 인물들임을 예측할 수 있다. 예컨대, 옥기향 같은 경우 마침 『고려사』최이(崔怡, ?~1249) 열전에 그 이름이 등장한다. 곧 최충헌의 아들인 최이(崔怡)가 차척(車倜)을 자신의 충복으로 삼기 위해 벼슬과 선물을 내렸을 뿐 아니라 또 총애하던 명기 옥기향을 주어 위로하였다(又與所愛名妓玉肌香以慰藉之)고 하였다. 이 날 음악 풍류의 절정은 일지홍의 취적(笛吹)이니, 이 기생이 입술에 비스듬히 대고 부는 근사한 피리 소리를 듣고야 비로소 잠에 들겠노라 하였다. 앞서 1장에서 8명의 시인 문장가를 앞세운 뒤에 금학사를 정점에 귀납시키던 방식이 여기서 문득 재현출되는 순간인 바, 다름 아닌 8인의 악공들을 먼저 세운 연후 일지홍을 정점에 귀결하고 있다. 음악에서의 일지홍이 문학에서의 금의와 대우(對偶)를 이룬 것이다.

제7장에 이르러 상황은 점점 자경(蔗境)에 든다. 이상적 공간인 봉래산, 방장산, 영주산의 세 신산(神山)은 무슨 선도(仙道) 지향적인 그 어떤 것이 아니라, 후원의 고각(高閣)에 올라서 보는 육리청산(六里靑山)의 경개를 비유법적으로 끌어다 붙인 표현이다. 멋진 원경(遠景) 뿐인가. 가까이는 그곳 붉은 누각 금수휘장 속의 윤기 흐르는 머릿결로 가체(加髢)한 미인이 주렴 반 쯤 걷어 올린 채 지켜 봐주는 위에, 정자 언덕의 버드나무 대나무 속 꾀꼬리 울음까지 금상첨화로 가세하면서 황홀한 공감각적(共感覺的) 정경이 도출되었다.

제8장은 '唐唐唐(당당당)'으로 시작한다. 바로 뒤 '唐楸子(당츄ᄌᆞ)'의 '唐(당)' 자를 살려 조운(調韻)한 것인데, 그 석 자의 반복이 박력 넘치는 율동감을 기약한다. 또한 '내 가논 ᄃᆡ 눔 갈셰라'는 〈정읍사〉에서 음사(淫詞)로 지목되기도 하는 '내 가논 ᄃᆡ 졈그를셰라' 한 소절을 속절없이 연상시킨다. 회두리 피날레답게 다른 연(聯)들에 비해 순수 국어 비중이 많아 부쩍 친근감을 더해주는 문자 표기상의 장처(長處)만 아니라, 협창유희(挾娼遊戱)로 언뜻 문란해 보일 수 있는 남녀 간 성애(性愛)를 은유화하여 교묘히 담아냈다는 것으로 수사법의 우월성이 언급되기도 한다. 이를테면 추자[호두]와 조협[쥐엄]나무에서 각각 남녀의 음부 유감(類感)을, 붉은색 명주실 테 홍실에서 남녀 가연(佳緣)의 의미를, 밀고 당기는 그네 놀이에서 남녀 간 비희(秘戱)를 우회적으로 암유했노라 말한다. 이같은 우의(寓意)가 문학적 완성도를 높이고 마무리도 근사하게 장식했다고 볼 수 있다. 하지만 동시에, 〈한림별곡〉에 퇴폐성 운운의 혐(嫌)이 가해지는 빌미가 되기도 하였다.

곰玄 원은경의 〈한림별곡〉 第八章圖

이제 전 8장을 나열하면 1.문장, 2.서적, 3.글씨, 4.술, 5.꽃, 6.음악, 7.경치, 8.그네놀이이다. 온통 사면 춘풍(四面春風)의 분위기 일색이려니와, 이를 다시 내용적 속성에 따라 분간해서 본다면, 1.좌주문생 그룹 소개에 이어, 2.3. 독서와 휘호로 대표되는 제생들의 문아풍류, 4.5.6. 술과 꽃과 음악이 어우러진 호화 풍류, 7.8. 문생과 기녀의 탐락(耽樂)이 되겠다.

요컨대 1~3장까지는 능시능문(能詩能文)과 능독능필(能讀能筆)을 과시한 것이다. 제시된 창작과 독서와 글씨는 당시 사대부 지식인의 소양이고, 자격이고, 긍지였다. 이같은 문화적 자부심 외에도, 겸하여 그 이면에는 최충헌과 금의 같은 실권자들 앞에 자신을 알려 각인시키기 위한 의도마저 깔려있다는 견지도 수긍된다.

4~8장까지는 문득 일변(一變)하여 '두어라 노세'의 이완된 행락으로 들어선다. 3장까지도 썩 안존(安存)하다곤 볼 수 없지만, 여기 술·꽃·음악·경치·그네놀이에서 그만 과잉된 방만(放漫)이 퇴폐향락의 혐의를 받기도 했다. 특히 후반의 느즈러지고 흐트러진 행락의 모습이 자칫 품위를 저하시키고 듬쑥치 않아 보일까 우려할 법도 한데 별로 감출 생각 없이 고스란히 노정하였으니, 자만의 소치인가, 아니면 긴장된 시대에 정신의 이완이 절실했던 때문일까.

초창기에 〈한림별곡〉이 정치권 밖의 지식인 풍류문인들이 부른 노래, 현실 도피적인 노래라는 주장도 있었다. 대개 초창기 연구 과정에서 무인전횡시대에 문인이 정계와 격리하여 소일파한으로 풍류도취하는 가운데 생겨났다고 한 발론을 쉬이 인용한 데서 기인한 듯하다.

그런데 풍류와 향락 퇴폐의 감정까지는 그럴 수 있다 해도, 한림원의 학사들이 작사하고 궁정 악사들이 작곡을 한 분위기와 현실도피는 전혀 걸맞지 않는다. 동시에 조선조에 〈한림별곡〉이 향유되었던 내력을 본대도 이 노래의 성격을 쉽게 파악할 수 있다. 그 시절 갓 벼슬에 오른 신입 관료를 '신래(新來)'라고 했는데,

이들은 부임 즉시 선배 관료들에게 처음 향응을 하고, 한 열흘 쯤 뒤엔 다시 음식 대접과 함께 신고식을 해야 했다. 그것을 '허참례(許參禮)'와 '면신례(免新禮)'라고 불렀다. 예문관에서 하는 이 행사에 〈한림별곡〉을 부르는 것이 관습이 되었다고 할 만큼 이는 중앙 관계(官界)에서 오랜 연월 지속되었던 애창 명곡이었다.

다행히 이제 도피설은 사라진 지 오래고, 대신 풍류호사 큰 잔치 분위기 안에서 신흥사대부들이 득의에 찬 현재의 삶과 미래적 비전을 한껏 자과(自誇)한 노래라는 인식이 자리 잡았다. 구체적으로는 좌주문생연의 잔치에서 가창하기 위해 만들어진 노래로 보기도 한다. 이를테면 그 해 1215년 여름에 있었던 금의의 승진을 문생들 여럿이 합동으로 축하하는 자리로서 합당해 보인다. 다만, 퇴계가 〈한림별곡〉을 두고 한 외설성 논의도 그렇고, 맨 끝의 그네놀이 장면이 심히 음일(淫佚)한 가사라는 해석도 있었지만, 그랬을 때 거의 사제지간 또는 부자지간에 준한다는 좌주와 문생이 동석(同席)하고 함께 둘러보는 분위기에서 과연 얼마만큼 어우러져 방일(放逸)할 수 있는 지가 다소 부담이 간다. 하지만 민망한 정황에서만큼 좌주 쪽에서 자리를 피해 준다는 전제에선 불가할 일도 아니다.

한편으로 〈한림별곡〉이 최충헌과 최이 부자에게 아첨하기 위하여 지은 아유(阿諛)의 노래라는 주장도 나왔다. 역시 당시의 왕이거나 최고 실권자인 최충헌 집단에 헌정(獻呈)하기 위해 당대 최고의 문사 그룹이 향연의 용도로 합작한 별곡 가사로 보는 관점이다.

아무튼지 이 노래 담은 문헌들도 고종 때 한림의 제유(諸儒)가 지은 작품이라 했다. 한림은 고려시대 한림원(翰林院)과 학사원(學士院)에 속한 정4품 벼슬이었다. 그러면 역시 거지반 신흥사대부 출신인 금의의 문생들이 우쭐한 선민의식(選民意識)과 함께 관직생활의 만족감을 표출한 것이라 함이 순리롭다. 다름 아닌 〈한림별곡〉 제1연에 나타나는 8명의 주인공 문인들이 바로 창작의 당사자 주체임이 스스로 합당하다.

진정 그들이 얼마나 득의만만하고 의기충천했는지는 이 노래를 수록해 있는 두 문헌의 대조 안에서도 감 잡을 길 있다. 곧 『악장가사』의 "위 試場ㅅ景 긔 엇더ᄒ니잇고", "위 날조차 몃 부니잇고" 대목 중 '위'에 해당하는 것이 이 책보다 먼저 〈한림별곡〉을 기록한 문헌인 『고려사』 안에서 '偉'로 표기되었던 사실을 간과치 않는다. 이는 『고려사』 편자들의 임의 표기가 아니라, 기위(旣爲) 〈한림별곡〉 당년부터 한글이 창제되기 이전까지의 전승 자료 그대로의 전사(轉寫)인 것으로 보인다. 감탄사 '위!'를 나타내고자 한 이두 음차 '偉'로 보기도 하거니와, 이때 '위' 발음을 나타낼 수 있는 타당한 한자가 허다한 중에 하필 이것을 음차로 선택하였다. 이를테면 무엇보다 '위연탄왈(喟然嘆曰)' 할 때처럼 '탄식하다'는 뜻에 딱 걸맞는 '喟'가 엄연 존재함에도, 오히려 이를 버리고 '크다, 뛰어나다'는 뜻의 '偉'를 굳이 골라 썼던 데는 필시 요주의(要注意)할 이유가 있었다. 모름지기 자신들이 풍류호사기남자(風流好事奇男子)에 위장부(偉丈夫)임을 자임(自任)하고, 자기네의 풍류가 얼마나 위려(偉麗)·위관(偉觀)한지를 세상에 자랑삼고 싶은 욕구의 표출이었다.

창작의 연대는 고종(高宗, 재위 1213~1259) 즉위의 첫 무렵인 1214년~1215년경이라는 견해가 단연 우세하다.

"금학사(琴學士)"로 지칭된 금의(琴儀, 1153~1230)는 성품이 강고하고, 상대방 면전에서 허물을 책하여 꺼리는 바가 없었다고 한다. 1212년 강종 즉위년에 금나라의 책봉사 접대에 공을 세워 첨서추밀원사좌산기상시 한림학사 승지(簽書樞密院事左散騎常侍翰林學士承旨)에 올랐고, 1215년 고종 2년에 정당문학수국사(政堂文學修國史)에 이어 수태위중서시랑평장사(守太尉中書侍郞平章事)가 되었다. 따라서 금학사로 있던 때는 1212년~1215년 사이이다. 단지 아쉽게도 『고려사』에 조차 1215년의 어느 달에 승진하였는지까지는 기록된 것이 없다. 하지만 금의와 이규보 두 사람이 각각 학사(學士)와 정언(正言)의 신분으로 만난 시점을 단서로 〈한림별곡〉 창작의 시기도 최대한 좁혀 볼 길 있다. 이규보는 1215년(고종 2년) 6월부터 1217년(고종 4년) 2월까지 '정언' 벼슬에 있었고, 금의는 1215년 안에서 '(한림)학사'의 직책을 벗고 '정당문학수국사'로 승진하였다. 이규보 정언과 금의 학사 간에 교집합(交集合)으로서의 승진 시기는 가장 빨라서 6월이고, 가장 늦어서 12월 승진이다. 또한 이규보와 나란히 주필로 칭찬을 얻은 진화(陳澕)도 1213년(강종 2년) 이후 '직한림원(直翰林院)'을 지냈으니, 전부한테 모순 없이 부합된다.

이때 〈한림별곡〉의 마지막 장이 추천[그네] 광경을 읊은 것과, 1215년 5월에 궁에서 최충헌에 의해 추천회가 열렸다고 한 사실에 맞추어 5월이라고 한 견해도 있었다. 하지만 노래에 전혀 최충헌의 존재감이 없을 뿐 아니라, 그에게 보비위(補脾胃)하려는 기색 따위를 그 어디에도 모색할 수가 없다. 하물며 이때는 이규보가 아직 정언의 직함을 얻기 한 달 앞이었다.

대신, 그 해 6월~12월 중에선 6월이 가장 유력해 보인다. 근거는 가사 중의 모란과 작약, 장미, 푸른 버들, 푸른 대자리, 그네 등이 주는 계절적 이미지가 더운 달이라는 데 있다. 한창 더운 달이라 하여 서하(暑夏)라고도 하는 음력 6월은 바로 무더위 피서 철이다. 이 달에 휴가를 겸하여 문인관료가 한자리에 모여 즐기는 그 어떤 행사에 맞춰 부른 것이겠다. 이를 더욱 강력히 뒷받침하는 것은 〈한림별곡〉 첫 장의 결구(結句)이니 그 치하(致賀)의 구호(口號)는 최충헌이 아닌, 수하에 문생 많고 인망도 높은 금의한테로 최종 귀일되었다. 한여름 밤의 꿈만 같은 축제의 그 날, 한림의 제자(弟子)들이 한 데 모여 음주하고 꽃과 경치와 그네 놀이 등 쾌락을 만끽하였으니, 이 흥겨운 모꼬지가 아무런 이유명분 없이 이루어진 것 같지는 않고, 어떤 축하거나 기념할 일로 차리고 모인 것만 싶다.

유심히 보면 거침없고 자신감 넘치는 그들의 거조(擧措)는 도도히 '인생득의수진환(人生得意須盡歡)'을 외치던 이백(李白)의 방일(放逸)과 견준대도 진배없었다. 어느새 주색지종(酒色之從)으로 동동촉촉할 겨를 없이 흐드러진 기세는 자유분방을 지나

태깔스럽다고 할만큼이다. 그래서였나, 급기야는 〈한림별곡〉이 조선 중기에 도학자 퇴계 이황의 비난을 듣기도 했다. 〈도산십이곡발(陶山十二曲跋)〉의 단평(短評)이다.

吾東方歌曲 大抵多淫哇不足言 如翰林別曲之類 出於文人之口 而矜豪放蕩 兼以藝慢戲狎 尤非君子所宜尙.

우리 동방의 가곡은 대체로 음외(淫猥)하여 족히 말할 수 없게 되었다. 저 '한림별곡'과 같은 류는 문인(文人)의 입에서 나왔지만 거드럭거리고 방탕한 데다 무례 방자에 농지거리를 겸하였으니, 더구나 군자로서 숭상할 바 못 된다.

음란 난잡[淫哇]한 데다 으스대고 방탕하며[矜豪放蕩] 방자하고 무람없다[藝慢戲狎]고까지 폄론(貶論)하였다. 한마디로 상없다는 말인데, 이런 정도의 분위기가 최충헌 같은 권력자의 부름을 받고 황겁(惶怯)하니 눈치 보며 즐기는 자리 같아 뵈지는 않는다. 그리하여 이 날의 한바탕 큰 잔치는 다름 아닌 그 해 늦여름에 있었을 금의의 승진을 축하하는 자리로서 다가온다. 한림의 문사들은 승진한 금의를 위한 향연(饗宴)에서 단지 마시고 노는 것으로 만족 아니 하고, 희망에 찬 자신들 삶의 흐뭇한 날을 기념하기 위한 무언가를 남겨보고 싶었던 것이다. 오늘날 기억하고 싶은 큰 모임 뒤에 기념사진을 찍듯. 그리고 당시의 시문 종사자들에겐 항다반 (恒茶飯)으로 할 수 있는 일이 글짓는 행위 아닐 것인가. 그렇게 모인 문관 하객들이 느꺼워 창작 솜씨 발휘한 문학과 노래의 결정체가 바로 이 〈한림별곡〉이거니 한다. 그랬을 때 이것 창작의 시점 또한 바로 1215년 6월에 고정된다. 이때는 이규보 48세, 금의와 이인로는 각각 63세, 64세이다.

다른 한편, 창작의 연대를 고종 말기인 30년~46년 곧 1243년~1259년 사이라는 견해도 없지는 않았으나, 이때는 이미 이규보가 세상 떠난 지 2년이요 더욱이 금의와 이인로의 작고한 13년·14년 이후가 되니, 고대로 층등(踏蹬)을 면할 길이 없게 된다.

그런데 위의 국한 혼용인 『악장가사』에 비해 순한(純漢)으로 된 『고려사』의 원전과 대조하여 분석하면 사안이 매우 흥미진진하다. 그 무엇보다 결정적인 것으로 『고려사』가 '云云(俚語)'으로 처리한 부분 즉 속된 말이라 생략을 했다는 대목들이니, 모두 7군데에 걸쳐 있다. 매거(枚擧)하면 이러하다.

(3장) 위 딕논景 긔 엇더하니잇고 → 云云(俚語)
(4장) 위 勸上ㅅ景 긔 엇더하니잇고 → 云云(俚語)
　　　위 醉흔景 긔 엇더ᄒ니잇고 → 云云(俚語)
(5장) 合竹桃花 고온 두 분 合竹桃花 고온 두 분 → 合竹桃花云云(俚語)
(6장) 一枝紅의 빗근 笛吹 一枝紅의 빗근 笛吹 위 듣고아 줌드러지라 → 一枝紅云云(俚語)
(8장) 紅실로 紅글위 미요이다 혀고시라 밀오시라 鄭少年하 위 내 가논 더 ᄂᆞᆷ 갈셰라 → 위 내 가논 더 ᄂᆞᆷ 갈셰라云云(俚語)
　　　削玉纖纖雙手ㅅ길헤 削玉纖纖雙手ㅅ길헤 → 削玉纖纖云云(俚語)

이어(俚語)란 게 '이천지어(俚淺之語)' 즉 속되고 천박한 말, 잡상스러운 말이라 했거니와, 대관절 이 안의 어떤 대목이 비속·천속한 상말인지 이해하기 난감한 국면이 있다. 그나마 6장의 '일지홍의 빗긴 피리 연주를 듣다가 자고 싶다'와, 8장의 '깎은 옥처럼 나긋한 두 손길', 그리고 '정소년아 내 가는 데 남 갈까봐 저어한다' 등을 십분 수용하여 굳이 외설적이라 치자.

그러나 3장의 '주필경(走筆景)'은 비속어로 간주치 않고 그대로 옮긴 반면, 같은 장의 바로 위에 '찍는 경'은 어디가 비속해서 생략했는지 의아하다. 4장의 술 권하는 경상과 취한 경상을 격이 낮고 속되다고 본 이유는 더더욱 켯속을 알 수 없다. 5장의 '합죽(合竹)과 도화(桃花) 고운 두 분(盆)'은 그것이 어째서 비속어인지도 도무지 갈피를 잡기 어렵다. 여기에는 필시 곡절이 있으리라 한다.

『고려사』 악지에 수록된 〈한림별곡〉

『고려사』는 1451년에 완성되었고, 『악장가사』는 조선 중종(재위 1506~1544)과 명종(재위 1545~1567) 사이에 편찬되었다고 하니, 지금 〈한림별곡〉 가사 또한 비속임을 연발한 『고려사』의 것이 훨씬 먼저이다. 결국 여기서 저속하니 생략한다고 한 부분을 약 한 세기 뒤의 『악장가사』 찬집의 때에 지금과 같은 말로 채웠다는 말인데, 정작 여기서 특별히 상스러운 태(態)를 끄집어내기 어렵다.

그예 묘연(杳然)하여 납득 안되는 일이라면, 암만해도 고려 당년의 원 가사가 『악장가사』 편찬의 때에 유학 사대부의 손길에 의해 짐짓 각색되었다고 밖엔 달리 설명할 수 없으니, 그 굴절이 못내 애석하기만 하다.

6

쌍화점 雙花店

고려가요들은 기본적으로 고려라는 시간대 안에서 만들어졌다는 사실 말고는 그것이 지어진 정확한 시점은 추적하기 어려운 공통성을 지녀 있다.

하지만 이같은 여요의 법칙에도 예외는 없지 않다. 여기 '충렬왕대'라는 구체적인 창작연대가 제시되어 있는 특이한 노래 하나가 있으니, 다름 아닌 〈雙花店〉이 그러하였다. 게다가 이것이야말로 고려속요 대부분이 조선조 식자층들로부터 남녀상열지사(男女相悅之詞)니, 비리지어(鄙俚之語)니, 음사(淫辭)니 하여 저급하다는 평가를 받은 가운데도 가장 퇴폐의 정점을 달린다 할 만한 작품이었다.

〈雙花店〉의 한글 가사를 실은 문헌인 『악장가사(樂章歌詞)』와 『악학편고(樂學便考)』에는 그냥 가사만 적혀 있는데, 둘 사이의 표기는 조금 다르다. 이를테면 '쌍화뎜 : 샹화점', '휘휘아비 : 회회아비', '위위다로러거디러다로러 : 워워다로러거지러다로러' 등등. 『대악후보(大樂後譜)』에는 가사 외에 악보도 실려 있지만, 1연 만이 온전한 내용을 갖추고 있다. 표기 또한 '샹화뎜', '위위 다로러거디러거다롱디다로러' 등으로 또 다른 모양새이다. 2, 3연은 일부 사설이 생략되었으며, 술집의 노래인 4연은 아예 없다.

한편, 위의 세 문헌은 모두 조선시대 중·후반의 편찬이거니와, 이들보다 앞선 조선 전기의 『시용향악보(時用鄕樂譜)』에는 '쌍화곡(雙花曲)'이라는 제목 하에 한역시 한 편이 악보와 함께 소개되어 있다. 그러나 『대악후보』의 악보와도 별개의 것인데다, 위의 문헌들이 보여주는 '쌍화점'과는 판이한 주제, 임금의 만수무강을 송축한 내용 일색이다. 그리하여 어떤 이는 이를 쌍화점에 대한 개편 가사[改詞]로 인지하려는 측면도 있지만, 기실은 전혀 일말의 공통점도 짚어볼 길 없는 완전 별개의 노래이다.

우선 가장 표준 문헌이라 할 장서각본의 『악장가사』에 실린 내용부터 본다.

쌍화뎜(雙花店)에 쌍화(雙花)사라 가고신딘
휘휘(回回)아비 내 손모글 주여이다
이 말ᄉ미 이 뎜(店) 밧긔 나명들명
다로러디러
죠고맛감 삿기광대 네 마리라 호리라
더러둥셩 다리러디러 다리러디러 다로러거디러 다로러
긔 자리예 나도 자라 가리라
위 위 다로러거디러 다로러
긔 잔 디 ᄀ티 덦거츠니 업다

삼장ᄉ(三藏寺)애 블 혀라 가고신딘
그뎔 샤쥬(社主)ㅣ 내 손모글 주여이다
이 말ᄉ미 이 뎔 밧긔 나명들명
다로러거디러
죠고맛간 삿기 샹좌(上座)ㅣ 네 마리라 호리라
더러둥셩 다리러디러 다리러디러 다로러거디러 다로러
긔자리예 나도 자라 가리라
위 위 다로러거디러 다로러
긔 잔 디 ᄀ티 덦거츠니 업다

드레우므레 므를 길라 가고신딘
우뭇 룡(龍)이 내 손모글 주여이다
이 말ᄉ미 이 우믈 밧긔 나명들명
다로러거디러
죠고맛간 드레바가 네 마리라 호리라
더러둥셩 다리러디러 다리러디러 다로러거디러 다로러
긔 자리예 나도 자라 가리라
위 위 다로러거디러 다로러

긔 잔 디 マ티 덦거츠니 업다

술풀지븨 수를 사라 가고신된
그 짓아비 내 손모글 주여이다
이 말스미 이 집 밧긔 나명들명
다로러거디러
죠고맛간 싀구바가 네마리라 호리라
더러둥셩 다리러디러 다리러디러 다로러거디러 다로러
긔자리예 나도 자라 가리라
위 위 다로러거디러 다로러
긔 잔 디 マ티 덦거츠니 업다

제목을 '쌍화점'이라고 한 것은 바로 여기『악장가사』에서 붙인 이름을 그대로 가져온 데서 유래한다. 또한 〈쌍화점〉은 고려시대의 노래이기는 하지만, 그 언어는 조선시대의 것이다. 훈민정음 이후 정착되었기 때문이다. 하지만 가사는 전반적으로 난해한 부분이 많지는 않다.

『악장가사』 소재의 〈쌍화점〉 원전

1연의 "쌍화(雙花)"는 한자말이 아닐 것이라 한다. 퇴계 이황의 『퇴계집』 중의 〈서어부가후(書漁父歌後)〉라는 글에 보면 박준(朴浚)이라는 이가 수집 간행한 노래 목록 중에 〈어부가(漁父歌)〉와 〈상화점(霜花店)〉도 섞여 있었다고 했다. 그리고 여기의 〈상화점〉이 진정 고려가요인 〈쌍화점〉 그 작품이라면 고유한 외국산의 음식 이름을 차음(借音)해 온 것이 맞겠다. 문헌에는 만두(饅頭)의 한 종류라고 하는바, 『동국세시기(東國歲時記)』 '유두(流頭)' 조에도, "밀가루를 물에 반죽하여 콩 종류나 깨를 싸서 꿀을 버무려 쪄내니, 일러 상화병(霜花餅)이라 한다[以小麥麵溲 而包豆荏 和蜜蒸之 日霜花餅]"는 내용이 보인다. "회회(回回)아비"는 터키계의 몽고 회흘인(回紇人) 곧 색목인(色目人)이거나, 중국계 서역인, 혹은 회회인(아라비아인) 등으로 보는 관점들이 있다. "나명들명"은 '날락들락(하면)', 즉 '들락날락하면'의 뜻이다. 다만 1연에 표기된 "말솜미"와 "죠고맛감"은 제2, 3, 4연에서 일관하고 있는 표기 방식인 "말솜미", "죠고맛간"으로 조정함이 전체의 통일성을 위해 좋을 듯싶다. "죠고맛간"은 '조그마한'의 뜻 정도로 합당하다. 여기의 '간'은 현대어 '제깐놈' 할 때처럼 '겨우 그만한 정도인'의 뜻인 접미사 '깟'의 변용으로 이해된다. 새끼광대, 새끼상좌, 두레박, 싀구박 등 하나같이 만만한 상대로 보아 이 말을 썼겠다. "삿기광대"는 새끼광대, 작은 광대로 푼다. 〈쌍화점〉 전체 가사 중에서 제일로 막연해서 논란 많던 부분은 "덦거츠니"이다. 연구 초기에 양주동이 이를 '거츨 鬱'과 동일시하여 그 의미를 경험한 당사자의 부정적 정서 상태로서의 '우울하고 답답하다'로 보았다. 하지만 원전에 '덦'인 것을 '덦'으로 간주하고 정한 해석이라 못내 석연치가 않았다. 그러다가 뒤의 논자가 '덦거츠러'가 한자어 '蕪穢(무예)'에 해당함을 발견하였으니, 이전의 주장에 비해서는 훨씬 핍진하다. 바로 조선 세조 9년(1463) 간행의 『법화경언해(法華經諺解)』 안에 있는 다음의 용례가 그것이다.

苦四趣惡種과 生死業因은 흔갓 덦거츠러 藥草 ㅣ 아니라
苦四趣惡種과 生死業因은 則徒爲蕪穢ᄒᆞ야 非藥花矣이라

'蕪穢'는 '거칠고 더럽다'는 뜻이다. '추잡하다'·'조악(粗惡)하다' 등과도 통할만
한 표현이다. 결국 정사(情事)를 가진 잠자리 형상으로서의 '너저분하고 거칠다'란
말이니, 이 해석이 압도적으로 인정되었다. 하기는 한눈에도 '덦'은 더럽다, 그리고
'거츠'는 거츨다, 거칠다와 관계있어 뵈기는 한다. 그러다가 조선 전기에 편찬된
『백련초해(百聯抄解)』 안에서 '덦거츨 茂'를 찾아낸 논자에 의해 전혀 반대의 주장이
제기되었다. 근거로 삼은 문헌은 일설에 하서(河西) 김인후(金麟厚, 1510~1560)가
초학자들의 한시 학습용 교재로 만들었다는 말도 있지만, 아무튼 『법화경언해』
이후의 것으로 보인다. 그런데 이 책에서는 '茂(무)' 즉 무성하다는 말을 부정적
불쾌한 언어로 보지 않고, 기분 좋은 상태로서의 '아늑하고 둘러싸이는 기분' 쪽으
로 초점을 두었다. 하긴 '茂'에는 '성(盛)하다', '재주나 덕이 빼어나다'는 의미가
내포되어 있긴 하다. 이를테면 무재(茂才)는 뛰어난 재주, 무적(茂迹)은 뛰어난 공적
의 뜻이다. 맨 뒤 음절인 '니' 만큼은 의존명사 '(것)이'로서 순조롭다. 그렇다면
궁극 '더럽고 거친 것이'와 '아늑한 것이'의 기로에 서 있게 된 셈인데, 이 문제는
궁극적으로 색정에 몰입한 충렬왕 입장에서 어느 쪽 상황이 더 자극적인 성적
환상을 불러일으키는지에 해결의 실마리가 있다고 본다.

2연에서 "사주(社主)"란 본시 '어떤 모임의 대표'란 말이지만, 여기서는 문맥상
'사주(寺主)'와 통용된다. 절의 주지(住持), 방장(方丈), 상방(上方), 주승(主僧) 등과
같은 뜻이다. 상좌의 표기를 '上座'로 했는데, 이것이 사전적으로는 절에서 대중을
거느리고 사무를 맡아보는 주지(住持), 혹은 수행력이 많고 덕이 높은 강사(講師)거
나 선사(禪師)로 되어 있으니, 이 노래 안의 분위기와는 맞지 않아 보인다. 대신
'上佐(상좌)'는 출가한 지 얼마 안 된 수습기간 중의 예비 승려의 뜻이라 하매, 보다

以邨 김재봉 揮毫의 〈쌍화점〉 전문

합당해 보인다.

3연의 "드레우므레"는 '드레박[瓠] 우믈에'의 뜻이다. '우믈'은 '움+믈' 즉 움믈에서 'ㄹ'이 탈락된 현상으로 본다. 지금도 우물을 '움', 또는 '움물'이라고 하는 방언도 있다. '움'은 본래 땅을 파고 위에 거적 따위를 얹고 흙을 덮어 추위와 비바람을 막게 한 곳이다. 예컨대 '움막집'은 김치 독을 묻거나, 또는 천으로 가려 집을 말한다. '믈'은 고어 '미리, 므르'의 과정을 거쳐 나온 말로, 오늘날은 '물'이 되었다. "우뭇龍"은 우물의 龍(용)이요, 용은 통상 임금의 표상이다. 하지만. 전통문학에서 용의 은유법은 반드시 왕의 상징으로만 국한된 것은 아니었다. 수로부인을 납치한 용의 노래인 〈해가〉에서처럼 '용신'이 될 수도 있었다. 민간 속담 중에 "개천에서 용 난다" 할 때의 용은 빼어난 인물을 뜻하는가 하면, 설화 속에서는 '낯모르는 준수한 남자' 내지 '특수한 신분의 사람들' 같은 정체불명의 괴한을 암시하는 단어이기도 했다. 중국의 한고조 유방은 그 어머니가 큰 연못에서 용과 교접하여 낳았다고 설화되었고, 향가 〈서동요〉 배경설화에서 또한 서동의 어미가 연못의 용과 교접하여 서동을 낳았다고 한 것들이 그 일례이다. 보다 단순하게 하인이나 과객 정도로 간주한 경우도 없지 않다. 하물며 〈쌍화점〉의 주인공 여인(들)이 다닌 공간들은 아무 때나 쉽게 드나들며 만두도 사고, 점등도 하고, 술도 사는 공간으로서의 음식점, 절, 술집이다. 왕이 사는 대궐 내부 같으면 '금중(禁中)', '금액(禁掖)'이라 하니 민간의 여인네가 간단히 드나들 수 있는 곳일 수 없기에, 용을 왕으로 본다면 더없이 생경키만 하다. 더구나 여자가 물을 길러 갔다가 당한 일이라고 했다. 만약 물 길러 간다는 말에조차 무슨 숨겨진 다른 내막이 따로 있다고 의심한다면 만두 사러 간 행위, 점등하러 간 행위, 술 사러 간 행위 하나하나 및 두레박, 술 바가지까지 이루 의혹을 두어야하니 종잡을 수 없게 된다. 가장 결정적으로는 〈쌍화점〉이 충렬왕의 기분을 맞추기 위해 어용(御用) 그룹에서 만들어 바친 연희물이었다는 사실을 망각하지 않는다면, 노래 속의 속물스런 용이 임금을 지적한 뜻이라 하기엔 심히 껄끄러운 국면이 따른다.

4연의 "쇠구박"은 상세하진 않지만, 그냥 술을 푸는 바가지 정도로 본다. 그러나 여기의 '쇠' 자에서 '시다[酸]'를 연상하여 시큼한 냄새나는 바가지라는 설도 있다.

이상에 의거하여 현대말로 옮겨 보이면 대개 이러할 것이다.

> 만두집에 만두 사러 갔더니만
> 회회아비 내 손목을 쥐었어요.
> 이 소문이 가게 밖에 드나들면
> 조그마한 새끼 광대 네 말이라 하리라.
> 그 잠자리에 나도 자러 가리라.
> 그 잔 데 같이 거친 곳은 없다.
>
> 삼장사에 점등하러 갔더니만
> 그 절 주지 내 손목을 쥐었어요.
> 이 소문이 이 절 밖에 드나들면
> 조그마한 새끼 상좌 네 말이라 하리라.
> 그 잠자리에 나도 자러 가리라.

그 잔 데 같이 거친 곳은 없다.

두레박 우물에 물을 길러 갔더니만
우물용이 내 손목을 쥐었어요.
이 소문이 이 우물 밖에 드나들면
조그마한 두레박아 네 말이라 하리라.
그 잠자리에 나도 자러 가리라.
그 잔 데 같이 거친 곳은 없다.

술파는 집에 술을 사러 갔더니만
그 집 아비 내 손목을 쥐었어요.
이 소문이 이 집 밖에 드나들면
조그마한 술 바가지 네 말이라 하리라.
그 잠자리에 나도 자러 가리라.
그 잔 데 같이 거친 곳은 없다.

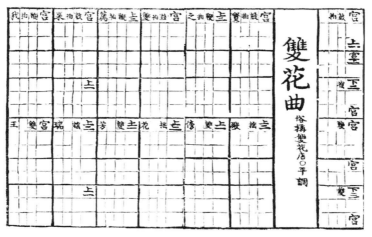

『시용향악보』에 실린 〈雙花曲〉. 글 제목 아래 '속칭 쌍화점'이라고 했다.

한편 『시용향악보』에 〈쌍화곡〉이라는 제목으로 된 한역시가 있다고 했는데, 이러한 것이다.

> 寶殿之傍 / 雙花薦芳 / 來瑞我王 / 馥馥其香 / 燁燁其光 / 允矣其祥 / 於穆我王 / 俾熾而昌 / 繼序不忘 / 率由舊章 / 無怠無荒 / 綱紀四方 / 君明臣良 / 魚水一堂 / 儆戒靡遑 / 庶事斯康 / 和氣滂洋 / 嘉瑞以彰 / 嘉瑞以彰 / 福履穰穰 / 地久天長 / 聖壽無疆
>
> 보배로운 전각 곁에 / 한 쌍의 꽃 바치니 / 우리 임금님 상서롭게 하도다 / 그윽한 그 향기여 / 찬란한 그 빛이여 / 참되도다 그 상서로움이야 / 아아 아름다운 우리 임금님 / 빛나 창성케 하시고 / 계승의 뜻 잊지 않게 하소서 / 모든 것 옛 전범을 따라 / 느긋이도 험하지도 않게 / 사방에 벼리를 펼치소서 / 임금은 밝고 신하는 어질어 / 물과 고기가 한 집에 있듯이 / 경계 느슨하지 말지라 / 모든 일들 편안해지고 / 화락한 기운 넘쳐나면 / 상서로운 징조 나타나리라 / 경사론 징조 나타날 적에 / 복록이 넉넉하시리로다 / 천만세에 임금님 / 만수무강하시리로다.

여기의 '쌍화'란 말부터 '만두'가 아닌 '한 쌍의 꽃'이란 뜻인데다, 시작부터 끝까지가 온전한 형상의 축원가(祝願歌)이다. 그럼에도 '쌍화곡'이라고 한 표제 바로 밑에 붙은 '속칭 쌍화점'이란 첨부어로 말미암아 논자 중엔 이것을 바로 퇴폐성 작품 〈쌍화점〉에 대한 개작 운운하기도 했다. 하지만 암만 애써 맞춰보려 하나 견강부회조차 안 되는 전혀 별개의 것이다.

『고려사』에는 위의 '쌍화점' 2연의 가사와 직접 관련된 기록이 있는데, 이 노래를 위한 무상(無上)의 자료가 아닐 수 없다. 곧 『고려사』 권71의 악지(樂志)에 보면 '삼장(三藏)'이라는 제목의 한역시와 마주치게 되는데, 놀랍고 반갑게도 그 내용이 〈쌍화점〉 노래 두 번째 연 그것이다.

石軒 임재우 墨의 한역시 〈삼장〉

三藏寺裏點燈去　　삼장사에 등불 켜러 갔더니
有社主兮執吾手　　그 절 주지 내 손을 쥐었다네.
倘此言兮出寺外　　이 말씀이 절 바깥에 나간다면
謂上座兮是汝語　　저 상좌야 네 말이라 하리라.

　명백히 〈쌍화점〉 제2연을 고스란히 한역화한 자체
이다. 그러면 고려 당년에는 역시 '삼장'이었는데, 조선
초에 들어와 이전 왕조의 악장을 정리하는 과정에서
어떤 계기에 따라 '쌍화점'이란 제목이 새로 대두된 것
은 혹 아니었을까 하는 하나의 가정을 세워 봄직하다.
　그리고 〈삼장〉의 바로 뒤에 〈사룡(蛇龍)〉이라고 제
목한 것 아래에 또 한 편의 한역가를 소개한 것이 있으
매, 이러하다.

有蛇啣龍尾　　뱀이 용의 꼬리를 물고서
聞過太山岑　　태산머리 넘어 간다 하네.
萬人各一語　　뭇사람이 한 마디씩 해도
斟酌在兩心　　두 속종만이 영문을 알리.

　〈삼장〉만큼 주목 받진 못하였으나 〈사룡〉의 경우도
나중 시대까지 그 전파의 효과가 만만치 않았다. 이를
증명해 줄 만한 가사 중에 다음의 것은 제일로 직접성
있는 것이다.

됴고만 실비암이 용(龍)의 초리 듬북이 물고
고봉준령(高峯峻嶺)을 넘단 말이 잇셔이다.
왼놈이 왼말을 하여도 님이 짐작ㅎ시소

『해동가요(海東歌謠)』(一石本)과 『악학습령(樂學拾零)』 등에 들어있는 시조이니,
바로 〈사룡〉의 한글 번역 가사라 할 만한 것이다. "실비암"은 실뱀, "초리"는 꼬리,
"듬북이 물고"는 덥석 물고의 뜻이다. 특히 종장(終章)의 "왼놈이 왼말을 하여도…"
의 관용구는 한국 시조문학사상에 빈도 높은 부분이었다.
　뿐만 아니라 저 조선 후기에 등장한 다음의 사설시조와도 무관해 보이지 않으
니, 역시 기이하다.

개야미 불개야미 준등 쏙 부러진 불개야미
앞발에 정종 나고 뒷발에 죵긔난 불개야미
광릉(廣陵) 십재 너머드러 가람의 허리를 ᄀ르 믈어 추혀 들고
북해(北海)를 건너단 말이 이셔이다.
님아 님아 온놈이 온말을 ᄒ여도 님이 짐쟉ᄒ소셔

　세상엔 터무니없는 참언이란 게 있으나 모든 사람이 온갖 허무맹랑한 소리를
하여도 임께서 헤아리셔서 모함에 현혹되지 말라는 것이다. 자신의 결백을 세움
과 동시에 임께서 옳고 그름을 잘 짐작 판단해 줄 것을 소망한 풍유적 메시지이다.
　〈사룡〉은 〈삼장〉 내지 〈쌍화점〉과 이렇다 할 연관성이 보이지는 않는다. 그러
나 『고려사』 악지(樂志)는 이 두 한역시를 하나로 묶어서 해당 두 노래에 대한 배경
담을 적었다.

右二歌 忠烈王朝所作 王狎群小 好宴樂 倖臣吳祁金元祥內僚石天補天卿等
務以聲色容悅 以管絃房太樂才人爲不足 遣倖臣諸道 選官妓有姿色伎藝者 又
選城中官婢及女巫 善歌舞者 籍置宮中 衣羅綺 戴馬鬃笠 別作一隊 稱爲男粧
敎閱此歌 與群小 日夜歌舞褻慢 無復君臣之禮 供億賜與之費 不可勝記.

위의 두 노래는 충렬왕 조에 지어진 것이다. 왕은 소인배들을 가까이하고 연악(宴
樂)을 좋아했다. 측근의 신하인 오기(吳祁)와 김원상(金元祥), 내료(內僚)인 석천보(石
天補)와 석천경(石天卿) 등이 음악과 미색으로 왕의 환심을 사고자 힘썼다. 관현방(管
絃房)의 태악재인(太樂才人)만으론 부족하다 하여 여러 고을에 총신을 보내서 관기(官
妓)들 가운데 자색과 기예(伎藝)가 있는 자를 고르고, 또 성 안의 관비(官婢)와 무당들
중 가무 잘하는 이를 골라다가 궁중에 이름을 올렸다. 비단옷 입히고 말총갓 씌워서
따로 한 무리를 만들어 남장(男粧)이라 일컫고는 이 노래를 가르쳐 군소배들과 밤낮으
로 노래하고 춤추며 난잡하니 군신간의 예도는 아예 사라지고 말았다. 그 뒤를 대주
고 상을 내리고 하는 비용이 이루 기록할 수 없을 정도였다.

『고려사』 권125 '奸臣'〈오잠(吳潛)〉 열전

그런데 흥미로운 것은 바로 이 이야기 및 두 편의 한역시인 〈삼장〉과 〈사룡〉이 같은 책 『고려사』 권125 열전 권38의 '간신(奸臣) 오잠(吳潛)' 조 안에 중복 서술되어 있는 사실이다. 다만 악지에서의 측근신하 명단 중에 '오기(吳祈)'를 여기서는 '오잠(吳潛)'이라 했고, 나머지 약간 부분에서 표현만 살짝 달리 했다. 이를테면 남장(男粧)이라 칭하고는 그 여인들에게 "〈삼장〉, 〈사룡〉을 교열(敎閱)했다" 대신, "신성(新聲)을 가르쳤다"고 했다. '교열'이란 교련(敎練)하고 검열하는 것이다. '신성'이란 새로운 노래, 요즘말로 하면 즉 신곡(新曲)이란 뜻에 다름 아니다. 특히 오잠 열전에는 "음악의 높고 낮음, 빠르고 느린 것이 모두 절주(節奏)에 맞았다[高低緩急 皆中節簇]"는 말도 있고, 뒤미처 "왕이 수강궁(壽康宮)에 행차하매 석천보 등이 궁 곁에 장막을 치고 각기 명기들과 사통하면서" 운운의 내용도 추가되었다. 그 이하는 악지에서와 똑같이 "밤낮으로 노래하고 춤추매 난잡하니 군신간의 예도는 아예 사라지고 말았다. 그 뒤를 대주고 상을 내리고 하는 비용이 이루 기록할 수 없을 정도였다"는 기록을 그대로 답습했다.

오잠·김원상 등이 왕의 성색(聲色), 곧 음악과 여색 취향에 맞추기 위해 미모와 춤 노래 등 기예를 갖춘 여인들로 하여금 남자로 치장시켜 별도로 한 무리를 만들고 "남장(男粧)"이라 일컬었다고 한 대목을 두고, 여증동은 원문의 "별작일대(別作一隊)"와 "남장(男粧)"의 말을 살려서 아예 그룹명을 "남장별대(男裝別隊)"라고 칭하였다.

같은 오잠 열전 말미에는 주부(主簿) 벼슬한 김원상(金元祥)도 함께 들어가 있는데, 그가 지은 〈태평곡(太平曲)〉이 충렬왕한테 인정 받고 출세하는 계기가 된 이야기를 적고 있다. 이렇게저렇게 충렬왕의 측근 간신이라는 인물들이 꽤 음곡에 조예가 있었던 분위기이다. 연구의 초창기에 양주동은 〈쌍화점〉이 어느 한 총애 받는 신하가 지은 것이라기보다는 당시 도성(都城) 부근에 유행되던 속요를 그대로 채집한 것이라고 했지만, 거의 도태된 견해인양 되고 말았다. 지금 이 〈쌍화점〉 역시 충렬왕에게 주색으로 유혹하고 아첨했던 행신들인 오잠·김원상·석천보·석천경 중에 주도적인 위치에 있던 오잠 한 사람의 창작으로 보거나, 크게는 그들 전체의 합작으로 보기도 한다.

〈쌍화점〉을 향가 또는 민요거나 가요처럼 가창곡으로만 인식하던 분위기를 뒤집는 일약 파천황적인 견해가 나오기도 했다. 다름 아니라 1970년 전후 이 작품에 대해 집중적으로 다룬 여증동은 이것이 단순히 1인창 형식의 노래가 아니라, 궁중악의 하나로 상연되던 가극의 대본이라고 선언했다. 고려사회의 질서가 문란해진 충렬왕조에 때마침 들어온 몽고풍의 물결을 타고 가극 〈쌍화점〉이 만들어졌고, 수녕궁(壽寧宮) 안의 향각(香閣)이라는 잘 장치된 왕실전용 무대에서 노래기생·춤기생·얼굴기생의 세 파트로 나눠 편성된 여자 배우들인 소위 '남장별대'가 각자 맡은 배역에 따라 연기와 노래와 춤을 악무(樂舞)에 맞춰 연희(演戱)했음을 상황적으로 잘 묘사했다. 음악을 중심으로 하여 문학·미술·무용이 어우러진 종합 무대예술로 간주한 것인데, 많은 논자들로부터 공감을 받아왔다.

그럼에도 〈쌍화점〉이 배역에 따라 부른 노래일 순 있지만 대규모의 복잡하고 화려한 연극 형태까지는 못되었을 것이란 조심스런 견제도 없지 않았다.

이제, 〈쌍화점〉이 오늘날 오페라나 뮤지컬을 연상케 하는 대규모의 가극이었다는 관점과, 배역에 따라 대화체로 나눠 부른 노래 정도라는 등, 견해의 차이에도 불구하고 그 안에 공통점이 없지는 않다. 다름 아니라 〈쌍화점〉이 대화식으로 조성된 궁중악 연출의 대본인 것만큼 틀림없이 보인다. 쌍화점을 찾아간 여인 A가 회회아비 역할을 맡은 남장의 여인 B와 정사를 벌이는 자리에 뒤이어 여인이 그 일에 대해 고백하는 대사, 동시에 어린 광대 C에게 누설을 경고하는 대사, 이 말을 들은 또 다른 여인 D가 자기도 자러 가고 싶다고 되받아 노래 부르자 쌍화점의 정사 여인 A가 다시 응수해주는 대화체 가요인 것이다.

다만 무대 중앙에 오른 배우가 연기하면서 노래도 함께 불렀는지, 또는 여증동의 추정대로 외모가 고운 색기(色妓)는 동작연기만 하고 노래는 별도 무대 뒤에서 가기(歌妓) 파트가 수행했는지는 알 수 없다. 그 중간에 춤 담당의 무기(舞妓)들이 춤을 추며 무대의 흥을 고조시켰던 것만큼 분명해 보인다.

또 남장별대(男粧別隊)라고 했는데, 회회아비와 어린광대 역할을 맡은 배우만 남장을 했는지, 아니면 여인 역할의 두 사람도 남장을 했는지도 불확실하다.

의문거리는 계속 꼬리를 문다. 쌍화점에 출연한 이 네 명의 배우가 나머지 삼장사, 두레우물, 술집 무대에까지 도맡아 등장하는지, 아니면 연마다 각기 달라서 그야말로 여증동의 견지대로 총 16명의 배우가 출연하는지도 미지수이다. 후렴처럼 보이는 '위위', '다로러거디러', '더러둥셩', '다리러디러' 등이 의미하는 것이 다 무엇인지도 명확치 못하다. 이렇듯 모호한 측면들에도 불구하고, 〈雙花店〉이 다른 별곡들보다는 보다 복잡한 차원의 종합예술적인 규모로 스케일 메리트(scale merit)를 누렸던 것만은 명현하다.

游齋 임종현 揮筆의 〈쌍화점〉 전문

『고려사』악지 속악 조의 '삼장' 및 '오잠' 열전에서 보여준 〈삼장〉은 다름 아닌 『악장가사』소재의 〈쌍화점〉노래 제2연에 대한 한역시임이 완연하였다. 그 내용에 대한 번역이라는 만인 공감의 당연한 사실에도 불구하고, 여기 삼장의 내용을 쌍화점과 혼동함은 잘못이라는 반대의견까지 돌출하기도 했다.

똑같은 내용을 두고 『고려사』에서는 〈삼장〉이란 명칭을 썼던 데 반해, 『악장가사』에서는 〈쌍화점〉이라고 했기에 갖가지 논란이 야기된 셈이다. 그 과정상에 필경 무슨 사연이 있었을지니, 이참에 문득 〈삼장〉이란 존재와 〈쌍화점〉이란 존재 사이에 어느 편이 더 근원적인 것인지의 문제가 관심사로 대두된다. 다시 말하면, i) 단련 4행가요 〈삼장〉을 중심으로 나중에 더 노래 형태로 부연한 것이 〈쌍화점〉인지, ii) 역으로, 〈쌍화점〉가운데 두 번째 노래만을 발췌하여 한역화한 게 〈삼장〉인지 하는 문제이나, 그 타당성 비중은 의당 전자에 쏠린다. 『악장가사』보다 일백 년 정도 앞서 나온 문헌인 『고려사』가 각별히 짚어 가리켰던 표제는 '雙花店'이 아닌, 바로 '三藏'이었던 까닭이다. 그것도 악지와 열전 두 군데에 걸쳐서였다.

반대로 ii)의 경우 같으면 『고려사』악지 가운데 내세웠던 제목도 기왕 만들어져 있던 제목 그대로 '雙花店'이라 했을 터인데, 역시 그 명명(命名)은 '三藏'이었을 뿐이다. 따라서, 충렬왕 조에 오잠·김원상 등이 기존 민간의 속악가사를 가져다가 새로운 곡조, 즉 신성(新聲)으로 재창출하는 과정에 〈삼장(三藏)〉도 만들어 남장(男粧)한 별대(別隊)에게 가르쳤는데, 그 후 어떤 계기에 의해 '쌍화점'이란 이름으로 변신했다는 추정이 순리적이다.

『고려사』안의 〈삼장〉한역시는 누가 지었는지가 또한 오늘날 모호한 상태로 남았다. 『고려사』에 한역시 〈삼장〉을 포함하면서 '악지(樂志)' 및 간신 '오잠열전'에 소개된 내용의 배경이 충렬왕 초기라 해서 이 한역시 〈삼장〉도 똑같이 그때의 누군가가 지었을 것이라는 보장은 없다. 게다가 부쩍 관심을 끄는 것은 충렬왕 후기에 급암(及菴) 민사평(閔思平, 1295~1359)이 바로 그 "三藏寺애블혀라가고신댄…" 부분에 대해 나름 한역화를 시도했다는 사실이다. 민사평『급암집(及菴集)』안의 '소악부' 여섯 편 중 네 번째이다.

三藏精廬去點燈	삼장사에 등불 켜러 갔더니
執吾纖手作頭僧	주지가 가녀린 내 손을 잡았네.
此言若出三門外	이 말씀이 절문 밖에 새나간다면
上座閑談是必應	틀림없이 상좌가 버르집은 것이리라.

이렇듯 노래의 두 번째 연은 거듭 그 면모가 십분 과시되는 반면, 〈쌍화점〉의 다른 연들은 이번에도 역시 역시(譯詩)로의 혜택을 입지 못하였다. 그리고 이처럼 다른 연들은 다 놓아둔 채 유독 이 부분만이 일관되게 부각을 나타냈던 사실은 한갓 우연한 현상으로만 돌리기 어렵다. 그렇지 않고 본래 〈쌍화점〉이 원초적 존재인데, 〈삼장〉 번역의 당사자거나 '소악부'를 쓴 민사평 등이 〈쌍화점〉 중의 다른 연은 다 사양해 두고 하필 제2연 만을 굳이 고집한 것이라고 한다면 무리함을 면하기 어렵다. 오히려 제목으로서의 '雙花店'의 필연성을 찾을 수 있는 부분은 제1연 "쌍화점에 쌍화사라가고신딘…"에서 타당함에도, 굳이 그것을 제쳐 두고서 삼장사 부분을 대상 표적으로 번역했던 데에 진실 파악의 요령이 있다.

이 마당에 "三藏寺애블혀라가고신딘…"노래가 원래 독립가요였을 가능성이 더욱 제고된다. 본시 대중 차원에서 별

민사평의 번역 소악부 中 〈삼장〉 시

개 한 곡조로서 불리어지고 있던 소위 〈삼장〉 노래가 있었고, 이것이 나중엔 대작 (大作) 〈쌍화점〉의 발원이 되었을 터이다. 다만 오잠과 김원상이 충렬왕을 위해 공연했다던 그 궁정 가극이 바로 오늘날 『악장가사』에서 확인할 수 있는 바로 그 4연짜리 형태였는지에 대해서는 확신할 수는 없다. 대신, 설령 여증동의 주장 그대로 전체가 4경(景)으로 된 오페라 형태의 가극임이 사실이라 하더라도, 당시의 제목은 제1연의 첫 어휘인 '雙花店'을 쓰는 대신, 제2연 첫머리 글자인 '三藏'을 취택했다는 점을 끝까지 망각할 수 없다. 조선에 들어서서 절 이름 '삼장' 대신 '쌍화점'으로 바꾼 이유가 아마도 불교를 배타하던 조선시대의 분위기와 관계있을 지 모른다는 생각도 한 번쯤 해볼 만하다. 불교의 사찰을 큰 간판으로 이름 내세우 기 꺼려했을 수도 있다는 뜻이다.

민간에서 유행되던 노래가 궁정 내 전문가에 의해 채별(採別)되고 새로운 음악 [新聲]으로 만들면서 '三藏'이란 표제도 붙여졌겠지만, "三藏寺애블혀라…"노래가 민간 차원에서 퍼졌을 당시에는 대단한 파급의 효과를 지니고 있었으리라 함은 짐작하기 어렵지 않다.

돌이켜보면 고려별곡 어느 경우도 중복하여 번역의 혜택을 입었던 사례를 발견 하기 쉽지 않다. 그런데 이 경우는 한 가지 노래를 두고서 『고려사』 악지의 번역 가사가 있고, 더하여 민사평의 역사(譯詞)도 있는 등, 적어도 두 차례에 걸친 노과 (勞果)가 나타났으니, 당시 이 노래의 흥행된 정도를 알만하다.

위에서 개별가요 〈삼장〉 노래가 기틀이 되어 연장가요(聯章歌謠) 〈쌍화점〉으로 확충되는 과정을 가늠해 보았지만, 이러한 관계는 앞서 보았던 〈서경별곡〉에서도 무난히 찾을 수 있다. 이를테면 〈서경별곡〉이 원래부터 그 모양으로 된 단일가요 로 보는 관점의 다른 편에선 몇 개 노래를 합성한 바탕에서 이루어진 노래로 보는 경향이 강하다. 이때 이 작품이 몇 개의 노래를 가지고 조성해 낸 합성가요인가

하는 것 또한 풀어야 할 사안이 된다. 합성 개연성의 첫 실마리는 역시 두 번째 연(聯)인 '구슬의 노래'에 있었다.

　'구슬의 노래'는 바로 〈정석가〉의 마지막 연에도 고스란히 재현되었고, 고려말 문호인 익재(益齋) 이제현(李齊賢, 1287~1367)의 민간 속요 번역 사업이었던 이른바 '소악부(小樂府)' 갈피 속에 끼어 그 면모의 새삼스러움을 과시하기도 했다.

縱然巖石落珠璣　　구슬이 바위에 떨어진다 한들
纓縷固應無斷時　　구슬 끈은 끈히 끊어질 리 없어.
與郎千載相離別　　님과 천 년을 서로 떨어진다 한들
一點丹心何改移　　한 점 붉은 이 마음 어찌 변하리까.

『악장가사』에 실린 고려가요 〈정석가〉.
여기의 최종 6연에 〈서경별곡〉 2연과 동일한 구슬의 노래가 올라가 있다.

쌍화점 雙花店　143

何石 박원규 揮灑. 익재 이제현의 〈서경별곡〉 제2연에 대한 소악부 한시와 拈出語 〈丹心〉

그만큼 잘 알려진 노래가 "구스리 바회예…"였다. 〈서경별곡〉 연구 초창기에 양주동은 이 내용이 〈서경별곡〉 제작 시 처음부터 들어 있던 고유한 원사(原詞)일 것으로 짐작한바 있었다. 『여요전주(麗謠箋注)』 안의 글이다.

　　본가(; 정석가를 말함)의 末聯은 〈서경별곡〉의 제3연(; 사실은 제2연인데 錯記하였다) 과 전혀 동일 – 該句가 본래 어느 노래의 原屬이엿는가는 문제이나 鄙見은 〈서경별 곡〉의 것이라 생각한다 – 하니만치 麗謠로서의 확률은 爾餘의 諸篇보다 클 터이다.

원래 〈서경별곡〉에 속해 있던 구슬의 노래를 〈정석가〉가 옮겨다 썼다는 뜻이 다. 여기 언급된 〈정석가〉 또한 고려가요 중의 명편이거니와, 전체 6연 중 여섯 번째 연에 고스란히 바로 이 구슬의 노래가 들어 있다.

그러나 이후 계속된 연찬의 과정에서, 〈서경별곡〉에 본디 있던 가사가 아닐 수 있는 가능성에 대한 반론이 나오리라는 것은 어쩌면 당연한 귀결이었다. 곧 기본적으로는 그것이 유형가사 내지 독립된 개별가사였는데 〈서경별곡〉이나 〈정석가〉 등 창작 과정에서 의장(意匠)에 따라 의도적으로 채용되었다는 진단이다. 이상, 갖가지 가능성 종종을 한꺼번에 아우른 글을 보기로 한다.

益齋가 解詩한 것이 〈서경별곡〉의 단순한 발췌 한역이라고도 보겠으나, 〈정석가〉의 끝 연이 꼭 같은 가사로 되어 있다는 점은 혹시 이 부분이 당시 유포되어 있던 독립된 노래가 아니었을까 하는 의문을 가지게 한다. … 〈정석가〉와 〈서경별곡〉의 상호 原屬 문제를 생각할 수 있는 동시에, 나아가서 전연 다른 별개의 노래에서 이 두 노래가 다 같이 어떤 영향을 받았거나 않았을까 하는 점도 생각할 수 있는 것이다. (최동원, 「고려속요의 향유계층과 그 성격」)

더 나아가, 〈서경별곡〉의 3연 이하도 역시 타종의 독립가요로부터의 차입(借入)에 따른 합성가요일 수 있는 개연성까지 생각해 보지 못할 바는 아니다.

'서경별곡' 제2연의 사설 … 은 '정석가'의 제6연과 동일한 사설이다. 이렇게 생각하면, '서경별곡'은 제1연이 서경의 노래, 제2연은 '익재소악부'에 한역된 "縱然巖石落珠璣, 纓縷固應無斷時, 與郎千載相離別, 一點丹心何改移"로, 그리고 제3연은 대동강의 노래, 이렇게 3歌가 합성해서 이루어졌다고 생각할 수도 있겠다. 『고려사』 권71 악지와 『문헌비고』에 '서경'과 '대동강'이 나오고, 前記 '익재소악부'의 譯詩가 있으니, 비록 문헌 설명이 '서경별곡'과는 달라서 '서경가'와 '대동강곡'의 合歌로 속단하기는 어렵다 하더라도, 당시 고려인들에게 중요한 의미를 가진 서경과 대동강에 관한 4구체 민요의 原詞가 있었고, 여기에 당시의 유행 구였던 제2연 부분을 합해서, 새로 들어온 가락에 맞추어 연마다 후렴을 붙여 새 노래로 合歌調節한 것이 아닌가 한다. (김택규, 「별곡의 구조」)

이렇게 〈서경별곡〉 형성의 과정에 대한 관점이 각인각색으로 다양한 것이지만, 요약컨대 (가) 세 개의 연이 본래 원가 고유한 틀이었다고 이해하는 견해, (나) 적어도 두 개 노래의 합성으로 이해하는 견해, (다) 세 개 노래의 합성으로 이해하는 견해 등으로 나누어 볼 수 있다.

다시 이 문제에 접근하기 위한 직접적이고 구체적인 일환으로 〈서경별곡〉 제2연과 〈정석가〉 제6연에 공유하는 "구스리바회예디신둘…"이 각각에 탑재된 경위가 관심사로 다가온다. 이와 관련하여서는 역시 (ㄱ) 〈서경별곡〉이 〈정석가〉에서 가져왔을 가능성, (ㄴ) 〈정석가〉가 〈서경별곡〉에서 가져왔을 가능성, (ㄷ) 〈서경별곡〉·〈정석가〉가 전혀 다른 제3의 가요로부터 가져왔을 가능성의 세 가지 경우가 검토의 대상이 될 것이다.

이제현의 〈소악부〉에서조차 〈서경별곡〉 제1연은 무시된 채 굳이 두 번째 부분만이 유독 역가(譯歌)로서의 독립성을 유지해 있다는 점도 어딘가 이상하다. 관련해서 공교롭게도, 〈쌍화점〉의 경우 역시 번역의 대상 선정이 제2연에 맞춰져 있다. 동시에 이 경우 『고려사』 악지에서는 해당 가사의 번역 소개와 더불어 각별히 〈삼장(三藏)〉이라는 제목까지 설정하였다. 뒤에 간행된 『악장가사』가 게시한 제목이자, 오늘날까지 널리 통용되고 있는 바의 '쌍화점'이란 호칭을 『고려사』 악지는 알 리 없다. 『고려사』 악지가 충렬왕과 오잠·김원상 등에 관련한 연예 풍류 기사를 다루면서 지적했던 제목은 '雙花店'이 아닌 '三藏'이었다.

이렇게 보면 본래 여항간 불리어지던 〈삼장〉 단련(單聯)의 노래가 이후 궁중가악에 올라가면서 원 노래 〈삼장〉을 제2연에다 중심 배속시키고, 이를 기간(基

益齋 이제현

幹)으로 하고 1·3·4연에 쌍화점, 두레우물, 술집 등 공간적 다양화를 가미시켜 전체 4연짜리 구색을 갖추었다고 본다.

〈서경별곡〉의 제2연을 이루는 "구스리바회예디신둘…" 노래 역시 이것이 독립 가요로서 불리어졌던 당시에는 필경 일정한 제목이 있었음에 틀림없다. 본래 이제 현의 소악부는 『익재난고(益齋亂藁)』권4 '시편(詩篇)'의 안에 있거니와, 그 안에 수록된 한역시들 자체로는 아무런 제목도 없다. 다만 그 가운데 몇 편은 마침 『고려 사』악지가 〈거사련(居士戀)〉·〈사리화(沙里花)〉·〈장암(長巖)〉·〈제위보(濟危寶)〉· 〈정과정(鄭瓜亭)〉 등으로 소개한 덕분에 대충 그 제목을 측정해 볼 수 있는 정도이 다. 여타의 작품들 경우는 『고려사』악지 안에서 면모를 찾을 길 없음으로 인하여 모호한 이름조차 건져 보는 일이 막연해 지고 말았다. 〈서경별곡〉 2연에 들어가 있는 "구스리바회예디신둘…" 노래, 다름 아닌 이제현이 역시 한역화하여 남긴 그 노래도 원래는 제목이 따로 존재했겠지만, 그것이 그만 『고려사』악지에 기록되 는 혜택과 후광을 입지 못하였고, 그 바람에 오늘날은 그 제목읽기가 어려운 지경 에 빠지게 되었다.

〈쌍화점〉의 2연과 〈서경별곡〉의 2연, 그 둘 사이에 다른 것이 있다면 제목이 전해지고 못하고의 차이가 있을 뿐이다. 그럴망정 둘 다 별개의 독립가요 상태로 유행하던 것이 나중 단계에 궁중에서 별곡을 제작하는 데 중심 기축으로 활용되었 으리라는 점에서 공통점이 인지된다.

한편, "구스리바회예디신둘…"을 〈정석가〉가 〈서경별곡〉 제2연에서 가져왔으 리란 추론과 관련해서는 장애가 될 법한 요인이 있다. 혹자의 주장대로 〈정석가〉 가 과연 염정가(艶情歌) 범주의 노래가 아니라 송도가(頌禱歌) 범주의 노래요, 이 노래에 쓰인 님은 '고운 님'이 아니라, '有德하신 임금'을 뜻한다고 가정하여 보자. 그렇다면 신하가 임금 전에 올려 바치는 '충신연주(忠臣戀主)'의 중후한 의미를, 남녀가 서로 연애하고 이별하는 소위 '남녀상열(男女相悅)'의 가사가 분명한 〈서경별곡〉 중에서 발췌해다 쓸 수 있었겠는지 마침내 의구심을 걷기가 어렵다. 역으로 염정가요 〈서경별곡〉이 충신가인 〈정석가〉 중에서 끊어 왔으리란 가정 또한 왕정(王廷) 귀족계층에 대해 참람하고 불경스런 행위가 된다는 측면에서 동일한 의아함이 따른다.

이제현의 역시(譯詩) 가운데 제3행 "與郎千載相離別"로 판단해 보건대, 그 원사(原詞)는 필경 여인이 자기의 남자에 대한 맹서를 다진 노래임이 분명하다. 또한 이것을 담고 있는 〈정석가〉를 보더라도 그것이 충신연주지사(忠臣戀主之詞)로서보다 여인이 이별을 싫어하는 남녀상열지사(男女相悅之詞)의 노래라 함이 순리롭다. 설령 '유덕하신 님'의 그 님이 임금님이 맞고, 또한 신하가 임금께 바치는 송사(頌辭)라 하더라도 달라질 일은 없다. 대개 민간의 속요를 궁중에서 들여다가 새로 궁정음악 형태로 개편할 때 감상자인 왕을 위해 따로 송도(頌禱)하는 가사 내용을 치사(致詞) 또는 치어(致語)라고 했다. 이같은 사례는 고려가요 여러 곳에서 발견되고, '유덕하신 님' 또한 그러한 차원에서 수용 가능한 부분이 된다. 그런 데다가 그 나머지 내용 전부는 일체가 여인의 구기(口氣)를 빌린 상열의 노래로서 온당하다. 〈정석가〉의 내용 소재 가운데 구운밤을 심는다커니, 연꽃을 새겨 바위 위에 접주(接柱)한다커니, 철사로 주름을 박는다커니 등등은 사뭇 여성의 생활환경 속에서 적의한 표현들이다. 하물며 '유덕하신 님'의 대상이 반드시 임금만 되고 여인의 사랑하는 남자는 될 수 없다는 법도 없다.

결국 〈서경별곡〉과 〈정석가〉 간에는 피차에 주고받은 관계로 보기는 난감한 정황이 따른다. 하물며 〈서경별곡〉 "구스리…" 부분이 이것을 둘러싼 전후의 노래 즉 1, 3연과 아무런 유기적 연관성을 띠고 있지 않다는 면을 생각한다면, 역시 한 쪽이 다른 한쪽으로부터 차용이라기보다는 독립된 4줄짜리 가요로 봄이 타당할 것이다. 이와 같은 단형(短形)의 노래가 고려시대에 드물지 않게 불리어졌던 증좌는 〈사모곡(思母曲)〉·〈유구곡(維鳩曲)〉·〈상저가(相杵歌)〉·〈가시리〉 등에서 어렵지 않게 볼 수 있다. 그러면 이 "구스리…" 노래 역시 특별히 고려 당년부터 상당히 오랜 기간 인기리에 애창되고 두각을 드러낸 목록들 가운데 하나였다고 봐야 할 것 같다.

이쯤에서 편의상 이 노래에 대한 일단의 제목을 부여해 볼 길 있다. 노래를 음미해 보면 은유법(metaphor) 적 비유를 특징으로 하는 이 노래의 가장 개성적이고 핵심적인 포인트는 바로 '구슬'에 있었다. 그리고 이제현의 소악부가 이 부분에 대한 한역에서도 구슬을 '珠璣'란 표현으로 대신하였다. 이에 '구슬의 노래'가 될지니, 본 글에서 임의 〈주기(珠璣)〉 또는 〈주기가(珠璣歌)〉로 편칭(便稱)하기로 한다.

이 노래는 그 내용 자체가 발산하는 비범한 사랑의 강렬함으로 인해, 다른 애모 주제의 노래들 어느 구석에 들어가 앉아도 너끈히 잘 어울리는 보편성을 확보해 있었다. 그 큰 장점으로 인해 〈서경별곡〉 및 〈정석가〉 등을 만드는 과정에서 역시 노래의 결정력을 높이는 수단으로 활용되었을 터이다.

『고려사』 권71 '악지' 안에 소개된 〈삼장〉과 〈사룡〉

꼭 이 노래 〈주기〉 뿐 아니라, 본래는 개별 가요로서의 독자성을 누리고 있었지만 나중에 다련(多聯) 형태 다른 노래의 일부로 흡수되었을 몇몇 짧은 노래들이더 있었던 것으로 보인다. 앞서 언급한 〈삼장〉 역시 바로 그러한 경우의 하나일테지만, 바로 원래 개별가요였던 〈삼장〉이 다른 가요의 일부로 쓰이게 된 생생한증거를 지금 〈쌍화점〉에서 찾을 수 있는 것이다.

앞서 〈쌍화점〉의 유래 과정에 대해서 여러 가지 설이 있다고 했다. 상기하되,이것이 여느 고려속요처럼 당시 유행하던 대중 속요의 한 마당으로 보는 이른바'민중 속요설'의 반면에, 『고려사』의 기록이 밝힌 인물인 승지 오잠(吳潛) 한 사람이집중하여 만들었다고 보는 '오잠 개인 창작설', 그리고 충렬왕대의 행신들인 오잠,김원상, 석천보, 석천경 등이 함께 궁리하였다는 '행신 합작설' 등이 그것이지만,반드시 이 가운데의 선택에 구애 받을 이유는 없다. 곧 굳이 그 중 하나를 지목해야한다는 강박증으로 인해 자칫 진실을 놓치거나 왜곡시킬 우려가 없지 않기 때문이다. 요컨대 제시된 가설들의 절충 및 포괄 속에 진실이 숨어 있을 개연성을 강조하는 뜻이다. 결과, 앞뒤 전말을 다음과 같이 정리할 수 있다.

초창기에는 여염의 민간 단위에서, 아니면 보다 예능적인 소질이 다분한 유녀(遊女) 계층 안에서 창작되고 불렸던 한 단락 혹은 복수 단락으로 된 노래가 구전되고있었다. 유녀란 삼국시대 이래 부족국가 간의 정벌 과정에서 피정복민의 여인들중 재예를 배워 권력 계층의 연희에 참여하던 부류들이다. 고려에 망한 후백제의유민들 안에서도 고려의 권력집단에 차출되어 예능에 종사한 유녀층 여인들이 있었다. 혹은 이를 조선시대 기녀(妓女)의 전신(前身)으로 보기도 하지만, 그렇게 민간혹은 유녀들의 선에서 가창되던 노래는 일정한 시간 뒤에 충렬왕의 성색(聲色) 유희라는 시류를 타면서 민간 차원을 벗어나 일약 변신의 형국을 맞게 되었다. 바야흐로오잠이거나 또는 궁정음악을 관장하는 다른 관원 등을 통해 궁중에 들어와 그 성격과 취향에 맞게 새로운 성률(聲律)을 이루었다. 이른바 '신성(新聲)'인 것이다.

여담으로, 2008년에 〈쌍화점〉을 제목으로 삼은 영화도 있었다. 원과 고려왕실을 배경으로 했으나 『고려사』 원전 기록과 하등 관계없고 악장가사 내 〈쌍화점〉 가사와도 절대 무관한, 단지 작가의 상상력에 맡겨 그린 치정 멜로이다. 역사 속 충렬왕이 무대 위의 남장한 여인들의 공연을 구경하며 즐겼다는 점을 빌어 영화 속 남주인공을 이상성애자로 그려놓은 양하다. 제목과 관련해서도 극중의 원나라 출신 왕비가 자기 나라 고유음식인 쌍화 만두를 꺼내 연인에게 먹인다는 장면 한 가지가 굳이 보일 뿐이다.

앞에서 『시용향악보』에 실린 〈쌍화곡〉, 속칭 '쌍화점'이라 했던 4언 22행의 한역시를 소개해 보였다. 지금 우리가 생각하고 있는 〈쌍화점〉과는 천양지차 전혀 다른 임금 향한 축원가였듯, 영화 속의 내용 또한 본래의 〈쌍화점〉 노래는 물론이고 이 22행 한역시와도 하등 무관한 완전 딴판의 것이었다. 굳이 『시용향악보』의 것과 영화와의 공통점이 있다면 왕정(王廷) 안의 임금을 대상으로 삼았다는 것 한 가지만을 건질 수 있을 뿐이다.

7

청산별곡 靑山別曲

고려속요에 대해 최우선 떠오르는 상투어는 대개 '남녀상열지사(男女相悅之詞)'가 아닐까 한다. 여요를 비하하는 뜻으로 평한 말인데, 이 표현은 1488년(성종 19)에 이세좌(李世佐, 1445~1504)에 의해 제기된 기록이 처음 보인다. 그는 연산군 1498년의 무오사화 때 김종직 및 그 제자의 극형을 주장하였고, 1504년 갑자사화 때 연산군의 생모 윤씨의 폐위 때 극간하지 않았을 뿐 아니라 형방승지(刑房承旨)로서 사약을 전했다는 이유로 배척을 받았던 인물이다.

무릇 조선의 유학자들이 정치적으로는 여러 파당으로 사분오열했을망정 속요에 대해서만큼은 생각이 다르지 않았던 듯싶다. 가사들이 저속하여 싣지 않는다는 뜻의 "사리부재(詞俚不載)"란 말도 나오고, 음란한 가사라 하여 "음사(淫詞)", 허망하고 터무니없는 가사라는 뜻의 "망탄지사(妄誕之詞)", 비속한 언어란 뜻의 "비리지어(鄙俚之語)" 등도 보이는데, 속요의 상당수가 남녀간 성애(性愛) 면에 바탕을 두었기로 혐오와 배척을 면치 못했을 터이다.

그런데 지금 〈청산별곡〉을 보면 그 내용이 음사거나 남녀상열지사 같지는 않은데 비속한 노래 대열에 끼어있는 걸 보니, 아마도 노래 주인공의 자포자기로 퇴폐해 보이는 듯한 삶의 형색 자체가 '비리지어'에 걸린 양 싶다.

해당 작품은 『악장가사(樂章歌詞)』에 8연으로 구성된 가사의 전문이 소개되어 있다. 『시용향악보(時用鄕樂譜)』에는 첫째 연만 있으면서 곡조가 실려 있다. 전반적으로는 무난히 이해될만한 노래이지만, 다만 몇 개의 난해구가 있어 여태껏 논란이 정해지지 않은 상태이다. 『악장가사』 안의 전체 가사부터 음연(吟硏)해 본다.

살어리 살어리 랏다
청산애 살어리 랏다
멀위랑 ᄃᆞ래랑 먹고
청산애 살어리 랏다
얄리얄리 얄랑셩 얄라리 얄라

우러라 우러라 새여
자고니러 우러라 새여
널라와 시름한 나도
자고니러 우니로라
얄리얄리 얄라셩 얄라리 얄라

가던새 가던새 본다
믈아래 가던새 본다
잉무든 장글란 가지고
믈아래 가던새 본다
얄리얄리 얄라셩 얄라리 얄라

이링공 뎌링공 흐야
나즈란 디내와 숀뎌
오리도 가리도 업슨
바므란 쪼엇디 호리라
얄리얄리 얄라셩 얄라리 얄라

어듸라 더디던 돌코
누리라 마치던 돌코
믜리도 괴리도 업시
마자셔 우니 노라
얄리얄리 얄라셩 얄라리 얄라

살어리 살어리 랏다
바르래 살어리 랏다
ᄂᆞ무자기 구조개랑 먹고
바르래 살어리 랏다

얄리얄리 얄라셩 얄라리 얄라

가다가 가다가 드로라
에졍지 가다가 드로라
사ᄉᆞ미 짒대예 올아셔
ᄒᆡ금을 혀거를 드로라
얄리얄리 얄라셩 얄라리 얄라

가다니 비브른 도긔
설진 강수를 비조라
조롱곳 누로기 ᄆᆡ와
잡ᄉᆞ와니 내엇디 ᄒᆞ리잇고
얄리얄리 얄라셩 얄라리 얄라

청산(靑山) 관련 5개 연과, 바다 관련 3개 연으로 전체 8연이다. 각 연의 기본 음수율은 대개 3 · 3 · 2조이며, 넷째 구 바로 뒤에 후렴 한 구가 첨가된 형식이다.

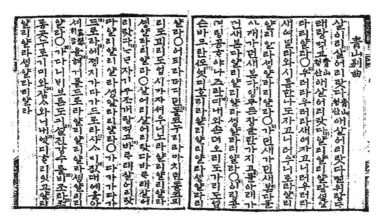

『악장가사』에 실린 〈청산별곡〉

그런데 제5연과 제6연의 자리만 맞바꾸면 청산과 바다가 4연씩 안배되는 동시에 온전한 대응과 균형이 이뤄지는바, 『악장가사』가 옮겨 베끼는 과정에서 이 둘의 선후를 바꿔 적었다는 설도 있다. 또는 청산의 5개 연에 맞춰 바다 내용도 같은 수였을 텐데 두 개 연이 빠졌을 것이란 추정도 있다. 그러나 옛사람의 마음도 균형과 안배를 따졌을는지는 의문이다. 하물며 제목도 '산해별곡(山海別曲)'이 아닌, '청산별곡'인 다음에랴. 이하 각 연 별로 나누어 내용에 접근해 본다.

1연 : 언뜻 생각하면 머루랑 다래랑 먹으며 청산에 살겠다는 말이 무척 낭만적으로 보일 수 있다. 머루랑 다래가 주는 시어의 미감이 그럴 뿐이지, 기실은 여기의 머루와 다래는 삶의 의욕상실을 의미한다. 노래 속 자아는 어떤 일로 좌절했는지 모든 생산 활동을 중단하니, 더는 일용의 양식이 없어 그저 산속에서 자생하는 산열매나 먹고 겨우 목숨을 부지하겠다고 말했다. 이는 로맨틱한 낭만주의다운 발상이 아니라 자연주의적 현실의 처절한 노정(露呈)인 셈이다. 예술에서의 자연주의는 있는 그대로의 자연의 아름다움이나 개성을 재현해 냄을 목적으로 하지만, 문학의 자연주의는 인간의 삶과 사회의 부정적인 문제를 있는 그대로 묘사한다. "얄리얄리 얄라셩 얄라리 얄라"는 날나리(태평소) 계통의 악기 소리로 보거나 혹은 "얄리 얄라" 등은 날나리의 구음이고, "셩"은 바라나 징의 구음으로 보기도 했다. 한편 "얄라셩"이 몽골어의 '죄 많은 한 세상'으로 해석되기도 하였다.

2연 : 외딴 산중에서 그 누구도 없는 고혈단신(孤孑單身)의 존재 앞에 유독 체감된 것은 새 우는 소리였다. "우러라"는 노래 주인공이 새더러 맘껏 울라고 명령하듯 독백하는 식으로 보는 일면, 명령형 아닌 감탄형 '우는구나!'로 이해하기도 한다.

그런데 동양적 정서 안에서 귓전에 들리는 새 소리는 노래거나 지저귐으로 들리는 대신 거의 울음으로 들렸던 양하다. 당나라 장계(張繼)의 싯구에 "月落烏啼霜滿天(달 지고 새 우는데 서리는 세상에 그득)"가 있다. 과거에 떨어지고 낙담하여 돌아가던 타관 땅에서 작자가 듣는 새의 울음도 그럴 것이다. 한편 동 시대 맹호연(孟浩然)이 나른한 봄잠에 날 밝은 줄도 모른 채 깨었더니 "處處聞啼鳥(사방에 새 우는 소리 들린다)"라고 했으매, 이때도 새의 지저귐을 '노래'가 아닌 '울음'으로 받아들이던 그 정서가 특이하다. 다만 송대 구양수(歐陽脩)의 귀에 밝게 들린 시도 있다. "따뜻한 날 온갖 새들 함께 모여 노래한다 … 지저귀는 소리 그저 듣기 귀여워(日暖衆鳥皆嚶鳴 … 綿蠻但愛聲可聽)." 하지만 얄궂게도 그 제목은 역시 〈제조(啼鳥)〉 즉 우는 새이다. 이렇듯 동양의 정서 안에서 새의 소리는 거진 우는 소리로 들렸던 것일까? 그래서 〈청산별곡〉 안에서 "우러라 새"란 말이 특별할 건 없다 해도, 이 경우 단지 저만치에 떨어져 듣는 울음이 아니라 자신과 함께 우는 새 울음이다. 고려 정극인(丁克仁)의 별곡 〈정과정곡(鄭瓜亭曲)〉에도 '내 님을 그리워 우니 산접동새가 내 신세와 비슷하다'고 하였던바, 동일한 경우이다. 게다가 '때 없이 자고 일어나면 운다'고 했다. 과연 불행한 고려의 역사와 더불어 간난과 신고의 시절을 만난 고려인들의 고통이 빚어낸 언어로 볼만도 하다.

"널라와"는 너보다, "시름한"에서의 '한'은 '많다'의 뜻으로 정착된 말이다. 밤낮 없이 울고 지내는 주인공의 신상을 가장 울기 잘하는 새와의 견줌 안에서 그 묘사를 극진히 하였다. 여기의 '운다'에 대해서 작중의 화자가 마지못해 남을 위해 노래나 부르는 기녀류거나, 혹은 그와 역할이 비슷한 광대 등속의 존재라는 설도 있으나, 4연에 보면 이미 청산 외딴 곳에 혼자 지내는 처지이다.

3연 : 두 번째 행의 "믈 아래"는 순조롭게 보이는 듯싶지만 역시 만만치가 않다. '수면 아래'가 일반이지만, '강의 하류' 곧 평원지대 설도 있다. 더 나아가 물 건너 아랫마을까지도 갔으니 이 경우는 주인공이 머무는 탈속(脫俗)의 '청산'과 대립되는 '속세'의 의미로까지도 내닫는다.

바로 뒤의 "가던 새"에 이르면 좀 더 구구해진다. 노래의 주인공이 물 아래 보았다는 것이 과연 무엇인지에 대한 것인데, 한쪽은 그것을 '(주인공의 눈앞에) 날아가던

한얼 이종선 揮之의

새'로, 다른 한쪽은 '(주인공이 예전에) 갈던 사래'로 간주하는 등 완연한 판이를 나타낸다. '사래'는 마름이 수고의 대가로 부쳐 먹는 논밭을 말하는데, '갈던 사래' 쪽 지지자는 "가던" 안의 음소(音素) '더'가 과거회상 시제라는 점을 극구 강조한다. 화자가 '새'를 보는 상황이 현재시점으로서의 '가는(가논)새'가 아닌, 앞서 그런 적이 있다는 뜻의 "가던새"이니 맞지 않다는 것이다. 과연 여기의 '던'이 회상시제임이 분명하다면 다소 당혹한 면이 없지 않지만, 무조건 부정하기도 어렵다. '지나가는 나그네'를 혹간 '지나가던 나그네'로 말하는 경우도 듣기 때문이다. '(순식간에 저만치 멀어졌지만) 방금 전에 바로 내 눈앞으로 지나가던 새'로 인식함에 크게 어색할 게 없는 말이다. 예전에 갈던 사래를 본다고 한다면 우선 시제상으론 걸리는 것 없어 보이긴 하나 '새'가 '사래'의 뜻으로 활용된 다른 고어의 사례가 아쉬운 약점이 있다. 날아가는 새의 측면에서는 앞의 2연의 "우러라 새"와 연결하여 3연의 새도 날짐승 '새'로 봄이 타당하다고 말한다. 앞의 '새'는 '나는 새'인데 뒤의 '새'는 '갈던 사래'라고 했을 때의 호응성 여부를 지적하는 말이겠다. '갈던 사래' 측에서는 '본다'에 대해서도 공세를 가한다. 오늘날은 당연히 현재형 '본다'로 인식하지만,

고려가요 〈청산별곡〉 8연 全詞

고어에서는 의문형 '보는가, 보느냐'로 되기에 장애가 발생한다는 것이다. '지나가 던 새를 보는가?' 누가 누구한테 묻는 건지 어색하고 이상한 형국이 된다는 말이지 만, 그러나 갈던 사래의 끝에다 대입시켜도 경색되기는 매일반이다. 그리고 문득 고어사전에 보면 '–ㄴ다'가 꼭 의문형 종결어미 한가지로만 쓰였던 것 같진 않고, 오늘날처럼 서술형 종결어미도 병용해 있으니, 여기선 다름 아닌 서술형 쪽으로서 온당해 보인다. 아예 이 둘에서 벗어나서 "가던 새"를 '가던 사이에'로 보겠다는 시각도 있다.

바로 뒤의 "잉무든 장글"은 이끼 묻은 쟁기가 대세이다. 쟁기는 논이나 밭을 가는 데 쓰는 농기구이다. 삼국시대 초기부터 철제 보습이 만들어졌고, 중기 이후 부터 소를 이용한 쟁기의 사용도 널리 확산되었으리라 한다. 여기서의 "장글"이 어떤 쟁기인지는 상고할 수 없으나, 이끼가 묻었다는 말 만큼은 오랜 시간 농사일 을 버려뒀음을 알도록 해주는 최상의 암시어가 된다. 그런데 주인공은 드디어 그것 을 가지고 대지로 나섰다. 그렇게 장시간 버려두었던 쟁기를 다시 챙겨 나가는 노래 화자의 모습 안에서 슬몃 노동의지의 재활을 엿보게 한다. 아, 이제 그는 그만 울음을 멈추고 다시금 살아야겠다고 생각을 처음 바꾸었나 보다. 그것이 삶의 의욕이라고까진 할 수 없어도 요만한 방향전환이나마 보는 이로 하여금 이만저만 다행감을 불러일으킬 수가 없다. 일각에선 "잉무든 장글"을 '잉어 물던 낚시'로 보기도 했고, '날이 무딘(녹이 슨) 병장기'라는 설을 세우기도 했다. 이 경우 역시 조정이거나 몽고군과의 항전 뒤에 숨어 들어간 부류에 대한 연상이 앞서는게 사실이다. 다만, 그것이 쟁기든 병장기든 막론하고 노래의 주인공을 실의한 지식인으로 간주한 진영을 위해서는 위축이 될 수 있다. 일면, 화자를 여성으로 보는 측면에선 장도(粧刀)로 본다. 주머니 속에 넣거나 옷고름에 늘 차고 다니는 칼집 있는 작은 칼이다. 이끼 묻은 장도, 또는 푸른 녹이 슨 장도로 보는 것인데, 이쯤이면 비단 지식인 설만 아니라 저항군 설을 위해서도 완전 불리하게 작용하게 된다. 이끼 묻은 악기의 해석도 없지 않았는데, 이 경우엔 어느 편 논자에게도 아무 부딪힘을 일으키지 않는다는 장점은 확보하는 셈이다.

여기 이끼 묻은 쟁기를 가지고 가는 주체가 사람 주인공이 아닌 날아가던 새라는 독특한 관점도 하나 있었다. 다만 새가 쟁기를 어떻게 옮길 수 있는지의 문제는 합리성 이전의 문학적 형상화로 처리하였으나, 주체에 대한 발상의 전환만큼은 참신해 보인다. 그리고 가지고 가는 게 새라는 전제에서, 관견(管見)에는 새가 능히 입에 물고 이동할 수 있는 이를테면 이끼거나 진흙 등이 묻은 그 어떤 가벼운 물질로서 타당해 보인다.

4연 : "이링공더링공"은 '이리고 저리고'에 부드러운 느낌을 위한 유성음 'ㅇ'이 첨입된 형태. 일방, 강세접미사라는 관점도 있다. 이렇게 저렇게, 이렁저렁, 이럭 저럭의 뜻. '나즈란'은 낮[晝]이란. 낮에는 어떻게 보낼 수 있었다지만, 아무도 올 사람도 갈 사람도 없는 캄캄 밤중, 칠흑같은 어둠의 답답코 긴 시간은 또 어떻게 보낼 수 있을는지. 적막공산의 암흑 속에서 발하는 끔찍하고 절망적인 넋두리이다.

5연 : 여기선 언어상의 장애요인은 없다. "더디던", "마치던"에서도 과거회상의 선어말 어미인 '더'가 나옴으로 하여 3연에서의 "가던새"가 과거형임이 거듭 확인된다. 따라서 이 연의 의미는 이러하다. 그나마 낮 동안의 생활은 조금 나아진 듯싶다. 그것이 지나가는 새든, 지난날 갈던 사래이든지 간에 저만치의 관망, 어쩌면 관조라고까지 할 수 있는 그런 작은 여유는 생겨난 양하다. 그래서 나서 본 걸음걸이였는데, 그만 깜짝 놀랄 일이 발생했다. 어디선지 모를 돌 하나가 그에게 날아든 것이다. 낮과 밤의 지남 속에 겨우 적응이 될까 말까 하던 산속의 생활인데, 난데없는 돌멩이를 맞은 '나'는 하 기가 막혀 그저 울 따름이다. 어디에서 누구를 맞추려고 한 돌인지 알 수가 없다. 굳이 알고 싶은 마음도 없을 뿐 아니라, 더 이상 미워할 사람도 사랑할 사람도 의미 없어진 체념 상태에 빠진 '나'인지라 그냥 맞은 사실만 서러워 운다.

　6연 : 그렇다 해도 이제 더 이상 청산에 의지해서 살 마음은 사라져 버렸다. 그래서 새로운 위안처를 찾아가기로 생각한 곳은 바다였다. "바라래"는 '바다에'. "ᄂᆞ 자기 구조개"의 "구조개"는 껍질 모양이 모시조개 같고 살빛 붉은 조개의 일종으로 본 견해도 있기는 하였으나, '굴과 조개'의 합성어로서 큰 동조를 이룬다. "ᄂᆞ 자기"는 ᄂᆞ새(나무새) → '남새', 및 이것의 어원으로서 '나물' 설이 있으나, 크게 같은 통속이라고 할 만하다. 사람이 먹을 수 있는 풀이나 나뭇잎 따위를 통틀어 나물이라고 하니, 기실은 남새, 야채, 채소 따위와 별반 차이가 없다. 직접 바다와 연상하여 '해초'라고 하는 일면, 어떤 조개의 일종으로 보는 '나막조개'(가막조개?) 설도 있는 등 다양하였다. 아무튼 그 모두가 바다에서 나는 동물 또는 식물의 해산물인 것만은 명백하기에 큰 문제는 없다. 또한 제1연에서 머루랑 다래 같은 산열매를 먹는 것이 낭만 아닌 의욕 단절을 암시였듯이, 지금 이 해산물을 먹고 살겠다는 넋두리 또한 아무런 일하지 않고도 저절로 바닷가에 지천으로 널려 있는 것으로 겨우 목숨이나 연명하리라는 비참한 삶의 투영 언어이다. 고려 중기에 송나라 사절의 한 사람으로 고려에 왔던 서긍(徐兢)의 『고려도경(高麗圖經)』에도 마침 "굴과 대합들은 조수가 빠져도 나가지 못하므로 사람이 힘을 다하여 이를 주워도 없어지지 않는다"며 생생히 증언해 놓았기에 가일층 실감을 더한다.

7연 : "드로라"는 '듣노라, 듣는구나'로서 무난히 수용되었다. 바로 이어지는 "에정지"야말로 〈청산별곡〉 최고의 난해처이다. 현대어, 고어 할 것 없이 그 어디에서도 여기 말고 다른 사례를 찾을 길 없기에 궁금증은 증폭된다. '에'와 '정지'의 합성어인지, 그냥 한 덩어리 어휘인지 모호키만 한 속에서 정지는 '부엌'이라는 유추가 가장 용납을 얻어왔다. "에"를 감탄사 혹은 '에워 두르다' 뜻의 접두사로 보는 견해도 있었다. 그렇다면 에워싸인 부엌이 된다. 그밖에 '딴부엌', '어딘가', '들판', '마당', '에지엉지(어정어정)' 등의 추리가 따랐다. 떡 본 김에 굿한다는 심사로서, 혹 '예정지(豫定地)'인데 점 하나가 달아난 현상은 아닌가? 아니면 몸 둘 곳이나 마음 붙일 곳의 뜻인 '정지(情地)'의 뒤에 처소격조사 '에'가 붙은 '정지에'인데 혹 글자의 앞뒤글자가 뒤바뀐 것인가? 해거(駭擧)의 충동에 따른 별별 추론으로 진실 찾기는 몸살을 한다.

"사스미"는 '사슴이'. "짒대"는 법회 따위의 의식이 있을 때에 절문 앞에 세우는 깃발인 당(幢)을 달기 위한 대이다. 당간(幢竿)이라고도 하나, 그냥 '장대'란 말로 통용한다. "혀다"는 '켜다'로 무난히 통용 가능하지만, 장대에 올라가서 해금을 켜는 사슴에 이르면 또 다른 미혹이 가로놓인다. 도저히 어불성설인 상황이라 생각되어 여기의 "사슴"을 '사롬(사람)'의 오기(誤記)로 보겠다는 논의도 있었으나, 거의 논외로 되었다. 사슴이 어떻게 장대 위에 올라앉고, 하물며 해금까지 연주할 수 있겠는지. 혹자는 네 다리가 장대에 묶인 사슴이 애처롭게 울어대는 것을 해학적으로 비유한 것으로 보는가 하면, 이 상황을 기적으로 간주했는지 기적을 빌 때 나오는 그 시대의 관용구라는 풀이도 없지 않았다. 또, 꿈에조차 일어날 수 없고 말이 안 되는 모순상황인 점을 포인트로 잡아 이것이 당시 유민들이 직면해야만 했던 혼란한 시대적 모순을 해학과 역설로 표출한 것이라는 주장도 가세하였다. 연상해서, 1971년 작의 〈지붕 위의 바이올린(Fiddler on the roof)〉이란 영화도 장대 위의 해금과 이미지 상으로 절묘히 상사(相似)한 느낌을 준다. 그 내용이 러시아의 위협으로 인한 유태인들의 흔들리는 전통 속 위태한 삶을 비탈져 가파른 지붕 끝에 균형을 잡으면서 악기를 연주하는 형상에 비유한 것일진대, 우동(偶同)의 국면이 없지 않다.

1900년 파리만국박람회에 전시되었던 해금

사슴으로 분장한 사람이 장대 위에 올라가 해금을 연주하는 형상으로 풀어낸 견해도 나름의 설득력을 확보했다. 굳이 '사람'이 맞는데 '사슴'으로 잘못 새긴 것이라는 등 기본 틀을 흔들지 않는 속에 이 정도 풀이면 가히 눈길을 돌릴만하다.

공연이 이루어지는 장소에 대한 상상은 마을 어귀쯤이 적당하다. 여러 사람들이 한꺼번에 광대놀이를 구경할 수 있는 가장 최적의 장소이기 때문이다. 그래서 이 논지를 수용하는 입장에선 미혹에 싸인 그 "에정지"를 동구 밖 쯤으로 상정하는 듯싶다. 뭇 논의들 가운데 지극히 외설적인 것은 사슴을 여인으로, 장대를 남자 성기로 해석하는 것이다. 이때 해금은 그 일의 과정에 발생하는 여인의 교성으로 풀이한다. 그리고 정말 해금의 소리를 유심히 경청하다 보면 실감할 수 있다고 역변한다. 또한 이때 그 "에정지"에 대한 공간 유추도 거기에 맞춰 끌어당김이 당연하니, 가장 안성맞춤의 공간으로서 '부엌'을 점지한다.

여기 남녀의 교합 광경을 음란 천박하게 본 희학(戲謔)의 말투 내지는 세상을 조롱하는 오만한 해학어(諧謔語) 등으로 간주하기도 한다. 하지만 그것은 차분한 일상 속에 있는 제삼자의 냉정한 윤리의 눈으로 천잡하게도 혐오스럽게도 감수될 순 있어도, 지금 실의와 절망에 빠져 있는 〈청산별곡〉의 노래 당사자한테는 전혀 귓전에 들어올 소리가 아니다. 이미 절망과 체념의 나락에 떨어져 죽지 못해 사는 주인공한테 윤리도덕보다 더 큰 관심사는 자신이 처해있는 고통에서 벗어나는 일일 터이다. 물론 광장을 지나다가 마주친 광대들의 연희놀이를 서서 구경하는 일도 적이 위안이 될 수는 있겠다. 절망과 체념에 빠진 사람들이 향해 가는 행동의 양상들에 대해서 뒤미처 다룰 예정이지만, 누군가를 혹하게 만드는 충동과 자극의 강도 면에서 볼 때 호젓한 곳에서 낭자한 교성을 흘리며 벌이는 남녀의 방사 장면과 맞닥뜨린 상황의 감정적 파장이, 노천 광장에서 다함께 보는 광대놀이 구경 정도와 비교될 수는 없다. 하물며 주인공이 맨 마지막에 어디에 의지하고 쓰러졌는가를 보면 형세의 타당함이 어느 쪽에 기울지를 예측할 수 있다.

당간 즉 "짒대"는 법회 따위의 의식이 있을 때에 절문 앞에 세우는 깃발인 당(幢)을 달기 위한 대라고 했다. 이때 장대 끝에는 용머리를 만들고, 깃발에는 불화(佛畵)를 그려 불보살의 위엄을 나타냈다고 한다. 그런데 그 위에 사슴이 올라가 있다고 노래 불렀다. 아울러 그같은 형상이 사슴탈 쓴 광대거나, 남녀간 성행위를 우의했을 개연성에 대해 말했다. 상당한 공감대를 형성했고, 또한 정녕 그것이 사실이라고 한다면 이 마당에 이미 불교의 존엄은 지켜 받들기가 어려운 단계로까지 넘어가 버린 셈 되었다. 불교가 쇠퇴를 걷고 있을 시기의 산물로 볼 수 있는 하나의 단서로 포착할 수도 있는 것이다.

8연 : "설진 강수를 비조라"는 '(걸쭉하게) 잘 익은 진한 강술을 빚는구나'. '강술'은 오늘날 속칭 깡술이라고 하니 안주 없이 마시는 술이란 말도 있지만, 여기서는 강주(强酒) 곧 독한 술 의미로서 더 핍진하다. "조롱곳"은 조롱박 모양의 꽃으로 보면서 박꽃 모양의 누룩으로 추정하기도 한다. "매와"는 맵다, 아주 강렬하다는 뜻으로 일반 수용된다. 하지만 이 연의 가장 큰 관심사는 "잡스와니"의 주체를 가늠하는 일이다. "비조라"는 통상 '빚는구나'로 요해한다. 빚고 있는 강한 술의 누룩향이 강렬하게 내 코로 스며들어 날 유혹해 붙잡으니 낸들 어찌할 수 있겠는가.

이 때 날 붙잡는 주체는 당연 술이 된다. 반면, '(제가 강술을) 빚(었)노라'로 풀되 한 여인이 강렬한 술을 빚어놓고 날더러 마시라 붙잡으니 어찌할 수 없다는 쪽에서는 날 붙잡는 주체가 여인이 된다. 여하튼지 저간의 모든 고통을 잊게 하는 방편을 결국은 술에다 귀착시키고 만 셈이다.

강술의 누룩을 만드는 모양

언어 해석에 대해 아주 판이한 의견 차이를 보이는 군데가 여럿 있었거니와, 비단 어석(語釋)만 아니라 이 작품의 중심 생각, 말하자면 노래의 주제에 대해서도 만만치 않은 이견(異見)이 전개되었다. 고려의 역사는 초기 약 1세기 정도만 그런대로 순탄한 세월을 보냈고, 이후에는 멸망 때까지 내란과 외적의 침입이 끊임없이 지속되었다. 〈청산별곡〉은 바로 그 불행한 기간 안에서 형성된 한 편의 엘레지인 것만큼 분명하다. 이러한 전제 안에서 노래의 주제도 정해졌는데, 대개 다음의 세 가지로 나누어 보는 일이 가능하다.

첫째는 속세의 고뇌를 벗고 위안을 찾기 위해 산과 바다를 헤매면서도 삶에의 강한 의지를 보여주는 지식인의 술 노래라는 견해이다. 연구 초기에 정병욱이 세운 이 견해가 큰 반향을 얻었지만, 이후 지속적인 반론이 제기되었으니 대개 지식인 계층이 아닌 피지배층 신분이라는 틀 안에서 전개되었다.

둘째는 내우외환으로 삶의 터전을 상실한 피지배 계층, 혹은 유랑민이 자연을 떠돌면서 애상적인 처지를 노래한 것으로 보는 견해이다. 다만 구체적으로 어느 때 환난의 어떤 당사자 노래인지에 대해서는 각기 차이가 있다. 17대 인종 때 일어난 묘청의 난(1135~1136) 및 18대의 의종 24년(1170)에 시작된 무신의 난 이후 민란(民亂)에 가담한 농민·어민·서리(胥吏)·노예·광대 중의 한 사람 또는 그들 혼합 집단이 피신하며 부른 노래, 23대 고종 19년(1232) 몽고의 2차 침입 때 난리를 피하여 산과 바다로 떠돌던 피난민의 노래, 무신정권 말기인 24대 원종 11년(1270) 6월 삼별초(三別抄) 장병들이 강화로부터 출륙하여 개경환도(開京還都)하라는 명령을 거부하고 원나라 및 당시의 고려정부 군을 상대로 3년간 항쟁했으니 바로 그 삼별초의 난 때 흩어진 어떤 군사의 노래라는 등, 실로 백가쟁명(百家爭鳴)하였다.

셋째는 짝사랑의 슬픔을 잊으려 현실을 벗어나 멀리 도피하고자 하는 실연자의 노래로 보는 견지이다. 이때 노래의 화자 주인공을 남성으로 보는 반면에는, 닫힌 세계 속에 살고 있는 여인의 한(恨)과 고독을 담은 노래, 혹은 실연한 여인의 노래로 보기도 하는 등 다양한 관점이 공존하고 있다.

앞에서 〈청산별곡〉의 어의 해석에 대한 갖가지 교란을 보았다. 사자성어 가운데 '찰찰불찰(察察不察)'이란 말이 있다. 지나치게 살피다가 살피지 못한다는 말인데, 지금 〈청산별곡〉의 경우가 그에 해당되지 않나 싶다. 때로 진실은 가장 간단한 속에 숨어 있는 수가 있다. 그냥 수월하게 보고 듣는 한 편의 노래이건만, 머리를

고려가요 〈청산별곡〉 전문

    옥죄이며 감상해야 할 만큼 지나친 상징과 은유로 도포돼 있다면 문제가 있는 것이다. 가장 쉬운 속중(俗衆)의 노래를 어느 결에 난해한 것으로 둔갑시키고 지나친 천착으로 본질과 멀어진 채 논쟁만 분운(紛紜)한다면 제대로 간 길일 수 없다.

    위에서 또한 〈청산별곡〉을 둘러싼 갖가지 논의를 소개하였다. 계층별로는 지식인 : 피지배층 유랑민, 상황별로는 국내외적 환란 : 개인적 실연의 슬픔, 성별로는 남자 : 여자 등으로 크게 나눠 보는 경우들이 그것이었다. 그런데 이러한 등의 진실 접근에 혼란을 일으키는 또 한 가지 큰 장애 요인이 있다. 노래가 변천한 과정은 보지 않은 채 오로지 민간 속요 차원으로만 고정시켜 놓은 상태에서 근시적인 상상력에 의존하여 분석코자 하는 태도가 그것이다. 그 결과 별 근거는 없이 오리무중 속에 더듬어 짚는 추리 안에서만 맴돌다보니 갖가지 의견의 충돌이 일기도 했다.

    유의할 점은, 오늘날 우리가 대할 수 있는 〈청산별곡〉 형태란 것이 오리지널 원판 민간가요가 아니라, 몇 차례의 공간적·시간적 고비와 변혁을 거치고 난 결과물이란 점을 홀견(忽見)해서는 안 된다는 사실이다. 환언하여 이것이 같은 고려

시대라 할지라도 처음에는 민간에서 불리던 노래였으나, 다음 단계에 타락한 왕실 귀족층의 놀이 메커니즘으로 탈화(脫化) 변신 과정을 거쳤던 사실을 끝끝내 망각할 수 없다.

결정적인 단서가 〈청산별곡〉이 스스로 제목에서 밝히고 있듯 이른바 '별곡(別曲)'이란 명칭을 취하고 있는 데 있다. 마침 '별곡'이란 용어는 앞서 〈서경별곡〉에서도 나온 바가 있지만, 이 말 자체에 필경 나름의 고유한 의미가 내재돼 있음이 분명하다. 따라서 이 마당에 대관절 '별곡(別曲)'이란 게 무엇인지, 무엇을 일러 별곡이라고 했는지, 그 개념부터 명확히 짚고 넘어가야 할 필요가 있다.

'곡(曲)'이야 곡조(曲調)라는 말인 줄은 알겠거니와, 문제는 '별(別)' 자에 있다. '별(別)'에는 여러 다양한 뜻이 어우러져 있다. '이별(離別)'이라 할 때는 헤어진다는 뜻이지만 '구별(區別)', '특별(特別)'할 때처럼 '다르다'의 뜻이 있는가 하면, 또 '별도(別途)', '별관(別館)', '별개(別個)' 할 때는 '따로'의 뜻, 그리고 '분별(分別)'이라 할 때는 '나누다'는 뜻으로 전용(轉用)되기도 한다.

마침 '별곡(別曲)'의 명칭을 띤 이왕의 〈서경별곡(西京別曲)〉이란 노래를 상대로 따져 본다. 이것이 의연히 남녀 간 이별의 노래인지라, 별곡의 '별(別)' 자가 '이별(離別)'이거나 '별세(別世)'의 경우에서처럼 '떠나다, 헤어지다'를 뜻하는 말인가고 일단 가능성을 타진해 둔다. 또한 고려가요를 전체로 살펴보매 '별(別)' 또는 '별곡(別曲)'이란 글자가 들어간 노래가 비단 이것만이 아니었다. 〈만전춘(滿殿春)〉에도 작은 글자로 '별사(別詞)'라는 말이 붙어 '別' 자의 용례가 거듭 발견되거니와, 역시 님과 이별하지 않고 계속 사랑하고자 하는 소망을 노래했다.

그래서 별곡을 '이별의 노래'로 보아도 괜찮을까 하였는데, 지금 여기 〈청산별곡〉과 맞춰보는 순간 갑자기 낭패감이 든다. 청산에 살겠다고 했는데, 문득 청산과의 이별이라니 당혹을 불러일으킬 만하다. 그리고 보니 고려의 별곡 칭호 그룹에는 〈한림별곡(翰林別曲)〉도 있었다. 고려 고종 때 한림의 여러 유자(儒者)들이 합작으로 자신들의 풍류 호사를 과시한 이 노래가 역시 절대 이별 노래와는 무관할 따름이다. 그러므로 별곡의 '別' 자는 이별의 뜻은 아니요, 그 의미가 다른 곳에 따로 있음을 알겠다.

그래서 이번에는 '別'을 '구별(區別), 특별(特別), 별천지(別天地)' 할 때 적용되는 바와 같은 '다른'의 뜻 쪽으로 접근키로 하였다. 다름 아니라 혹 저 송나라든 원나라든 중국과는 다른 우리 고려의 노래라는 대견한 자기 정체성에 기초한 용어는 아니었을까하는 접근이다. 이 경우 신라 노래인 '향가(鄕歌)'와 견주면 이해가 빠를 듯싶다. 일찍이 향가라는 명칭에는 자못 깊은 뜻이 담겨 있었다. 그 시절에 신라가 중국에서 수입하여 궁정에서 사용한 음악을 당악(唐樂)이라고 한바, 664년(문무왕 4) 3월의 기록에 처음 이 말이 보인다. 이렇게 중국의 음악을 당악이라 한 반면, 상대적으로 신라 고유한 음악을 '향악(鄕樂)'이라 명명했던 전통이 있었다. 이들은 모두 일정 규모 연주 기능을 갖춘 정통 클래식에 해당하였다. 그런지라, 민간의 속요(俗謠)를 바탕삼아 만든 속악(俗樂)은 여기에 끼지 못하였다. 하지만 신라 당년에 꼭 그런 음악만 존재한 것은 아니었다. 이를테면 민간인도 함께했던바 당시에 속악처럼 불리던 일반의 노래가 있었거니, '향가(鄕歌)'가 그것이었다. 저 '향악'이 우리나라 고유의 음악을 중국 음악인 '당악'에 상대하여 이르는 말이었듯, '향가' 역시 중국의 노래와는 다른 우리 신라의 가요라는 뜻에서 나온 가상한 이름이었다. 저 화랑도나 이른바 신라불교 내지는 호국불교 등이 신라인들 특유의 자긍심에 입각한 정신문화이듯, 지금 노래문화로서의 이 '향가' 또한 중국 당나라에 대한 신라 자국의 자존심을 잉태한 오롯한 문화적 한 형태였다.

한편 고려시절의 당악(唐樂)은 예종 11년(1116)에 송나라로부터 들여온 대성악(大晟樂) 곡조였다. 이에 '당(唐)'이란 말이 바로 중국을 포괄하는 대명사임을 알만하다. 그러면 이제 고려 때의 별곡이란 게 또한 어쩌면 저 중국의 음악을 염두에 두고 중국과 다른 고려만의 유별한 노래라는, 자존감이 실린 뜻은 아니었는지 일단 검토할 필요를 느낀다.

하지만 고려는 국내외의 환란이 끊임없는 속에 특히 원나라로부터의 굴욕이 막심했던 수난의 시대였다. 마지막 자존심마저 챙겨 볼 여유조차 없었던 비참한 정황을 생각한다면, 그런 의젓한 바탕으로 '별곡'이란 칭호를 구사했다고는 천만 보이질 않는다. 더군다나 예능이 가장 왕성하였던 25대 충렬왕 이후에 충선왕, 충숙왕, 충혜왕, 충목왕, 충정왕 등 왕들의 이름 앞에 붙은 '충(忠)' 자가 원나라로부터 충성을 강요 받았던 수모의 흔적이라는 점을 상기할 때 더더욱 그럴 뿐이었다. 그러매 별곡이란 표현이 암만해도 향가처럼 순수 우리 고유한 것이라 중국과는 다르다는 자아 정체성 및 자주성을 나타낸 말은 아님을 알겠다.

따라서 이제 '別' 자 풀이는 여타의 '따로, 별도의' 의미 안에서 찾는 일만 남았다. 무릇 고려의 왕들이 접하는 음악은 신라 때와 마찬가지로 당악 및 향악이었다. 그런데 송대의 음악까지 수용한 고려조에는 보다 더 많은 곡들을 확보하고 향유했겠으나, 주색풍류에 침잠하는 시간이 많은 왕들의 입장에서는 그 풍성한 궁중의 레퍼토리도 못내 염증을 느끼는 계제에 이르게 되었다. 이는 왕의 주변에서 유락(遊樂)을 공유하며 보비위(補脾胃)하는 측근 신하들이 고스란히 짊어져야만 하는 고민거리가 되었고, 급기야는 나날이 커져만 가는 왕들의 성색(聲色) 욕구에 맞추고자 별도로 노래를 더 만들어내지 않을 수 없는 상황에 부딪혔다. 앞서 〈쌍화점〉의 추적 과정에서도 보았지만, 오잠·김원상·석천보 등이 충렬왕의 음악 및 여색[聲色] 취향을 빌미로 환심을 사고자 만든 곡이 〈삼장〉과 〈사룡〉이라는 『고려사』 악지의 기록은 이를 단적으로 뒷받침해 주는 말이 된다. 관현방의 대악재인(大樂才人)으로는 부족타 하여 전국의 여성들 가운데 뽑아 남장별대를 만들어 〈삼장〉과 같은 신성(新聲) 곧 새로운 노래를 가르쳤고, 또 김원상이 신조(新調) 즉 새로운 곡조 〈태평곡(太平曲)〉을 짓고 기생에게 익히게 하여 내연(內宴)에서 왕 앞에 노래시켰다 함도 다 레퍼토리 확장의 면면이라 할 수 있다.

이렇게 기존의 궁정음악 목록에 대한 미흡감 및 그 확충의 욕구에 따라 정통음악 이외의 창작곡들을 따로 더 만들어 냈음에, 여기 별도로 추가 창작한 곡조가 바로 별곡(別曲)인 것이다. 그러면 위에서 '신성(新聲)'이니 '신조(新調)'로 표현된 그것들이 다 별곡과는 같은 뜻 다른 표현, 곧 동의이칭(同義異稱)인 격이다. 또한 왕실에서 공식으로 수행되는 음악 이외에 별도로 만들어진 음악을 총칭하는 말이 별곡이매, 그 외연(外延)은 상당히 넓은 범주에 걸쳐있다고 하겠다. 그러므로 한림 제유가 단체로 지었다는 〈한림별곡〉도 기존의 음악 메뉴 밖에 있던 별도의 새로운 노래라 그리 이름 붙였음을 알겠고, 한 시대를 넘어가서 조선조에 송강 정철이 자신이 지은 가사 제목을 〈관동별곡(關東別曲)〉이며 〈성산별곡(星山別曲)〉으로 불렀던 일도 다 수용이 된다. 심지어는 현대에조차 무슨 '대학별곡'이니, '청춘별곡'이니 일컫는 말들조차 그 정확한 개념에 맞춰 썼는지의 여부에 관계없이 결과적으로 어폐(語弊)라 할 수는 없으니, 별곡이라는 용기(容器)의 수용이 생각보다 큼을 느낀다. 다만 이것을 처음 도입한 고려시대에서의 별곡 개념이 조선시대 이후 이 용어를 자유롭게 구사하던 때와 다른 점이 있다면, 고려 때는 그것이 궁중 내부에 수행되는 음악에 한해서 기존의 정규 곡에 대해 별도로 추가 제작된 곡만을 한정해서 구사한 말인데 반해, 조선조 이후로는 조정 내부만 아니라 궐외(闕外)에서조차 사인(士人)이 별 구애 없이 자신의 창작물에 부여할 수 있던 명칭으로 되었다는 사실이다.

　그러면 지금 이 〈청산별곡〉처럼 고려 당년에 이루어진 별곡들은 관부(官府)가 민간의 가요를 가져다가 새로이 편곡 성형한 일종의 관요(官謠)라고도 할 수 있다. 처음에는 민간단위에서 그냥 뚜렷한 제목까진 아니어도 이를테면 '청산곡'이거나 '바다노래' 쯤으로 불리던 노래였으나, 다음 단계에 왕실 전문가들의 여염 가요 채수(採搜)와 편곡의 공정(工程) 속에서 귀족층 놀이 메커니즘으로 탈태 변신 과정을 거친 곡조이다. 같은 왕조 때의 〈만전춘〉 또한 궁중에서 잔치를 벌일 때 속악정재에서 불렸던 악곡이었다는 점에서 〈서경별곡〉〈청산별곡〉 등과 입장을 같이 한다. 요컨대 〈서경별곡〉이니 〈청산별곡〉이니 〈만전춘별사〉 등 이른바 '별곡' 내지 '별사'로 타이틀 매김된 것들은 이미 초창기 대중 노래의 차원을 떠나 고려 궁중에 유입되어 재편성되었음을 고지하고 있는 셈이다. 하지만 반드시 표제에 '별곡'·'별사' 글자가 들어간 것만 아니라, 조선조의 악장에 수록된 〈가시리〉·〈정석가〉·〈쌍화점〉 같은 제반 고려가요들도 바로 이 왕실 관현(管絃)의 차원에서 새로 손보아져 완성된 별곡들인 것이다.

별곡이란 말은 당시 고려 사회에서 벌써 생경한 개념은 아니었던가 싶다. 그 좋은 사례를 익재(益齋) 이제현(李齊賢, 1287~1367)의 『익재난고(益齋亂藁)』 안에서 볼 수 있다. 다름 아니라 이제현이 당시의 후배 문인인 급암(及菴) 민사평(閔思平, 1295~1359) 앞으로 소악부(小樂府) 형태의 시 창작을 권유하는 속에서 '별곡(別曲)'이란 단어가 보인다.

昨見郭翀龍 言及菴欲和小樂府 以其事一而語重 故未也 僕謂劉賓客作竹枝歌 皆虁峽間男女相悅之辭 東坡則用二妃屈子懷王項羽事 綴爲長歌 夫豈襲前人乎 及菴取別曲之感於意者 翻爲新詞可也 作二篇挑之. (권4, 詩)

어제 곽충룡을 만나보았는데 그의 말이, 급암(及菴)이 익재 선생의 소악부(小樂府)에 화답코자 하였으나 같은 일을 두고 표현이 겹치는 까닭에 못했다고 한다. 나는 이에 생각건대, '유빈객(劉賓客)이 지은 〈죽지가(竹枝歌)〉는 기주(虁州)와 삼협(三峽) 지역의 남녀상열의 언어이고, 소동파(蘇東坡)는 이비(二妃)와 굴원(屈原), 초회왕(楚懷王)과 항우(項羽)의 일을 엮어서 장가(長歌)를 지었으되, 무슨 옛사람을 따라 답습했으리오? 그러니 급암만은 별곡(別曲) 가운데 마음에 느낀 바를 취해 새로운 언어로 바꿔 보는 것이 옳을 것이라'는 생각으로 두 편을 지어 부추겨 봅니다.

여기서의 별곡(別曲)이 바로 관부(官府)를 거쳐 세상에 공개된 형태의 노래를 말함이 물론이다. 그리고 오늘 우리가 보는 이 여요(麗謠)들 역시 원초적 형태 대중의

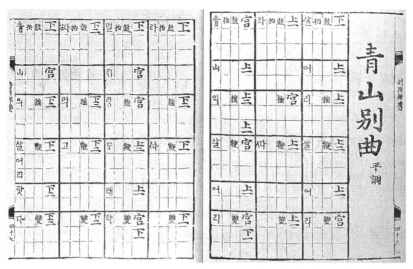

『시용향악보』에 실린 〈청산별곡〉. 『악장가사』와는 표기상의 출입이 보인다.

노래는 인멸된 채 최종 정제되어진 별곡 형태로 문헌에 남은 것이라는 사실을 끝까지 기억해야만 한다. 이 사실을 망각하지 않는 전제에서만이 고려가요들의 본질을 이야기 하는 일이 가능하다.

그러면 이미 〈청산별곡〉을 평설하였으되, 처음 노래를 지은 작가가 개인이었으리라는 설과, 다수 대중의 공동작 민요로 보는 견해 사이에 그 진실이야 못내 막연한 일로 남을 수밖에 없다고 하자. 그러나 오늘날 접하는 가사가 고도의 이미지와 상징성, 긴밀한 구성, 심도 깊은 텐션(tension) 등으로 완전무결하게 짜였기에 개인의 창작 운운은 무리일 수밖에 없다. 궁정 차원에서 서투르거나 어색한 데 없이 능숙하고 미끈하게 갈고닦는 과정, 곧 세련화(洗練化) 공정(工程)을 거친 결정체가 『악장가사』에 깃든 〈청산별곡〉인 것을 알 뿐, 초기 단계가 여하했을지는 막연하여 예단할 수 없는 까닭이다.

후렴구 또는 조흥구(助興句)로 불리는 '얄리얄리 얄라셩 얄라리 얄라'에 대해서도 마찬가지이다. 여기 유성음인 'ㅣ', 'ㅑ' 등의 모음과 함께 'ㄹ'과 'ㅇ'의 미끄럽게 구르는 듯한 리듬감의 밝고 가벼운 느낌으로 인해 무언가 당혹감이 생겨나는 부분이기도 하다. 노래 주인공의 비창한 분위기와는 전혀 맞지 않는 경쾌한 분위기의 구호이기 때문이다. 이 희한하고 기이한 현상을 두고 고려 민중의 낙천성을 엿볼 수 있다고 평하기도 하지만, 본질에서 벗어난 해석일 수밖에 없다. 고려 민간 단위에서 만들어졌을 〈청산별곡〉 모태본이 남아 있어 그 모양 그대로였다면 혹 그와 같은 논의가 가능할는지도 모른지만, 그 처음 모습은 그야말로 고려 적에 이미 아지랑이로 사라진지 오래이다. 역시 이 후렴은 고려 귀족층이 민간노래를 들여다가 궁정 전용의 속악을 만드는 마당에 처음 편입된 부분인 것이니, 대중의 낙천성 운운과는 무관할 뿐이다. 고려왕실에선 향유자들의 기호에 맞춰 개편되고, 고려에서 조선까지의 긴 시간대 안에서는 아직 정착할 글자를 만나지 못한 상태에서 그저 구전의 형태로만 전승되었다. 한글이 발명된 조선조 이후 비로소 정착을 보게 되었으니, 그 사이 또 어떠한 풍화작용을 겪었을는지 오리무중의 일이 되고 말았다.

하지만 여기서 끝이 아니고, 한 고비의 관문이 더 있다. 구구전승의 메시지를 비로소 문자로 정착시키는 그 악장 정리의 중심에는 완고히 음사(淫詞)임을 지적하는 조선의 왕과 엄격한 도덕관을 표방하는 성리 유교의 관료 그룹이 있었다. 겨우 긴긴 세월 근근이 이어온 고려 별곡의 신세는 바로 그들의 권위적 잣대와 윤리적 도마 위에서 다시금 그 어떤 곡절을 겪었을는지 또한 미지수가 된 셈이다. 관제(官制)의 형색을 또 한 차례 치뤄야 했던 바, 경직된 조선왕조 편찬실 안의 냉정한 지배층 손길이 최종 정리해 놓은 왜곡과 변질의 기묘한 문화 복합체가 오늘날의 〈청산별곡〉인 것이다.

이렇게 여러 단계의 우여곡절 끝에 남게 된 성형(成形) 예술을 앞에 놓고 내리는 본질 판정이 얼마나 정확할는지 못내 의구심을 떨칠 길 없다. 가사가 계속 유동적인 전변(轉變)을 겪는 속에서 전후의 메시지 간에 단층(斷層)이 발생했을 가능성 때문이다. 또 그 여파로 노래 속 화자의 정체성에도 불안정한 지각변동이 일어났을 수도 있다.

그것이 그럴망정 궁극에 〈청산별곡〉의 주인공이 어떤 사람인지, 어떤 상황에 빠져 있는지 대체의 느낌조차 어디 가는 것은 아니다. 노래의 큰 그림 이미지는 흔들림 없이 의연하다는 의미이다. 주인공은 세상사에 아무런 의욕이 없는 좌절감에 빠져 있기에 그냥 자연에 널려 있는 머루 다래, 그리고 굴 조개 해초 따위나 먹으면서 겨우 연명하고 있다. 또 울다가 잠들어 일어나면 다시 울음 우니 저 울기 잘하는 새보다 더 울기만 하는 나약에 빠져 있는 지독한 감상주의자이다. 이유 모르는 돌에 맞아도 그 억울함을 혼자만의 하소연으로 삭일 뿐 가해자에 대한 증오를 들이밀 생각조차 못하니, 무기력과 자포자기에 빠져 있는 패배주의자이다. 좀 더 극언(極言)하면 마조히스트(masochist)라고까지 말할 수 있을 만큼 심각한 신경증적(神經症的)인 상태에 빠져 있다. 심리학에서 정신에 지속적인 영향을 주는 격렬한 감정적 충격을 '정신적 외상(外傷)'이라고 한다는데, 주인공은 지금 어떤 충격에 의해 울음을 견디지 못하고 있다. 좌절의 후유증은 한갓 '울음'만으로 끝맺음되지 않았다. 그는 처음 마음먹었던 청산도 아무 미련 없이 훌훌 떠나고 있었다.

그런데 노래 처음에 청산으로 가서 살아야겠다고 했으니 주인공이 처음 살던 곳은 도회지였던가 보다. 도회지에서 청산으로 갔겠지만, 그러나 청산에서도 마음 붙일 수가 없어 다시금 바다로 간다고 했으매, 그는 이 한 편의 노래 안에서 세 차례의 공간 이동을 보여준 셈이다. 거처를 정주(定住)치 못하고 방랑자처럼 떠돌아다니는 방황(彷徨)의 양태를 면치 못하고 있다. 고통스러운 상황에 부딪쳤을 때 이를 피하려 하거나 적응하기 힘든 상황을 피해 불안에서 벗어나려고 하는 심리적 반응을 '도피(逃避, escape)'라고 한다는데, 여기의 방황이야말로 도피의 전형이라 할 수 있다. 하지만 그의 가련한 몸짓은 '울음'과 '방황' 만으로 그치지 않고, 7연의 사슴 구경과 8연의 강술 착미(着迷)로 이어져 나간다. 절망에 빠진 이가 술에 의지해서 침닉(沈溺)하는 모습은 하필 여기 〈청산별곡〉에만 아니라, 고금동서에 흔한 보편적 행위 양상이다. 그는 처연한 슬픔을 잊고 달랠 수 있을까 하여 한껏 울어도 보고, 정처 없이 방황하고, 막바지엔 술에 빠지고자 했거니, 지금 사슴의 해금 놀이 또한 그것들과 동일한 맥락에서 받아들임이 타당할 것이었다. 단순히 여러 구경꾼들 속에 섞여 광대의 놀이판 구경한다는 정도가 비창(悲愴)한 심사를 달래는 데 얼마만한 구실을 할는지 잘 알 수 없다. 하물며 자고로 '주(酒)'와 '색(色)'은 합쳐 아예 '주색(酒色)'이라는 관용어로 고착되었다. 해금 켜는 사슴의 실체 또한 울음과, 방황과, 강주(强酒)와 같은 충동적 정서에 기반을 둔 감각적 쾌락의 메시지 일지니, 최종 '정욕(情慾)'을 암유한 의미로서 적실하다. 그리하여 위에서 거들어 보인 바, 궁극적으로 사회 현실과 부딪히지 않는 울음과 방황과 술과 정욕이야말로 〈청산별곡〉 안에 깃들어 있는 좌절과 도피의 앙상블이 아닐 수 없다.

그런데 알고 보면 〈청산별곡〉의 주인공이 보인 이러한 행위의 양상들은 하필이 노래의 경우에만 한정된 상황이 아니다. 이를테면 저 근대의 역사 기미년(己未年)에 조선이 일본의 강제 식민지 정책으로부터 자주독립할 목적으로 일으킨 삼일운동이 좌절로 끝난 뒤에 나타난 문예창작들 안에서도 이같은 현상이 포착된다. 1920년 창간의 『개벽(開闢)』과 『폐허(廢墟)』, 1922년 창간의 『백조(白潮)』 등에서 역연(歷然)하거니와, 특히 문예동인지 『백조(白潮)』의 문인그룹 백조파의 문학 풍조에서 염세적 현실도피적인 경향이 보다 명현(明顯)하였다. 이 무렵에 조성된 문학적 총화는 〈청산별곡〉 한 작품만으로는 이루 표출할 길 없던 도피의 양상들이 더욱 펼쳐졌으니, '죽음에의 동경', '꿈의 세계', '밀실 추구' 등이 그것이다. 박종화의 〈사의 찬미〉거나 박영희의 〈유령의 나라〉에서는 죽음을 동경하여 있고, 또

『백조』, 『폐허』, 『개벽』의 창간호 표지

박영희는 〈꿈의 나라로〉에서 꿈속의 세상을 엿보고 있다. "꿈의 나라는 생의 고통과 피 흐르는 가시밭, 현실에 비하여 빛의 고개요, 행복의 나라"라고 하였다. 〈유령의 나라〉에서도, "꿈은 유령의 춤추는 마당 … 유령의 나라로, 꿈의 나라로 나는 가리라" 하면서 몽유(夢遊)를 노래했다. 그런가 하면 현실을 피해 혼자만의 어둔 세계로 찾아드는 밀실(密室) 공간이 또 하나의 도피처가 되었으니, 이상화의 〈나의 침실로〉, 박종화의 〈흑방비곡(黑房秘曲)〉, 박영희의 〈월광으로 짠 병실〉, 〈환영(幻影)의 금자탑〉, 〈영원의 승방몽(僧房夢)〉 등 일대 증후군을 이루었다. 그리고 이제 눈물과 비탄의 충일(充溢)을 홍사용의 시 안에서 쉽게 찾을 수 있다.

봄은 오더니만, 그리고 또 가더이다. 꽃은 피더니만, 그리고 또 지더이다. 님아 님아 울지 말어라. 봄도 가고 꽃도 지는데. 여기에 시들은 이내 몸을 왜 꼬드겨 울리려 하느냐. 님은 웃더니만, 그리고 또 울더이다. – 〈봄은 가더이다〉(백조 2호)
왕은 노상 버릇인 눈물이 나와서 그만 끝까지 섧게 울어 버렸소이다. 울음의 뜻은 도무지 모르면서도요. … 어머니의 지우시는 눈물이 젖 먹는 왕의 뺨에 떨어질 때이면, 왕도 따라서 시름없이 울었소이다. – 〈나는 왕이로소이다〉(백조 3호)

〈벙어리 삼룡〉·〈물레방아〉·〈뽕〉 등으로 신랄한 사실주의 소설가로 알려진 나도향이지만, 낭만주의 『백조』 시절에 쓴 〈젊은이의 시절〉, 〈별을 안거든 울지나 말걸〉 및 〈옛날의 꿈은 창백하더이다〉 등엔 〈청산별곡〉의 울음을 방불케 하는 애상과 눈물의 감상주의가 담뿍 배어 있었다. 유랑(流浪)과 도피의 이미지 또한 〈젊은이의 시절〉 중에서 발견된다.

> 그 사랑 없는 곳에서 떠나라! 너의 갈 곳은 이 세상 어디든지 있고 네 몸을 한 뼘의 적은 터가 어느 산모퉁이든지 있나니라. 아! 갈 것이다. 심령의 오로라여. 나를 이끌라. 진리 밝은 별이여. 그대는 어디든지 있도다. 아! 갈지라. 나는 갈지로다.

노춘성도 『백조』 2호의 수필에서 "아! 표박의 생애! 나는 이 속에서 무한美와 무한苦와 무한愛를 맛보고 있다"고 했고, 박영희 또한 『백조』 3호 안에 산문시 〈객(客)〉이란 제목 하에 이렇게 읊었다.

> '나는 아름다운 꽃을 찾으러 다닙니다'고 그는 대답한다. 그러나 그는 그 꽃이 어디서 피는지 모르고 찾아다닌다는 것이다. 그리하여 나는 저 구름과 같이 흐르렵니다.

이 모두는 정처(定處)를 찾지 못해 여기저기 떠도는 〈청산별곡〉의 '방황'을 연상케 하는 편모들이었다. 유사한 상황에서 시간을 초월하는 불변의 정서가 의연(依然)히 상존(尙存)함을 실감하게 된다.

한편, 〈청산별곡〉이 필경은 비애의 노래였지만 여기엔 감상자로 하여금 은현 중 한 가닥 감미로운 환상의 느낌마저 자아내게 하는 로맨틱한 분위기마저 배어있다. 그래서 현대에 혹 아이러니하게도 이 가사를 숙찰(熟察)하기 이전에 갖는 이미지를 낭만적인 것으로 받아들이기도 하는 양하다. 마침 〈청산별곡〉 첫 행의 '청산에 살어리랏다'를 연상케 하는 가곡 〈청산에 살리라〉도 있었다.

나는 수풀 우거진 청산에 살으리라
나의 마음 푸르러 청산에 살으리라
이 봄도 산허리엔 초록빛 물들었네
세상 번뇌 시름 잊고 청산에서 살리라
길고 긴 세월 동안 온갖 세상 변하였어도
청산은 의구하니 청산에 살으리라

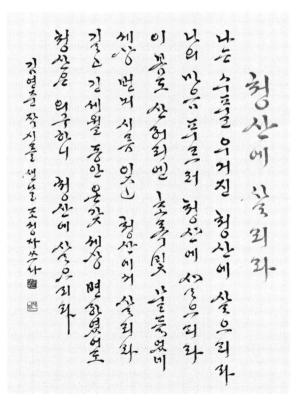

샌날 조성자 쓴 김연준 작시 〈청산에 살리라〉

김연준 작시 작곡으로 그의 대표작이기도 한 이 노래는 1980년대 중반에 한 음악전문 잡지사의 통계조사에서 한국인이 가장 사랑하는 가곡으로 선정되기도 했다. 저 고려적의 가요와 현대의 가곡 사이에 연대감(連帶感)이 느껴지고, 아울러 양자 사이에 일맥으로 통하는 가교는 다름 아닌 '청산 지향'이었다. "세상 번뇌 시름 잊"고 싶어서 청산에 살겠다고 했고, 고려의 노래 또한 '머루랑 다래랑 먹고 청산에 살아야겠다'고 하였다.

　　그럼에도 20세기의 청산 노래가 '나의 마음 푸르러' 청산에 살겠다고 하였으매 아직 은자의 낭만이 깃들어 있다. 반면 고려의 청산 노래인 〈청산별곡〉에서는 그와 같은 선비의 정신적 여유 같은 것 없이 시름이 하고하여 청산에 들어가 버린 것이다. 다친 마음이 밤낮으로 신음만 내니 좌절한 도피 공간으로서의 청산인데 반해, 20세기 청산의 노래는 푸르른 마음이 시름 잊기 위한 고상한 은일 공간으로 서의 청산이다.

　　노래는 시대를 반영하고, 따라서 두 노래 사이에 처해 있는 시대적 상황이 달라 서였겠지만, 기나긴 역사의 흐름 속에서 한 민족의 정서 체계가 또한 세계 교류의 물결 속에 풍화(風化)되지 말란 법도 없는 것이다.

8
이상곡 履霜曲

고려가요 〈이상곡〉은 그 제목부터가 일반 고려 가요에서 볼 수 있는 쉽고 보편적인 용어 범주에서 벗어나 있다. '이상(履霜)'이란 말 자체부터 상용어가 아닌, 유가의 전문용어이고, 그 풀이 또한 가장 난이도 높은 노래였다.

　　그러나 정작 지식의 판도 안에 들어가면 '서리를 밟는다'는 뜻의 이 '이상(履霜)'의 두 글자가 본디 재래 유교 문화권 안에서 전혀 생소한 표현은 아니었다. 유가의 이른바 오경(五經) 가운데 무려 세 가지 경전 곧 『시경(詩經)』, 『주역(周易)』, 『예기(禮記)』의 안에 벌써 이 어휘가 역력한 모양으로 자리를 확보하여 있었다. 하물며 '履霜'이란 말은 문예 안에서 한층 빈도 높게 사용되었다. 주나라 때 윤길보(尹吉甫)의 아들 백기(伯奇)라는 이가 지었다는 〈이상조(履霜操)〉, 당나라 문장가 한유(韓愈)가 바로 윤백기의 처지와 똑같이 계모에게 쫓겨나거나 하진 않았어도 역시 감정이입의 상태를 빌려서 지은 〈이상조(履霜操)〉, 위진남북조 시대 안에서는 위문제(魏文帝) 조비(曹植, 187~226)의 〈과부부(寡婦賦)〉와, 건안칠자의 한 사람이던 왕찬(王粲, 177~217)의 〈과부부(寡婦賦)〉, 그리고 동시대에 위문제에 의해 죽임을 당한 정의(丁儀)란 이의 아내가 지은 〈과부부(寡婦賦)〉와, 반악(潘岳, 247~300)의 〈과부부(寡婦賦)〉 등이 있었다. 〈과부부〉들은 하나같이 과부의 인고(忍苦) 역정을 그린 내용이었고 이 가운데 나중의 두 작품이 대표성을 띤다. 번거롭게 설명할 나위 없이 '履霜'이라는 조어(造語)가 예시된 내용 및 그 주제를 한눈에 보이면 다음과 같다.

출전	경전(經典)			출전			
	주역(周易)	시경(詩經)	예기(禮記)	履霜操(윤백기)	寡婦賦(정의처)	寡婦賦(반악)	履霜操(한유)
내용	履霜堅氷至	糾糾葛屨 可以履霜	霜露旣降 君子履之	履朝霜兮採晨寒 考不明其心兮聽讒言	履氷冬之四節 … 霜悽悽而夜降	自仲秋而在 踐履霜而踐氷	兒行于野 履霜而足
주제	자연의 이도에 순응함 (順理)	옹색과 가난 (窮困)	자식이 어버이에의 그리움 (念親)	버림받은 자식의 원통함 (怨父)	과부의 인고 역정 (嫠獨)	과부의 인고 역정 (嫠獨)	버림받은 자식의 원통함 (怨父)

일찍이 '履霜'의 이같은 다양한 의미의 쓰임새가 있고 난 다음에야 우리의 강역 안에 들어와 고려가요 〈이상곡〉의 출현을 보게 된다. 아래에 『악장가사』에 실린 원전의 전문을 싣는다. 다만 읽기 좋도록 띄어쓰기 하였고, 설명의 편의상 임의로 각 행 앞에 알파벳 기호를 붙였다.

1. 비오다가 개야 아 눈 하 디신 나래
2. 서린 석석사리 조본 곱도신 길헤
3. 다롱디우셔 마득사리 마득너즈세 너우지
4. 잠짜간 내니믈 너겨
5. 깃돈 열명길헤 자라오리잇가
6. 종종 霹靂 生陷墮無間
7. 고대셔 싀여딜 내모미
　　종 霹靂 아 生陷墮無間
　　고대셔 싀여딜 내모미
8. 내님 두숩고 넌뫼룰 거로리
9. 이러쳐 뎌러쳐 이러쳐 뎌러쳐 期約이잇가
10. 아소 님하 혼딕 녀졋 期約이이다.

이는 당연히 여성 처지에서의 노래였다. 또한 그 이성의 남자를 열모(悅慕)하는 뜻으로 말미암아 조선조 사대부에 의해 음란하고 외설적인 가사로 지적 받던 내력 안에서 전승된 노래이기도 하였다.

1행은 그 해석상에 이렇다 할 문제는 없어 보인다. 곧 '비오다가 개더니 아아, 눈도 많이 내린 날에' 정도의 의미망 안에 있다.

2행에 가서 "서린 석석사리" 부분이 다소 난해해 보이는 중에도, 대개 '서리어 있는 수풀[藪林]' 쯤으로 별다른 이견은 보이지 않았다. 뒤에 '서리[霜]는 버석버석'으로 풀고자 하는 입장도 나왔다.

생각건대 〈이상곡〉의 난구(難句)에 임해 순수 어학적인 견지에서만 진위를 가리고 판명하는 일은 자료의 제한이 문제되는 현 단계에서 획기적인 진전을 기대하기 어려울 것으로 본다. 따라서 여기서는 그 보완책의 일환으로 전체 단위 안에서의 심상(心象) 구조의 체계를 통해 진의에 접근하는 방법을 강구한다. 이를테면 지금 2행 안의 난해구에 근시적으로 집착하는 대신, 1행과 2행의 이미저리 구조에 유의해 보는 것이다. 예컨대 1행과 2행은 필경 서로 상대적 대칭 관계를 이루고 있다. 마치 한시에서의 대구(對句)를 연상케 하는듯한 관계성 위에 놓여 있다. 두 행을 직접 소리내 읽어 볼 때, "… 아 눈 하

『악장가사』에 수록된 〈이상곡〉

디신 나래 / … 조본 곱도신 길헤", 각 행 끝의 어휘 '나래'·'길헤'의 '-래'와 '-헤'가 주는 음운적인 유감(類感) 자체부터 이미 심상해 보이지는 않는다. 더하여, 1행에 나타난 바 '비, 개임, 눈'이 주는 어휘들은 하나같이 기후적 조건, 곧 '천후(天候)'를 지칭한 표현들이다. 또한 2행에 나타난 바 '서리어 있는 숲, 좁은 곱돌아가는 길'은 지리적 조건, 곧 '지세(地勢)'를 지칭한 표현들이다.

그런데 이 어휘들은 그 어떤 일정한 이미지를 표출해내기 위한 목적 안에서 긴밀히 짜여 있다. 1행에서의 비오다가, 개었다가, 눈오는 날이라고 한 바, 비슷한 가락으로 잦은 일기 변화를 알려주는 이 변화법다운 서술은 꽤 궂은 날씨구나 하는 느낌을 전하는 일에 조금도 부족됨이 없다. 표현의 삼단 변화가 험한 날씨라는 심상을 긴밀히 하는 일에 적극 봉사되어 있다.

2행 역시 마찬가지이다. 서린 숲, 좁고 곱도는 길은 험난한 지형이라는 심상을 불러일으키기 충분하다. 두 행의 말미가 각각 하늘의 상태와 땅의 상태로 대우법(對偶法) 다운 조화의 교묘함을 보인다.

그러면 "서린 석석사리"가 가장 기득권을 얻은 해석 그대로를 좇아 '서리어 있는 숲'이라 일단 수긍해 보자. 그럴망정 "조본 곱도신 길헤"에서의 '길'의 의미는 새로운 국면으로 돌아선다. 곧 그 속의 주인공을 과부로 본 일부 논자도 있었거니와 실로 작중의 "열명길"·"년뫼"의 암시라든가, 저 〈과부부〉와의 의미 상합에서 보듯 고백의 주체는 당연히 과녀(寡女)였다. 그랬을 때 "조본 곱도신 길"은 살아있는 님 혹은 남편이 찾아올 수 있는 길이 못된다. 그것은 자기와 죽은 남편 사이에 가로 놓여있는 저승길이거나, 아니면 시묘 중의 여인이 영원 속에 잠든 남편의 무덤을 찾아가는 길의 험난함에 대한 형용으로 인식해야 의당할 터이다.

첫 번째로 '좁은 곱도신 길'이 님 가신 저승길을 형상화한 표현이라는 쪽의 접근이다. 전통적 죽음관에서의 저승길을 유추 상상해 볼 때 가능한 발상이다. 한 인간이 죽어 마지막 간다는 길이란 게 결코 넓거나 번화로운 이미지 안에 있지는 아니하다. 오히려 대개 망자와 저승사자의 고작 한 두 사람 정도 지날 수 있는 정도의 좁고 굽이굽이 돌아가는 길로서 상념되어 왔다. 협애(狹隘)하고 위이(逶迤)한 길인 것이다. 이렇게 생각해 보면 그 조금 뒤 행의 아무려면 '그같은 열명길에 자라오겠는가'고 하는 자기 독백적인 내용과도 의미상 쌍관(雙關)을 갖게 된다. 요컨대 앞 행의 '좁은 곱도신 길'은 뒤 행에 이른바 (십분노명왕이 감시하는 무시무시한) '열명길'의 다른 표현이다. 결국 동의어이나, 동일한 어휘의 반복을 피하기 위한 동의이어(同義異語)라 하겠다. 이같은 문맥일 것 같으면 1행은 생자(生者) 곧 과부의 고행적인 삶을, 2행은 사자(死者) 곧 죽은 남편과 자신의 사이에 가로 놓인 험애한 길을 각각 은유법으로 형상화시킨 셈 되는 것이다. 그러면 종국 2행의 의취는 '수풀이 서려있는 험한 저승길'로서 요해된다.

두 번째로 "조본 곱도신 길"이 주인공 여인이 망부의 묘소를 찾아가는 길을 형용했을 가능성이다. 이 해석을 타당성 있도록 받쳐 주는 구절은 〈이상곡〉 8행의 "내님 두숩고 년뫼룰 거로리"(내님 놓아두고 어떤 뫼를 걷겠는가)에 있다. 두 문장은 상호보완적인 맥락을 띤다. 이 여인은 지금 남편 시묘의 중간에 있기 때문에 7행에서 "고대셔 싀여딜 내모미"라 했듯 지금 당장은 아니지만 머잖아서의 죽음을 생각하여 있다. 동시에 그렇게 되는 날까지는 두 지아비를 섬기는 일 없이 오로지 일편단심 돌아간 남편의 무덤자리 만을 맴돌면서 살겠다고 ─ 이것이 바로 8행의 개요이다 ─ 스스로에게 다짐하고 있다. 그렇게 시묘살이하는 그녀가 오늘밤에도 잠 못 이룬 채 뇌리 가득 그리는 그곳은 남편 누워 있는 자리까지 상상으로 좇아 달려가는 길이었다. 늘 다녀서 눈에 선한 그 길이니, 그 길은 서려 있는 수풀[藪林]에 굽이굽이 돌아서 가야하는 좁고 험한 길이었다.

　　이렇게 1행~2행 간 천험(天險)·지난(地難)의 강조는 주인공 여인과 님과의 단절 이미지를 우선 연상시키지만, 이같은 자연현상으로서의 험(險)과 난(難)은 혹 그 안에 자기 신세에 대한 험·난을 은유 처리한 뜻마저 내포한 것은 아닐까. 이른바 고초만상(苦楚萬狀), 사람의 온갖 험난한 상을 자연의 험난 상에다 빗대어 생각하고 싶은 작자의 형상화로서도 수긍이 가능하다.

　　비오다가 잠깐 개는 듯하다가 다시 평평 눈 내리는 날은, 진정 변덕

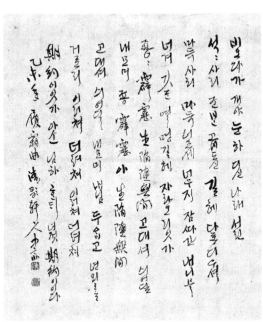

中齋 진승환 筆의 〈이상곡〉

스럽고 궂은 날씨를 알리는 전형적 한 표현이라 할 만하다. 사람살이에 비한다면 참으로 곡절 많고 얄궂은 운명일지니, 뒤집어 생각하면 기구하고 곡절 많은 운명을 저 천기(天氣)의 변화에 끌어 부치고자 할 때 구사될 수 있는 문학성 표출인 것이다. 이러한 관계 연상적 표현은 일상생활에서 그다지 어렵지 않게 찾아볼 수 있다. "하늘에는 예측할 길 없는 바람과 비가 있고, 사람에겐 조석으로 맞는 화와 복이 있다[天有不測之風雨 人有朝夕之禍福]"는 말도 사람의 운명을 천기에다 비유한 좋은 본보기이다. "모진 풍상 다 겪었다"는 말도 인생의 고초를 천기 현상에 비유한 뜻이 담겨져 있다. 이는 반드시 동양적 사고에서만 그럴 뿐 아니라 서양식 개념에서조차 'rainy day' 같은 말이 우선은 자연 현상으로서의 우천을 뜻하지만, 동시에 인간 현상으로서의 곤경을 지시하기도 하는 것이다.

2행의 "서린 석석사리 조본 곱도신 길" 또한 마찬가지이다. 여기서 "서린 석석사리"가 정확히 무엇이든 간에, 그 대의가 역시 '평탄한 길'에 맞선 개념으로서의 '힘든 길'을 의미하는 것만큼 분명하다. 그리고 이 험로난은 바로 앞 행의 경우와 마찬가지로 그 표면상의 뜻에서 잠깐 문학적 용례로 들어서면 문득 '인생길 험한 역정'의 상징적 어의로 수용 이해될 수 있는 여지가 너끈하다. 순탄한 삶의 여정을 '탄탄대로(坦坦大路)'에 비의한다거나, 험난한 삶의 역정을 험한 산길의 뜻인 '기구(崎嶇)'에 비하는 일, 일의 진행을 가로막는 장애나 난관 걸림새를 본디 좁고 험난한 길의 뜻인 '애로(隘路)'에다 가탁하는 일, 선택하지 않으면 안 되는 삶의 어떤 국면을 본래 갈림길의 뜻인 '기로(岐路)'란 말에 부치는 일, 세상 사는 어려움을 '세상길 험한 파도'라 할 때처럼 시각적으로 은유하는 일 등등, 그 사례는 헤아릴 수 없이 많다.

그러면 이 2행의 곱도신 길도 순로(順路) 아닌 모진 역정, 삶의 행로난을 완곡히 암유화한 문예적 표현일 수 있는 또 하나 개연성이 자리 잡게 된다. 이 경우 1행이 삶의 고초를 시간성에 비유하여 문학화한 것과 대응하여, 2행은 그 고초를 공간에 비유하여 문학화한 결과로 풀이된다.

다만 "서린 석석사리"의 풀이는 기존의 설, 즉 "서리어 있는 수풀"과 연결해서는 의미의 불통만 초래하게 된다. 사실은 "서리어 있는 수풀"이라 함도 어학적으로 반드시 튼튼한 견해는 아니고, 어디까지고 추측에 의한 하나의 가설일 따름일진대, 이 마당에 "서린 석석사리"의 수수께끼도 새로 조망해 볼 필요가 있다.

이제, 바로 뒤의 "조본 곱도신 길"을 '기구한 삶의 길'로 풀었음에 거기 상응하여 "서린 석석사리"에 대한 일단의 가설로서 '(가슴속에) 서려 있는 석석한 (공방)살이'가 기안(起案)된다. 이때 "서린" 곧 '서리다'의 의미는 "(일정한 생각이) 마음 속 깊이 자리잡아 간직되다"로서 무리함이 없겠다. 그러나 가장 큰 난관은 역시 "석석사리"에 있다. 그런데 생각해 보면 "석석사리"에서의 '사리'는 벼슬살이, 더부살이, 막살이, 드난살이, 애옥살이, 시집살이 할 때처럼 오늘날 '(살림)살이'에 당하는 말인가 한다. 조선조까지만 해도 '살이'보다는 '사리'가 추세였던 듯싶다. 『이조어사전』 출전의 "겨으살이[冬靑子]" 외에 나머지는 모두 '사리' 일색이다.

> 가야미 사리 오라고 (月印千江之曲, 170)
> 山僧의 사리는 茶 세 그르시라(眞言勸供, 12)
> 城 싸 사리ㄹ 始作ㅎ니라 (月印釋譜, 44)
> 生計 사릿 이롤 (內訓, 初刊二・下7)

"석석"은 종내 미상이다. 다만 '석석하다'에 대한 사전적 어의는 "거침없이 가볍게 비비거나 쓸거나 하는 소리 또는 모양"으로 되어 있으나, '사리'와 연결해선 별반 순조롭지 못하다. 굳이 부합시키고자 한다면 혼자서 외롭게 살아가는 삭막한 삶, 거칠고 부석부석한 삶이라고나 할는지. 정녕 지금 와선 명론(明論)하기 힘든 고어일망정, 그 대의는 필경 과부의 처절히 고독한 삶을 압축한 개념인 것만큼은 틀림없다.

그러면 결국 1행이거나 2행이거나를 막론하고 하나같이 남편을 잃은 후 혼자서 기막히게 살아가는 자신의 신세 정황을 돌려 표현한 언어들이라는 결론에 이르게 된다. 이는 또한 반악의 〈과부부〉에 비추어 볼 것 같으면 제67~72행까지 해속시킬 수 있고, 크게는 제1행 이하 76행까지에 이르는 내용들이 모두 이 두 행을 한껏 펼쳐 놓은 듯한 숱한 사연들일 터이다. 바꿔 말하되 76행에 달하는 낱낱한 사항들을 축약 표출해낸 바가 〈이상곡〉 제1, 2행이라 할 것이다.

다음, 〈이상곡〉 최대의 난해처는 3행, "다롱디우셔 마득사리 마득너즈세 너우지"에 있었다. 주문 같기도 하고 중렴(中斂) 같기도 한 이 부분을 두고 일찍이 양주동은 "범어진언(梵語眞言)의 해학적 의어(擬語)"정도로 보았고, 그 이래 대부분 논자들 또한 굳이 이 이상 어떤 특정한 의미가 있다고 기대하지 않은 양 싶다. 이를테면 "눈을 밟는 의성어로 험하고 어려운 산길의 분위기를 심화하기 위하여 쓰인 여음"이라 한 이임수의 해석 등에서 볼 수 있다.

그러다가 더 나중에 이를 유의미한 글귀로 간주하되, "어우러져 모이어 온통 너저분한 모습에"로 해석한 장효현의 견해도 나왔다. 무릇 고려가요에서 엄연한 독립성을 고수한 채 한 행을 점거하고 있는 현상은 유례가 쉽지 않은 일이다. 따라서 이 부분 일정의미를 띤 메시지 쪽으로 일단 입각해 볼 필요가 있다.

"마득사리"야 말로 만만치가 않다. 그런데 이 또한 암만해도 전행 "석석사리"와 조화를 맞춘 유의미 개념으로 보인다. 따라서 "석석사리"와는 비상한 상관적 유대 속에 접근할 이유가 있다.

앞에서 "석석사리"는 '석석'과 '사리(살이)'의 합성어로 간주, 이것을 거칠고 삭막하게 살아가는 형편으로 유추했거니와, 같은 논법에서 '마득'과 '사리(살이)'의 합성어 기능으로서의 "마득사리(마득살이)"라면 대관절 어떤 모양으로 살아가는 형편, 즉 어떠한 살림살이를 말할까?

'마뜩하다'는 말이 있다. 사전의 풀이로 "제법 마음에 들다. 제법 마음에 마땅하다"의 뜻이다. 혹 '마득'과 '마뜩' 사이에 무슨 관련은 없는지 억측일망정 일단 접근을 경계할 필요는 없겠다. 그리하여 '마득'이 만약 시간의 변천에 따라 '마뜩'으로 경음화 되었다고 가정할 경우, 마득살이는 '(꽤 마음에) 마땅한 살이[삶]'가 된다. 뒤의 "마득너즈세 너우지"도 넉넉치 않은 고어 자료의 한계 때문에 당장의 천명이 어려울 뿐, 반드시 무언가 의미를 지닌 언어라 생각되는 것이다.

"마득사리"를 그렇게 생각한 바탕 위에서 본다면, 1·2행의 깊은 탄식의 뒤에 '그래도 이같이 마땅치 않은 사람살이지만 애오라지 마땅한 삶이로나 여기면서 살아야지(어쩌겠나)' 하는 심경 유추가 있다. 역발상(逆發想)에 의지한, 자기 위안적인 상념이 깃든 또 하나의 넋두리로 다가온다.

사실은 그 겨우 못 이겨서 살아가는 꼴이란 게 당연히 마뜩찮지 어찌 마뜩하겠는가마는, 그래봤자 더 이상 아무런 득도 소용도 될 리 없는 바에야 차라리 생각을 조금 돌려먹되, 그래도 이만만 하면 마뜩한 살이가 아니겠나 하며 스스로를 달래는 정상(情狀)으로 말이다.

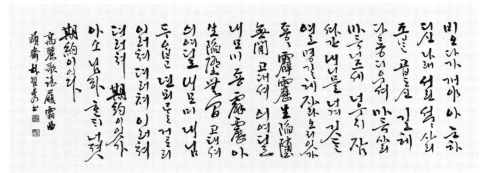

頤齋 박철수 筆墨의 〈이상곡〉

그럼에도 고어학적 자료가 든든히 받쳐주지 못하는 정황 안에서의 유추인지라 조심스럽기 그지없다. 다만, 보다 확신있게 강조할 만한 일은 2행의 "석석사리"를 뜻이 없는 성운(聲韻)이나 의음(擬音)으로 보지 않는 이상, 3행의 "마득사리" 또한 반드시 일정한 의미를 지닌 어휘라는 점이다. 부연하되, "마득사리"가 음악상의 무의미한 소리에 불과하다면 2행 "석석사리"도 필시 의미 없는 성조에 불과하겠으나, 유의미어로 눈길이 쏠린다. 의미 확인이 어려운 언어가 곧 의미 없는 언어는 아닌 것이다. 이 둘 사이에는 결코 혼동될 수 없는 크나큰 차이가 있다.

4행 "잠싸간 내니믈 너겨"는 "슬그머니 잠겼다가 간 우리 님을 생각하여(지헌영)" 혹은 "자고서 가신 내 임을 생각하오니(김사엽)" 등 일부 특이한 해석도 없지는 않지만, 대부분은 '나의 잠을 뺏아간, 곧 잠 못 이루게 한 내 님을 생각하여'의 의미망 안에 있었다.

5행 "깃돈 열명길헤 자라오리잇가"에서는 자러 오는 당사자가 누군지 문제이다. 주인공 여인이 남편 쪽에 기우는 정욕 및 참기 어려운 외로운 생활에 대한 여인의 원망어린 탄식으로 본 견해도 없진 않았다. 하지만 해석의 큰 흐름은 당연히 자러 오는 주체가 님에게 있는 것, 다시 말해 내님이 주인공 여인에게 자러 오는 개념 안에 있었다.

하물며, 이제 4, 5행의 내포적 진실에 대한 실마리는 문득 비교문학적인 시야의 확대 안에서 가능성이 열린다. 다름 아니라 중국의 3세기 반악(潘岳)과 정의 처(丁儀妻)의 〈과부부〉 안에서 결정적인 요결을 찾을 수 있다.

우선 반악 〈과부부〉와의 의미상의 연맥을 십분 대조해 보이기로 한다. 먼저 "잠싸간 내니믈 너겨"를 연상케 하는 〈과부부〉 중의 단락이다.

願假夢以通靈兮　　꿈으로나 님의 넋 한데 통해 보자 하나
目炯炯以不寢　　　또렷또렷한 눈동자로 잠 못 이루네

夜漫漫以悠悠兮　　긴긴 밤 느럭느럭 함이여
寒凄凄以凜凜　　　썬들썬들 한기 쌀랑하여라
氣憤薄而乘胸兮　　번민이 가슴을 타고
涕交橫而流枕　　　눈물은 어우러져 베개 위를 흐른다

이것이야말로 일언이폐지하면 '잠 뺏아간 내 님을 여겨'가 아니고 달리 무엇이겠는가. 한쪽이 다른 한쪽에 비해 한층 세세한 묘사로 인한 행수(行數)의 차이만 나타날 뿐, 그 요지에서 동일하다. 님 생각으로 잠 못 이룬다고 하는 그 취지의 이상도 이하도 아니란 뜻이다. 바로 위의 내용을 요약 압축해 낸 결정이 〈이상곡〉의 4행이라 하겠고, 역언하여 이 4행을 부연·확대한 보람이 반씨 〈과부부〉의 바로 이 대목이라고 볼 만하였다.

이는 흡사 저 초나라 삼려대부 굴원(B.C.343~B.C.285)의 〈사미인(思美人)〉 어느 부분에 대한 우리 조선조 송강 정철(1536~1593)의 〈사미인곡(思美人曲)〉 어느 소절에 비할 만하였다. 그러나 〈사미인〉 : 〈사미인곡〉의 관계에서보다 〈과부부〉 : 〈이상곡〉의 그

『文選』에 실린 반악의 〈寡婦賦〉

것이 발신자와 수신자 간 상호성의 정도에서 훨씬 긴밀하고 응집력이 강해 보인다. 그 이유는 〈이상곡〉이 이미저리 전개의 일일한 족적(足跡)까지를 〈과부부〉의 것 그대로 따르고 있기 때문이었다.

그 다음의 5행, "깃돈 열명길헤 자라오리잇가"가 또한 반악 〈과부부〉의 뒷부분 어느 행들과의 지울 수 없는 연상 작용을 불러일으킨다. 〈과부부〉의 이 여인은 그리움에 지쳐 잠이 들었다가 문득 님이 찾아든 꿈을 꾸었다.

夢良人兮來遊　　님 찾아와 노니시는 꿈
若閶闔兮洞開　　규처의 문이 활짝 열리난 듯
怛驚悟兮無聞　　흠칫놀라 깨달으매 아무런 소리 없고
超惝怳兮慟懷　　소스라쳐 가슴은 두근두근

정말로 꼬박 님이 찾은 것으로만 느끼며 희열에 차 있었는데, 다음 순간 놀라 깨보니 일장허몽이었을 때 그 허탈하고 비측(悲惻)한 심사를 지극히 농축시켜 나타낸 경계이다. 정녕 꿈인 줄 몰랐던 환희의 무리가 깨지고 그것이 한갓 환상이었음을 깨닫는 다음 순간, 탄식처럼 발하는 허망한 일성(一聲)이 '아무려면 그같은 험한 저승길 건너 자러 오실 리 있으랴…'였다. 바로 〈이상곡〉의 "깃돈 열명길헤 자라오리잇가"인 것이다.

이제 정의 처 지은 〈과부부〉의 이미저리는 〈이상곡〉 두 행과 대응하여 더욱 절실하였다.

想逝者之有憑　　떠나버린 이에게 기대이던 생각
因宵夜之髣髴　　그윽한 밤은 그때와 한가지건만
痛存歿之異路　　생사의 길 서로 다름이 가슴 아파
終窈漠而不至　　마침내 저세상 사람 올 리는 없네.

여기 앞의 두 줄을 합한 나머지의 개념적 요체가 〈이상곡〉 4행이요, 뒤의 두 줄을 합한 나머지의 개념적 요체가 〈이상곡〉 5행이라 함은 사실상의 췌언이 필요 없이 되었다. 비교문학적인 발견 안에서 〈이상곡〉의 원천 원류가 과연 어디인지 알리는 가장 분명 확실한 소재가 바로 여기였다 할 것이다.

앞의 두 줄은 한밤중에 돌아간 님을 생각하며 의지하는 심정이다. 자야만 하는 밤중에 잠은 오지 않고 가신 내님[逝者] 너기면서[想] 기대는 정황, 곧 "잠싸간 내니믈 너겨"의 경상(景狀)이다.

뒤의 두 줄에서 서로 다른 생사의 길[異路] 및 요명(窈冥)하고 적막한 길[窈漠]이란 궁극 저승길을 가리킨다. 그리고 저승길이야 십분노명왕이 감시하여 무시무시하다는 열명길임이 당연하다. 이승과 저승으로 갈라진 길[存歿之異路], 어둡고 으슥한[窈漠] 무시무시한 그 길을 가장 간단히 줄여 표현한다고 할 때 열명길 외에 달리 무엇이라 할건가. 그같은 길이고 보매 마침내 자러 올 리 없고[終不至], 이러한 사실은 암만 스스로 반문해 본대도 생각사로 가슴 아픈[痛] 일인 바, 한마디로 "깃든 열명길헤 자라오리잇가"의 의경(意境)인 것이다. 상고하건대, 우리나라의 문예적 조예 있는 이가 뜻은 뜻대로 살리는 가운데 함축미 있는 자국어로 탈태(脫態)시키고자 한다면 시현(示現)할 수 있는 그러한 언어들이었다.

여기까지만 본대도 〈이상곡〉의 가사들은 엄청난 압축과 고강도의 절제 위에 전개됐음을 인지할 만하다. 이는 이 작품의 작가가 한문학적 교양과 지식에 익숙한 사람이라는 사실을 암시해 주는 강력한 단서가 된다. 언어의 긴장은 그 다음 이어지는 가사에서도 다를 바가 없다.

6행, "종종 霹靂(벽력) 生陷墮無間(생함타무간)" '종종'은 역시 한자어 '種種'으로, 가끔 또는 때때로의 뜻에 제일 가깝다. 다만 여기서의 벽력은 천후 현상으로서의 벽력이 아니라, 심중(心中)의 벽력을 비유하는 뜻으로서 와 닿는다.

벽력의 이미지는 우천의 여름날과 관련 있다. 그런데 1행의 끝에 "눈 하 디신 나래" 밤잠 못 이루어 전전불매하여 있으니, 이 곧 겨울밤의 경상을 나타낸 표달(表達)이다. 그런데 다음 순간 느닷없이 하절기의 표상 언어인 실제 천기상의 '벽력'(a peal of thunder)이란 말은 전혀 돌연한 노릇이다. 만일 그런 말이 돌출될 수 있다면, 그것은 속절없는 모순일 밖에 없다. 그러므로 이 "霹靂(벽력)"은 역시 시적 은유법상의 언어로 봄이 옳겠다. 우리는 생활 속에서 실제 하늘 위로부터 벽력(벼락) 치는 일 없이도, "뜻밖에 일어난 사변이나 타격을 비유하여 청천벽력"이라 한다. 또 생벼락이라고 하면, "아무 죄도 없이 뜻밖에 당하는 벼락"을 말하기도 하지만, 그 이면에는 "뜻밖에 만나는 애꿎은 재난"을 비유적으로 나타낼 경우에조차 이 표현을 쓴다. 그 상용의 빈도 면에서 결코 후자가 전자에 뒤지지 않을 뿐더러, 어쩌면 보다 많이 사용되는 말일 듯싶다. 하물며 〈이상곡〉 가사는 혼자된 여인의 애한(哀恨)의 정서를 한껏 그려내 보이려던 명백한 문학인 바에, 반드시 전자가 고집되어야 할 하등의 필연성도 주어짐이 없다.

이렇게 보았을 때의 "種種 霹靂", 곧 때때로의 벼락이란 과거의 삶의 도정에서 이따금씩 일어나는 애꿎은 수난을 일컫는 말로서 수용이 된다. 과부가 살아가는 중간 중간 겪어야만 했던 설움의 삶을 은유의 방식으로 표출해 낸 말일지니, 그 바로 뒤의 표백 "生陷墮無間"이 이를 강력히 뒷받침하여 준다. 자신의 삶이 마치 아비지옥에 떨어져 있는 것과 같다고 했으매, '아비지옥에 떨어진 것 같은 내 삶이'의 의미이다. 요컨대 이 행은 그 앞의 행(1행~5행)의 경험까지 포함하여 비록 일일이 다 말할 수는 없었으나, 자신이 겪은 온갖 애처로운 실상을 최소 용량으로 처리해낸 압축 파일이요, 핵심적으로 집약시킨 결정체(結晶體)라고 할 수 있는 것이다.

여기 6행에 이르러 과부의 원정(冤情)은 가장 큰 심화를 보이면서 더는 갈 수 없는 막바지에 이른다. 이 행은 바로 그 다음 7행 "고대셔 싀여딜 내모미"와는 한 끈에 묶인 것과 같은 관계 위에 놓여 있다. 곧 본래 『악장가사』 기록이 보여주는 바는 "죵죵 霹靂 生陷墮無間 / 고대셔 싀여딜 내모미 / 죵 霹靂 아 生陷墮無間 / 고대셔 싀여딜 내모미"와 같이 두 번 반복을 통한 결속의 형상이다. 따라서 6행과 7행은 의미상 독립성을 띤 구문이 아닌, 합쳐 의미의 맥락을 보장 받는 접속 구문으로 이해함이 온당하다.

7행, "고대셔 싀여딜 내모미"는 '이내 사라져 버릴 내 몸이'의 뜻이다. 이에 6행과 7행을 합쳐 말하면, '이따금 겪는 모진 시련이 흡사 아비지옥에 떨어진 것 같은 나의 삶, 하오나 이내 사라져 버리고 말 나의 육신'이 된다. 전자는 임이 없는 까닭의 '괴로운 삶'을 나타낸 말이고, 후자는 '그 괴로움이 긴 것만은 아닐 유한성'을 강조한 말이다. 결국 6, 7행을 줄이면, '(임 없어) 괴롭지만 곧 끝맺을 육신이'로 요약할 수 있다. 1행~5행까지의 점층법을 통한 절망의 독백이 6행에 들어서면서 문득 심리 전환의 계기가 돌올(突兀)한다. 이제까지의 육신의 흔들림을 한순간에 벗어버릴 이지적인 체관이 엿보인다. 그것을 종교적 체관이라 해도 좋겠으나, 다만 종교라고 할 때는 반드시 불교적인 것이 된다. 사실은 바로 앞의 6행이 보여주는 언어 '生陷墮無間(생함타무간)'의 이미지도 한가지였다. 그러므로 이 작품은 불교의 가치관을 적극 긍정하고 비호하는 이의 수적(手迹)임이 당연하다. 신앙의 바탕에선 이승의 삶에 대한 허무주의적 체관이 깃든 말이고, 그냥 세속적으로 생각하면 인생무상이 어려 있는 말이다.

8행 "내임 두숩고 년뫼룰 거로리"는 주어부인 7행에 대한 술어부(풀이조각)에 해당된다. 지금껏 '내임 두옵고 다른 뫼를 걸어가랴'로 하는데 별 이의가 없다.

여기서 '뫼'의 의미는 그 하나에 '묏' 곧 '山'의 뜻이 있고, 다른 하나로 '무덤 · 산소' 곧 '墓[穴]'의 뜻이 있다. 어느 쪽으로든 안 되는 바는 아니지만, 무덤[穴] 쪽이 더 적실할 듯하다. '년뫼'를 한자어로 하면 '異穴'이니, '해로동혈(偕老同穴)' 할 때의 '同穴'과 상반된 뜻을 나타낸다 하겠다.

또한 무덤[穴]은 죽어서 가는 길이다. 그러므로 여기서의 무덤 또한 한갓 가시적 무덤(tomb)인 묘지의 뜻으로서 보다는, 비유적인 개념으로서의 '죽음의 길'로 이해하는 편이 온당해 보인다. 그러기에 그 길을 걷는다고 했을 것이다. 내 님을 두고서 다른 무덤에 묻혀갈 수 없다는 이 말은 홀로 된 여인의 개연(慨然)한 절조를 스스로의 앞에 굳게 다짐한 뜻이다.

그리고 이참에 거듭 반악 〈과부부〉의 대단원부와 대조하되,

要語君兮同穴   내 임과로 동혈하자 언약했거니
之死矢兮靡佗   죽을진정 다른 뜻 없으리이다

고스란히 의미가 부합된다.

마지막 9, 10행 "이러쳐 뎌러쳐 기약이잇가, 아소 임하 흔디 녀젓 기약이이다" 이는 바로 〈정과정곡(鄭瓜亭曲)〉의 결구(結句)인

니미 나롤 흔마 니즈시니잇가
아소 임하 도람 드르샤 괴오쇼셔

를 연상케 하는 바, 같은 맥락의 가사라고 할 수 있다. 그런데 〈정과정곡〉의 행 나누기 방식에 맞춰 분행(分行)한다면 "이러쳐 뎌러쳐/이러쳐 뎌러쳐 기약이잇가/ 아소 임하/흔디 녀젓 긔약이이다"와 같이 4행 구분이 온당하다 보겠으나, 내용 위주로 본다면 이렇게 두 행이다.

동시에 〈이상곡〉의 대단원이자 최종결부가 되는 이 부분은 〈정과정곡〉과도 사의 (詞意)가 통하는지라 그 풀이 또한 갈등 없이 절로 명현(明顯)해 지는바 있다. 따라서 9행과 10행에 대한 현대어 풀이만큼 논자들 간에 크게 상이를 보이지는 않았다. 다만 9행에 대해 "이렇게 저렇게 생각해봐도 인연인가요, 아 임이시여 함께 묻힐 운명인가 봅니다"(이임수)로 수용하는 특이한 견해도 없지는 않았지만, 여타는 거의

대동하였다. "이러쿵 저러쿵 이러쳐 더러쳐 무슨 기약이옵니까"(지헌영), "처음 만날 때 이리할거나 저리할거나 하고 망서려치려던 그러한 우리들의 기약이었던가"(김사엽), "이러하고저 저러하고저 이럴까 저럴까 망서리던 그러한 우리들의 기약입니까"(전규태), "이렇게 저렇게 이렇게 저렇게 하고저 하는 기약이야 더욱 있아오리까"(박병채), "이러하자는 저러하자는(어찌하자는) 기약이겠습니까"(장효현) 등등.

위에 든 〈정과정곡〉 결구가 '임이 나를 차마 잊으신 것이오니까. 마소 임이시여 내 간곡한 충정 다시 들으시고 사랑해 주옵소서'로 풀이된다고 했을 때, "아소 임하"를 중심으로 한 앞과 뒤가 서로 상반된 문맥을 띠는 형상이 된다. 곧 임이 나를 잊음과 같은 부정적 불행한 상황과, 나를 다시 사랑해 주심 같은 긍정적 다행한 상황이 "아소 임하"의 전후에서 대척(對蹠) 관계를 이루고 있음을 본다. 따라서 지금 〈이상곡〉에서의 "아소" 역시 단순한 '아아!'의 뜻 아닌, 금지사로서의 '아서라', '(그리)마오', '(그리)마십시오'의 의미로서 타당하다.

"흔디 녀졋" 또한 다른 고려가요에서 이미 사용례가 나타나 있는 부분이다.

넉시라도 임은 흔디 녀져라 아으 〈정과정곡〉
百種 排ㅎ야 두고 니믈 흔디 녀가져 願을 비숩노이다 〈동동〉

그런데 위 예문을 통해 보았을 때 〈정과정곡〉에서의 "녀다"는 그 앞에 있는 "넉"(넋)이라는 개념과 연결되고, 〈동동(動動)〉에서의 "녀다"는 죽은 이에게 드리는 백종제(百種祭)와 연결되어 있다. 넋이란 죽음 뒤에 남을 수 있는 것이고, 백종 역시 죽은 이에 대한 명복과 흠향을 위함이니, 나란히 죽음과 관련 있다. (살아서 육신은 함께 하지 못하였지만) 죽어 혼백이라도 같이 하겠다는 의미를 담고 있다.

지금 〈이상곡〉의 최후 대목 "흔디 녀졋 期約"도 살아생전의 기약이 아니라, 과부된 여인이 죽은 뒤를 다짐하는 사후 기약의 표명이다.

따라서 이제 마지막 두 행을 한데 풀어 가로되,

　　이렇게 저렇게 때를 따라 달리 하자는 기약이오니까?
　　그리 마오소서 임이시여, 언제든 함께 가자던 기약이나이다.

가 된다. 이는 자신의 수절에 대한 신념과 의지가 흔들리지 않으려 자기 앞에 거듭 확인하고 채찍질하는 독책(督責)의 결사(結司)로서 최종 요해되는 것이다. '이럴때 이렇게 저럴때 저렇게 하자던 우리들의 기약이 아니었지 않습니까. 그러니 임이시여, 행여 날 흔들리게 내버려두지 마십시오, 끝끝내 함께 가자고 하던 기약이었으니까요.' 궁극에 이는, 스스로에게 거는 맹서의 사[自誓之詞]가 아닐 수 없다.

　한편으로, 〈이상곡〉의 작자 문제가 심상치 않게 높이 대두되어 왔다. 다름 아니라 숙종 때의 문관인 병와 이형상(李衡祥, 1653~1733)이 『병와선생문집(瓶窩先生文集)』(권8, 쏩學子問目)에서 언급한 바로 채홍철 설이 있었다.

　　高麗侍中蔡洪哲作 淸平樂水龍吟金殿樂履霜曲五冠山愿露洞 … .
　　고려에 시중 벼슬하던 채홍철이 〈청평악〉, 〈수룡음〉, 〈금전악〉, 〈이상곡〉, 〈오관산〉, 〈비로동〉을 지었고 … .

　그러나 이를 그대로 신빙하여 따르는 입장과, 이를 불신하는 입장, 또는 전래가요의 부분 수정설 등 의견 각각 같지 않았거니와, 여기에서는 구태여 언명하지 않더라도 그 취지가 이미 한 곳을 지향한다.
　채홍철이 본 작품을 지었으리란 데 관한 개연성 검토는 이미 몇몇 연구가들에 의해 자못 설득력을 얻은 상태이다. 게다가 지금 이 글에서는 비교문학적인 관점에서 〈이상곡〉의 지식인 수적(手跡)을 크게 수긍해 온 입장이었던지라, 무엇보다 여말의 사대부 문인이었던 채홍철이 이것에 관여됐을 수 있는 개연성에 대해 부인하고 들어갈 길은 처음부터 끊겨 있던 셈이다.

식자층 문사라고 해서 반드시 그것이 채홍철이 되라는 법은 없다 손치자. 그러나 앞전에 다른 누구도 거론되지 아니한 바탕이었다. 그리고 평생의 관직 생활을 통해 청백리로 추증될 정도의 양심적인 삶을 살면서 30년 동안 오로지 연구와 저술에 몰두했던 학자인 이형상의 점잖은 작문 안에서 자연스럽게 소개

조선의 학자 이형상은 자신의 문집인 『병와집』 안에서 채홍철이 〈이상곡〉의 작가라고 밝혔다.

된 인물이다. 하물며 당시 진행되고 있던 고려가요에의 애정이 남달랐던 채홍철이었으매 사실무근이라며 혐의를 둘 수만은 없는 입장이 있다.

다만 이 작품의 주제 논의에서만큼 위의 두 논자가 추론하였던 것으로서의 신자(臣者)의 연주지사(戀主之詞)임을 크게 지양하는 입장이다. 대신, 이는 문면에 나타난 그대로의 순연한 과녀지탄사(寡女之嘆詞)임을 믿어 의심하지 않는다.

그럼에도 정녕 이 노래가 과연 〈정과정〉이거나 조선조 정송강의 〈사미인곡〉처럼 충신연주지사를 나타낸 노래라고 하자. 그토록 당대에 지명도가 높았던 채홍철의 다른 작품, 예컨대 〈자하동(紫霞洞)〉, 〈동백목(冬栢木)〉 등은 『고려사』 악지 속악조에 진즉 실려져 있음으로 해서 세상에 널리 공표되어 오던 마당이다. 〈동백목〉은 그 배경설화로 미루어 필시 덕릉 곧 충선왕에 대한 연주지사임이 분명하다. 같은 연주지사라고 할진대 어찌 하나는 세상에 전파되었던 일면, 하필 다른 하나만이

유독 초망(草莽) 사이에 묻혀 자취 없었겠는가 하는 의문이 제기된다. 혹자는 이것도 충선왕 넓게는 충숙왕까지에 대한 일편심을 나타낸 것이라 했다. 더군다나 원로들의 연석상(宴席上)에서 불렸다는 잔치 노래 〈자하동〉 등이 오히려 『고려사』 악지의 덕택을 입었음에도, 〈정과정곡〉·〈동백목〉과 함께 임금에 대한 충성의 사(詞)로 추정된다는 〈이상곡〉 정도가 그 안에 열서(列叙)되는 혜택을 입지 못하였다면 이 곡절을 어찌 설명해야 옳을건가.

연주지사 관련하여 무엇보다 가장 결정적인 근거는 이 노래가 시종일관 속요의 명분 안에 불리어 왔을 뿐이요, 조선 성종 때를 당해 가악 정리 단계에선 관련 사대부들에 의해 음사·상열지사로서 지목 받았던 사실을 재삼 상기할 필요가 있다. 『조선왕조실록』 성종 3년(1490) 1월의 기사이다.

『조선왕조실록』 성종21년 壬申日의 기사. 〈이상곡〉 등의 내용에 대해 삭제하거나 고쳐서 왕께 올렸다는 내용이다.

앞서 서하군(西河君) 임원준(任元濬), 무령군(武靈君) 유자광(柳子光), 판윤(判尹) 어세겸(魚世謙), 대사성(大司成) 성현(成俔) 등에게 〈쌍화곡(雙花曲)〉·〈이상곡(履霜曲)〉·〈북전가(北殿歌)〉 중에서 음란한 기사를 고쳐 바로잡으라 명하였는데, 이때에 임원준 등이 지어 바치매 전교하기를, "장악원(掌樂院)으로 하여금 익히게끔 하라"고 하였다.

『국조보감(國朝寶鑑)』에서도 같은 상황을 기록하였으되, 좀 더 밀착감이 있다.

1월 왕이 경연(經筵)에 나아갔을 때 지평 권주(權柱)가 아뢰기를, "지금 장악원에서 익히는 속악은 모두 신우(辛禑) 때의 가사이니, 망국의 음악을 연향에 사용해서는 아니되옵니다. 더구나 그 중엔 남녀간 사랑을 주제로 한 가사가 많으니, 일체 없애도록 하소서." 하자 상이 이르기를, "악보를 벼란간 변경할 수는 없더라도 가사야 어찌 고치지 않을 수 있겠는가. 음악에 조예 있는 재상으로 하여금 첨삭하여 바로잡게 하라." 하였다. 이에 어세겸(魚世謙)과 성현(成俔) 등이 〈쌍화곡(雙花曲)〉, 〈이상곡(履霜曲)〉, 〈북전가(北殿歌)〉 중의 음란하고 외설적인 가사를 고쳐 올렸다.

애당초 충신연주지사하고는 거리가 멀었음이 강력히 명증된다. 이런 종종의 이유에서 〈이상곡〉은 그런 군신관계 안에서 생성된 노래일 것 같지는 전혀 아니라는 뜻이다. 대신 이것이 과부의 애끈한 심사와 절절한 탄식을 이를테면 채홍철이 잘 대변하여 표출시킨 노래였다는 전제에서는 그렇듯 나중까지 세상에 익명으로 전파됐을 법한 소지는 얼마든 있었다.

창작에 임했던 때가 언제인지는 못내 확지할 길은 없어도, 『고려사』 기록 안에서 보았을 때 "충렬왕조에 ⋯ 나가 장흥부를 지킬 새 은혜로운 정치를 했으니 얼마 후에 벼슬을 버리고 한거하기를 무릇 14년에 스스로 중암거사(中菴居士)라 호하고 불교의 선지(禪旨)와 금지된 책들에 대한 절충을 일용으로 삼았다"(권108, 열전 권제21 채홍철 조)던 그때일 수도 있다. 혹은 충숙왕에 의해 원도(遠島)에 내쳐졌을 때 "한공·홍철·광봉 등이 해도에 들어가지 않고, 모두 홍주 경계에 모여 민간을 요란케"(권125, 열전 권38)했다던 1년 3개월 짧은 기간일지도 모른다. 그가 여염간에 유입하여 가장 접촉이 긴밀했던 상황 안에서 가능성의 비중을 높게 잡아보는 뜻이다.

또 이렇게 볼 수도 있다. 『고려사』 채홍철 열전의 말미에, "사람됨이 문장에 정교하고 기예에 모두 그 능력을 다 하였으며 더욱 불교를 좋아하여 일찍이 집 북쪽에 전단원을 짓고 항상 선승을 기르고[爲人精巧於文章 技藝皆盡其能 尤好釋敎 嘗於第北 構旃檀園 常養禪僧]"하였으니, 이같은 채홍철의 개인적 성향 안에서 〈이상곡〉 표현 가운데 "열명길"과 "陷墮無間" 등 불교어 개입의 연고도 수긍이 닿는다.

蔡洪哲字無悶平康縣人忠烈朝登第補慶善府錄事稍遷通禮門祗候出守長興府有恩政已而弃官閒居凡十四年自號中菴居士以浮屠釋旨琴書爲樂日用忠宣素知其名及即位將大用強起之除司醫副正驟洪哲爲五道巡訪計定使訪明年陞僉議評理又加知司事忠宣元年始正經界量田制賦之陞密直副使由前密候八遷爲相士林榮之輕三司使尋遷贊成事巡訪一年五道田籍粗畢然新舊貢賦多不均民田逐致鉅富婆喜營私多取民田逐致漢功崔誠之善故所爲以有寵忠宣且與權漢功崔誠之未敢發至五年欲釐正之分遣臺官竟無衆者七年拜重大匡平康君子河中仕元五品以恩擢洪哲奉議大夫大常禮儀院判官號騎尉大興縣子忠肅復位起爲贊成事時兩府以行邸用度不足科歛文武官爲抽索富人財理問郎中蔣伯祥謂洪哲曰君爲老相強歛民財何也洪哲曰非吾過也令王

『고려사』 권108 채홍철 열전

그러면 바로 이렇듯 불교 분위기에 사뭇 친숙하여 "열명길"도 "함타무간"도 쉽사리 구사할 수 있었던 이 시기에 민간 여염으로부터의 간접 체험을 받아 노래를 구상했을 가능성마저 배제할 수 없겠다. 다른 경우를 들자면 저 조비의 〈과부부〉며 반악의 〈과부부〉가 어디까지나 자신의 직접 체험이 아니었다. 자기 주변 친지의 여인이 창졸간 홀어미 신세로 되니 가까이서 그 기막힌 경상을 차마 보기 안타까운 나머지 과부의 심사와 구기(口氣)를 빌어다가 그 낱낱의 정상(情狀)을 문자 위에 조성시켜 나갔던 경우와 같다고 하겠다.

조비나 반악이 그들의 〈과부부〉 마지막 대단원 부분에다 승화된 일편심을 집약시켰을 때야 어디 충군(忠君)·연주(戀主)를 염두했겠는가. 그럴 가능성은 만무하니 어디까지나 망부(亡夫)에 대한 일편빙심(一片氷心)만을 간곡히 그려냈을 뿐이다. 이러한 작문상의 행위는 지극히 사사로운 인정에서 발단된 것이다. 그들의 입장에서는 이같은 내용이 크게 비중 있는 주제라는 인식 하에 글을 짓지는 않았을 터이다. 그보다는 문장을 경국대업(經國大業)으로 인식하던 그들이 큰 단위 문장의 다른 일각에서 잠시 할애할 수 있었던 여벌의 창작 행위로 간주되는 것이다.

그러했던 때문이었나, 역시 이 〈과부부〉들이 같은 부(賦) 장르 작품일지라도 보다 생활 친화적인 관심사를 다룬 다른 작품, 이를테면 경도(京都)를 다룬 좌사의 〈삼도부(三都賦)〉, 전렵(畋獵)을 다룬 사마장경의 〈자허부(子虛賦)〉, 정(情)을 다룬 송옥의 〈고당부(高唐賦)〉, 우리나라로 치면 김부식의 〈아계부(啞鷄賦)〉, 이규보의 〈춘망부(春望賦)〉, 최자의 〈삼도부(三都賦)〉 등에 비해 잘 알려지지 못한 결과가 되었다.

그러면 지금 과부의 정한을 그려낸 〈이상곡〉이 비록 어떤 유수한 작가의 손을 거쳐 나왔다 손 어느 결엔가 원작자를 잃고 말았다고 한다면 그 원인 또한 바로 그같은 이유와 동일한 수준에서 사유 가능할 것으로 믿는다.

이상, 채홍철이 2~3세기 중국의 부(賦) 문학을 배워 〈이상곡〉 한 작품을 창출해 내었다고 했을 때, 대저 '부'라는 것이 채홍철의 고려 당년에 과연 문학의 한 형태로서 수행되었던 장르였는지가 궁금하다. 혹 그럴진대 어느 정도 비중을 차지했던 장르였는지 하는 데 대한 의아함도 따르게 된다. 하지만 이 문제는 그다지 어려워 보이지 않는다.

고려가 처음 과거제도를 마련한 광종 9년(958) 이래 부(賦)는 제술과[진사과]의 중요한 비중을 차지하는 한 과목이었다. 대개 제술업의 과목은 경의(經義)·시(詩)·부(賦)·송(頌)·책(策)·논(論) 등이 있으나, 이 중 시·부·송·책·논의 다섯 과목은 그 전부가 아니라 때에 따라 시·부, 혹은 시·부·송 또는 시·부·책을 보았다고 했다. 따라서 부(賦)야말로 시(詩)와 더불어서 어느 경우에나 반드시 들어가는 필수 과목이었음을 알 수 있다.

더 나중에 조선시대의 과거제를 보더라도 진사시(進士試)는 부(賦) 한 편과 고시(古詩)·명(銘)·잠(箴) 중 한 편을 짓게 했고, 문과 초시(初試)와 제술시(製述試), 그리고 무과 복시(覆試)에 이 과목이 설정되어 있었으니, 여한(麗韓) 시대에 부 장르에 대한 치중의 정도를 짐작할 만하다.

　이렇듯 부 문학의 이해와 활용은 중국의 사인(詞人) 그룹만 아니라, 옛 우리 문학의 풍토 안에서도 사대부 식자층 간에 전적으로 수행되었음이 확인된다. 역시 한문학의 조예를 제대로 갖춘 이의 능력 한도 안에서 감평 및 응용이 자유자재했던 영역이었던 것이다.

　그런 중에도 성황을 이룸은 조선에서보다 고려에서 더 하였다. 조선 성종 때의 서거정도 『동인시화(東人詩話)』에서 논평하기를, "고려 광종·현종 이후 문사가 시·부·사륙문 등을 쏟아냈으니, 그 농섬(濃纖)·부려(富麗)함은 뒷사람의 따를 바 아니었다"고 했다. 이어 말하되, "고려 중엽 이후 북·남조, 송, 요, 금, 몽고 등의 강국을 섬기었으되 누차 문사로써 칭송을 받았고 말미암아 나라의 환란을 붙들어 맬 수 있었으니, 대저 사부를 어찌 작게 볼 수 있겠는가. 그 뒤의 작자들은 각기 자성일가(自成一家) 하였으니, 이루 그 수를 헤일 수가 없다"고 한바, 족히 그 분위기를 알 만하다.

　사실 조선시대 대표적 문집인 『동문선(東文選)』을 펼쳤을 때 가장 먼저 나타나는 양식이 다른 것 아닌 '사(辭)'와 '부(賦)'이다. 제1권의 첫머리에 이인로의 〈화귀거래사(和歸去來辭)〉를 필두로 10편의 사(辭)에 뒤이어서는, 바로 김부식의 〈중니봉부(仲尼鳳賦)〉·〈아계부(啞鷄賦)〉를 위시해 여말·선초에 걸쳐 총 35편의 '부(賦)' 작품이 3권에 걸쳐 소개되어 있다. 이를 통해서 신라 때까지만 해도 영성(零星)한 느낌의 '부' 장르가 고려 때 크게 기운을 폈음을 십분 인지해 볼 수 있는 것이다.

　과연 고려시대에 학부(學賦)의 귀감으로 삼았던 '부' 문학의 총집 격으로 일찍부터 『문선(文選)』이란 것이 수입되어, 삼국시대 이래 문장 수업의 가장 초석 역할을 담당한바 있다. 동시에 이 책 첫머리에 '부' 문예를 최우선적으로 배열해 두었고, 거기에 금상첨화로 〈이상곡〉과의 연계를 이루고 있는 반악의 〈과부부〉 한 작품도 제16권의 '哀傷' 주제 7편 안에 들어 있었다.

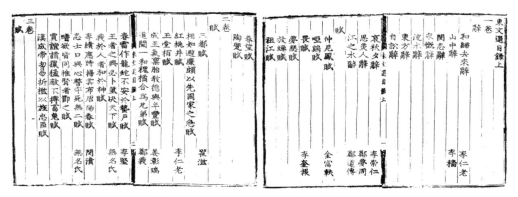

『동문선』의 開卷 劈頭는 辭와 賦로 시작된다.

그런데 고려의 시가문학이 중국 부(賦) 문학과의 상관성은 하필이면 〈과부부〉
와 〈이상곡〉 안에서만 한정되는 정도의 별스럽거나 희한한 현상은 아니었다. 곧
고려 사조(詞藻)의 적지 않은 부분들에서 중국 '부' 문학으로부터 영향 받은 편린들
을 찾아볼 수 있다는 사실이 있다. 아래는 〈동동(動動)〉의 9월령 가사이다.

九月九日에 아으
藥이라 먹논 黃花
고지 안해 드니
새셔가 만ᄒᆞ얘라

끝 행의 "새셔가 만ᄒᆞ얘라"는 종래 '歲序가 晩ᄒᆞ얘라'와 '歲序 가만ᄒᆞ얘라' 사이
에 논란이 컸던 부분이다. 하지만 이 역시 중국 편 원류 추적을 통해 그 답을 모색
할 수 있으니 이를테면 『시경』 소아(小雅)의 〈소명(小明)〉 편에 "세율운모(歲聿云
莫)" 같은 데서 연상의 근거를 처음 잡아볼 만하다. 하지만 그보다는 더 나중 시대
바로 반악 〈과부부〉의,

四節流兮忽代序
歲云暮兮日西頹

에서 한층 근사한 모양을 제시해 주고 있었으니, 마침내 관계적 맥락을 끊어버릴 수 없이 되었다.

　고려 예종이 지었다는 비둘기 노래 〈유구곡(維鳩曲)〉의 경우도 저 중국 문인 가의의 〈복조부(鵩鳥賦)〉, 장무선의 〈초료부(鷦鷯賦)〉, 예정평의 〈앵무부(鸚鵡賦)〉 등과 더불어 직·간접적으로 비교문학적 관계가 또한 검토될 수 있으리라 한다.

　특히 고려 사인(士人) 정지상(?~1135)의 이른바 〈송인(送人)〉 혹은 〈대동강(大同江)〉 시로 일컬어지는 회자(膾炙)의 명시,

雨歇長堤草色多　　비 개인 긴 둑에 풀빛 더욱 짙은데
送君南浦動悲歌　　남포에서 임 보내는 하 구슬픈 노래
大同江水何時盡　　대동강 저 물이야 어느 때 마를 건가
別淚年年添綠波　　이별눈물 해마다 푸른 물결 불리는데

가 전혀 해동 시인 고유한 시상에 단독의 조자(調子)인 줄 알았더니, 중국 5세기 후반에 강엄(江淹, 445~505)이 지은 〈별부(別賦)〉의 마무리 부분,

春草碧色　　　　봄풀은 푸르르고
春水淥波　　　　춘강은 맑은 물결
送君南浦　　　　남포에서 그대 보내는
傷如之何　　　　애달픔을 어이리

으로부터의 절연(截然)한 탈태임을 물리쳐 부인할 수 없을 터이다.

한 단위의 문학 작품은 그 개체를 집중 분석하는 일도 중요하지만, 내용 본질의 정체성을 핵실(覈實)하기 위해서는 무엇보다 다른 단위와의 비교 확인이 선요(先要)되는 경우가 적지 않다. 특히 그 내용이 얼핏 영문 몰라 난해롭게 보이는 것일수록 비장의 대안으로서 한·중 비교문학적인 방면으로 눈 돌려보는 일이 요긴하다.

설령 그 과정이 지루하고 또 결과적으로 만족할 만큼 효험을 얻어내지 못할 수 있을지언정, 여전히 끝까지 촉각을 늦추기 어려운 문제이다. 그러다가 뜻밖에 대어(大魚)를 건질 수 있는 행운도 따를지니, 지금 이 〈이상곡〉 같은 경우가 도드라진 표품(標品)이 아닐 수 없다.

9

동동 動動

'동동'이라는 제목은 전체 13장의 각각에 되풀이되는 후렴구인 "아으 동동 다리"에서 따온 것으로 널리 인지되고 있다. 하지만 여기 '동동'이란 말이 무엇을 의미하는 지에 대해서는 기실 명확한 것은 없다. '다리'·'두리' 등과 같이 '영(靈)'을 뜻하는 주술 용어일 것이라는 견해도 있기는 하나, 북소리의 구음(口音) '동동'을 표기한 것이라는 견해가 지배적이다. 이는 20세기 들어서서 국문학 연구자들의 논정 이전에 벌써 조선 후기의 실학자인 성호(星湖) 이익(李瀷, 1681~1763)이 『성호사설(星湖僿說)』 안에서 언급한 부분이기도 했다.

> 動動者 今唱優口作鼓聲 而爲舞節者也 動動猶也.
> 동동이라는 것은 지금 노래 부르는 배우가 입으로 내는 북소리이니, 춤의 절도를 맞추기 위한 것이다. 동동은 북소리 둥둥과 같은 것이다.

여기에 더하여 『민족문화대백과사전』 안에 김영운이 '동동' 음악 부문을 설명한 다음의 대목에서 훨씬 궁금증을 덜어줄 법하다.

> 〈동동〉이란 이름의 옛 악곡은 『대악후보(大樂後譜)』 권7에 오음약보(五音·略譜)로 기보(記譜) 되어 있는데, 가사는 없고 단선율과 장단만이 전하고 있다. 장단은 '고(鼓)·요(搖)·편(鞭)·쌍(雙)'으로, 북 2회의 연타가 특이한데, 이 북소리를 의성화하여 동동이라 부른 듯하다.

역시 빠르게 2번 두드리는 연타(連打)의 강렬한 이미지가 이에 크게 작용되었던 듯싶다.

이렇듯 음악이나 춤의 이름으로는 어떠한지 몰라도, 문학상 제목으로서의 '동동'은 좀 겸연(慊然)한 구석이 있다. 이것이 하나의 의성어로, 사전에서도 "큰북 따위를 잇달아 치는 소리를 나타내는 말"이 '둥둥'이고, '동동'은 그 작은 말이라 한다. 이것이 품사로는 부사인데, 대관절 '깡충깡충'·'간절히'·'애처로이' 같은 부사어가 표제로 된 사례라니 진정 생경하기 짝이 없다. 하물며 지금 '둥둥'·'동동' 따위의 북소리를 따서 만든 말인 의성어를 제목으로 삼았다는 말도 좀 이상하다. '야옹야옹'·'드르륵'·'쨍그랑'·'탕탕' 등 사물의 소리를 흉내낸 의성어 제목으로 오른 작품을 어디서 얼마나 찾을 수 있을는지도 의문이다. '따르릉따르릉 비켜나세요'로 시작되는 동요 〈자전거〉를 그냥 잘 기억이 나지 않을 때 그냥 '따르릉 노래'로 말해버리는 경우와 다를 게 없이 되어버렸다. 그러매 애당초의 제목이 〈동동〉이었다 할망정 자체로 별반 찐더운 책정 같지는 않은 듯싶다.

원래는 항간의 민요 혹은 〈정과정곡〉 같은 개인의 노래, 혹은 〈처용가〉 같은 제의(祭儀) 노래 등을 궁중에서 채택하여 별도로 편곡한 것이 별곡(別曲)이라 했거니와, 지금 보는 〈동동〉이 또한 예외 없이 하나의 별곡이다.

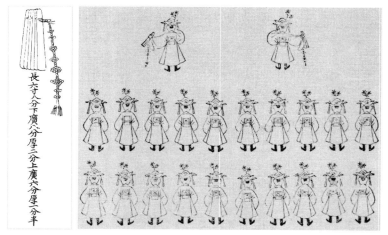

왼쪽은 궁중 연향에 쓰이는 타악기의 하나인 아박(牙拍). 오른쪽은 아박무(牙拍舞)의 장면이다.

하지만 별곡 중에는 해당 노래를 포함하여 춤을 수반하는 경우도 없지 않았으니, 백제의 노래를 고려의 궁정이 별곡으로 만든 〈정읍사〉가 대표적이라 할 수 있다. 바로 〈정읍사〉의 가사와 노래를 바탕으로 궁중에서 만들어낸 춤이 〈무고(舞鼓)〉라는 것을 『고려사』 악지 '俗樂(속악)' 조에서 확인할 수 있다. 이렇게 노래에 춤까지 어우러진 놀이를 정재(呈才) 또는 정재무(呈才舞)라 한다.

〈동동〉 별곡 또한 13연에 달하는 가사 하나하나를 춤과 함께 연창(演唱) 했던 바, 이를 동동무(動動舞) 또는 동동정재(動動呈才)라 했다. 아박은 무용수끼리 마주 서서 추는 아박무(牙拍舞)의 공연시에 두 손에 들고 폈다 접었다 하는, 소리로 박자를 맞추던 박판(拍板)이다. 상아(象牙)나 고래, 소, 사슴의 뼈로 만든 여섯 쪽의 얇고 긴 나무판을 사슴가죽으로 꿰어 오색의 매듭을 달아 만든 타악기이다. 이것을 들고 추는 춤이 아박무(牙拍舞)이니, 동동정재가 또한 바로 고려시대 궁중무용의 하나인 아박무의 한 가지 형태이기도 했다.

동시에 〈정읍사〉나 〈동동〉은 속요 바탕의 속악이매 『고려사』에서 '속악정재(俗樂呈才)' 항목에다 편입시킨 것이다. 그러면 『고려사』 악지에 표제로 세워진 〈동동〉 또한 단순한 문학적 호칭이 아니었다. 문학과 음악 위에 무용 장르가 융합을 이룬 표제였음에 유의할 필요가 있다. 그러나 오늘날은 편의상 노래 가사 및 음곡의 기준에선 '동동사(動動詞)'로, 춤까지 포함된 기준에서는 '동동무(動動舞)'로 부르기도 한다.

현재 우리가 보는 〈동동〉 13개 연(聯)의 형식은 상사(相思)를 주제로 한 열두 달 상사체(相思體)의 12연에다가, 맨 앞머리에 송도지사(頌禱之詞) 한 연을 서사(序詞)로 얹힌 결과임이 정설로 되어 있다. 노래는 다른 별곡들에 비해 그 구사된 시어(詩語) 및 시구(詩句)가 애염(哀艷)·기려(綺麗)한 위에, 분량 면에서도 저 〈청산별곡〉의 8연을 훨씬 능가하는 13개 편장이나 되매 흐벅질뿐 아니라, 그 경관이 또한 천면(苆眠)하기 그지없다. 아래에 서사(序詞) 및 열두 달의 노래 13연 전체를 순차로 전석(箋釋)해 보인다. 맨 첫머리 서사(序詞)이다.

> 德으란 곰비예 받줍고
> 福으란 림비예 받줍고
> 德이여 福이라 호놀
> 나슨라 오소이다
> 아으 動動다리

"곰비예"의 곰은 뒤[後]이고, "비"는 잔을 뜻하는 배(杯)로 보아서 후배(後杯) 즉 뒷잔에·다음 잔으로, 또 "림비예"는 전배(前杯) 곧 앞 잔으로 보는 것이 대세인 양하다. 그러면 '덕은 뒷 잔에 바치옵고, 복은 앞 잔에 비치옵고'가 된다. 아울러,

한뉘 조주연의 2016년 庚伏 揮汗筆

이때의 뒷 잔은 신령님께 바치는 잔에, 앞 잔은 임금께 드리는 잔으로 이해하는 측면이 있는가 하면, 앞 잔과 뒷 잔 모두 임금님 한 분에게 바치는 것으로 보는 관점도 있다.

　반면, "비"를 술잔과 무관하게 바라보는 견지도 있었다. 지헌영은 곰배는 신령, 림배는 조상의 영혼으로 보았고, 김형규는 "곰비림비"를 '쉬지 않고 계속하여'의 뜻으로 보았다. 그런데, 실제로 우리말에 '곰비임비'라는 말이 있다. 사전의 풀이로, "자꾸 앞뒤 계속하여"의 뜻이다. 게다가, 평안북도 방언으로는 '곰배님배'라고 함에 크게 주목을 끈다. "받줍고"는 봉헌(奉獻)의 뜻이니, '받들다'로 옮길 수 있다. "ᄒᄂᆞᆯ"은 '한 것을', "나ᅀᆞ라"는 드리러, 곧 진상(進上)의 뜻이다. "ー 소이다"는 존대의 청유형 종결어미. 그리하여 '덕이라 복이라 하는 것을 진상하러 오십시오'의 해석이 일반화된 듯하다. 그러면 혹 곰배와 림배의 뒷 글자 '배'를 술잔 배(杯)

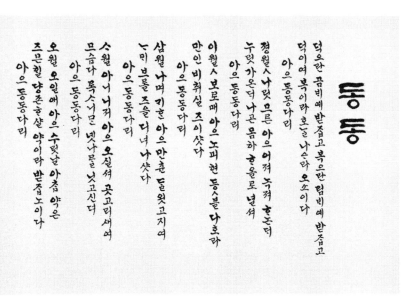

고려가요 〈동동〉

자로 수긍하면 술잔을 앞뒤 계속 받든다는 말이 될 테고, 술잔과 무관하게 보았을 때는 덕과 복을 쉬지 않고 계속하여 받든다는 말이겠다. "비"의 술잔 여부와 관계없이 덕과 복을 앞뒤 없이 계속하여 받든다는 축도의 메시지라는 사실엔 변함이 없다. 『고려사』'악지'에 이른바 "多有頌禱之詞(다유송도지사)" 곧 찬양하고 축복하는 송도의 노래 가사가 많다고 했더니, 바로 이 대목이 거기에 해당된다고 하겠다. 송도의 대상은 필경 임금이니, 고려조의 어전 유희 때는 가무가 시작하기 직전에 변려문으로 된 '치어(致語)'거나 한시 또는 국어로 된 '구호(口號)'로 임금께 송도를 바치는 것으로써 개막을 알림이 통상이었다. 그러면 지금 〈동동〉의 첫 번째 연은 국어로 된 '구호'의 한 형상이 되겠다.

바야흐로 두 사람의 기녀가 먼저 등장하여 좌우로 갈라서서 임금께 절 한 연후에 손을 여며 족도(足蹈)하고는 큰 절하고 무릎 꿇고 일어나 아박(牙拍)을 받든 채 〈동동〉 가사 첫 서사 부분을 창하면, 이하 정월부터 여러 기녀들이 창(唱)했다고 『고려사』 및 『악학궤범』의 기록이 전해주고 있다.

> 正月ㅅ 나릿므른
> 아으 어져 녹져 ᄒᆞ논ᄃᆡ
> 누릿 가온ᄃᆡ 나곤
> 몸하 ᄒᆞ올로 녈셔
> 아으 動動다리

"나릿므른"은 '냇물은'. "누릿"은 누리에 ㅅ이 더해진 말로 '세상의.' '녈셔'의 기본형 '녀다'는 '가다'·'살아가다'의 뜻이니, '살아가는구나'.

민요의 열두 달 노래는 그 달에 있는 세시풍속을 노래 배경으로 삼고 있음이 상례이다. 통상 1월은 답교(踏橋), 2월은 연등, 5월은 단오인데, 지금 〈동동〉도 예외가 아니었다. 그러면 여기 상단구(上段句)의 '정월에 흐르는 물은 아아 얼었다

녹았다 하는데'는 다름 아닌 '답교(踏橋)'와 관련 있어 보인다.

> 二月ㅅ 보로매
> 아으 노피 현
> 燈ㅅ블 다호라
> 萬人 비취실 즈싀샷다
> 아으 動動다리

"노피"는 '높이'. 다만 "현"에 대해서는 '혀다'·'불을 켜다'·'점화(點火)'의 뜻으로 보는 것이 일반인 듯하지만, 한자로 '매달아 건다'는 뜻의 '현(懸)'으로도 통할 수 있기에 묘미 있는 표현이다. "다호라"는 답다, 닮았다는 말이다.

"燈ㅅ블"은 '연등(燃燈)'을 가리키고, "즈싀샷다"는 '얼굴(모습)이시도다'. 고려 태조가 943년에 내린 '훈요십조(訓要十條)' 중에 "연등(燃燈)은 부처를 섬기는 것이요, 팔관(八關)은 천령·오악·명산·대천·용신을 섬기는 것"이라고 하여 연등회의 성격을 명확히 하였다. 이에 연등회는 팔관회와 함께 불교에 뿌리를 둔 대규모 국가의례로 정착되어 고려시대 전 왕조에 걸쳐 시행되었다. 정월보름에 행하던 연등회는 성종 대에 일시 중단되었다가 1010년(현종 원년) 현종이 즉위하면서 부활되어 날짜를 2월 보름으로 변경하였으니, 개국(918) 이래 약 일백 년 지난 시점이다. 여기 〈동동〉에서도 노래의 여인은 2월 보름의 연등놀이를 갔다가 거기 높게 매달린 등을 보고 일어난 소회를 노래한 것이매, 〈동동〉이 고려의 초창기 노래는 아님을 알 수 있다.

대개 〈동동〉 관련하여, 2월·3월·5월 부는 송도(頌禱)적 성격이 강하고, 그 나머지 것은 계절에 따라 느껴지는 이별의 한과 연모지정을 간절히 노래하고 있다는 평을 자주 한다. 그러면 지금 2월 부에 등장하는 님은 남녀 애정 안에서의 님으로도 볼 수 있지만, 부처님이거나 임금님 같은 만인 공지(公知)의 존재가 될 수도 있다. 〈동동〉이 다른 남녀 상사(相思)의 노래와 구별되는 특징이기도 하다.

　　　三月 나며 開호
　　　아으 滿春돌 욋고지여
　　　ᄂᆞ믹 브롤 즈슬
　　　디녀 나샷다
　　　아으 動動다리

　"滿春"은 '늦봄', 음력 3월이다. 임의 모습을 아름다운 꽃에 비유한 것임에는 틀림없으나, '돌'의 띄어쓰기에 대한 이해가 달라진 탓에 의견이 분운해졌다. ① "滿春돌 욋고지여"로 보아 '3월의 오얏꽃[李花]이여'로 보는 견해, ②"만춘 둘욋고지여"로 보아 '3월의 달래꽃이여'라는 견해, ③ 바로 위의 '달래꽃'을 진달래꽃으로 보는 견해, ④"滿春 둘 욋고지여"로 띄어 '3월의 달 아래 핀 오얏꽃이여'로 보는 견해 등 다양하다.

　우선 ④에서 '달'이 '달 아래'라 함은 지나친 확장감이 있다. 게다가 '달 아래'를 표현할 양이었다면 제대로 그 말을 다 넣지 못할 이유를 찾기 어렵다. ②'달래꽃이여'도 십분 회의적이다. 달래는 백합과의 다년초로 들에서 자라고 땅속에 둥글고 흰 비늘줄기가 있고 그 밑에 수염뿌리가 있으며, 파와 같은 냄새가 나며 매운맛이 있어 식용된다. 그런데 곧 다음 구절에 남이 부러워할 얼굴을 지니셨다고 한 그 고상함과 식용 이미지의 달래꽃은 못내 부조화(不調和)의 느낌을 안고 있다. ③에서 진정 달래가 진달래꽃의 약어(略語)라서 통용했다면 그만일 듯싶지만, 임의(任意) 부회는 아닐까 걱정된다. 다만 '둘 욋곶'이 진달래꽃의 고어가 확실하다면 만사형통이나 그 활용의 사례가 여기 〈동동〉 이외에는 발견이 어려운 한계가 있다. 그리고 꼭 진달래꽃을 표현하고 싶었다면 정녕 진달래꽃이란 말이 그 당시 존재했으리란 전제에서, 그냥 '진' 한 음절을 아낄 것 없이, '만춘 진둘욋고지여'라고 할 수 있었다.

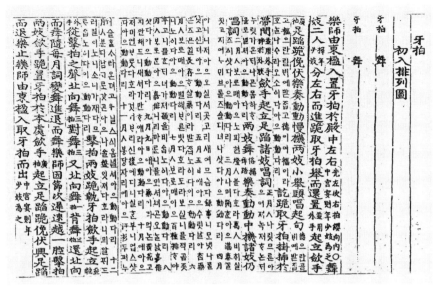

『악학궤범』에 수록된 〈동동〉

　그 뿐 아니라 진달래의 다른 이름으로 두견화(杜鵑花)라는 좋은 말이 있으매 혼란을 일으키는 '달' 자를 빼고, 대신 '滿春 두견화여' 등으로 얼마든 표현이 가능하였다. 그런데도 식용의 달래와 혼동 오해될 소지가 있는 어휘를 굳이 택해 썼는지 의문이 남는다.

　이와 다른 쪽으로 '둘'을 앞의 쪽에 붙여 "滿春둘 윗고지여" 곧 '만춘달의 오얏꽃이여'의 해석이 맞선다. 오얏꽃은 장미 과(科) 벚나무 속(屬)의 자두나무의 꽃이다. 일단 운율 상으로만 본대도 전자의 2·5조보다 후자의 3·4조가 더 순조롭다. 하물며 음력 3월인 만춘 달의 꽃이라 했다. 봄꽃들의 꽃피움도 대략 일정한 질서를 따라 피니, 비교적 봄의 전령처럼 일찍 진달래꽃 피고, 목련·개나리의 개화 뒤에 복숭아꽃 살구꽃과 함께 자두꽃(오얏꽃) 피매, 암만해도 자두꽃 쪽이 나우 타당해 뵌다. 항차 '도리불언 하자성혜(桃李不言 下自成蹊)'란 말이 있다. 복사꽃 오얏꽃은

동동 動動　223

제가 자랑하여 말하지 않아도 그 아래 절로 길이 난다는 이 구절은 암만 으늑한 땅에 피어나도 꽃들의 아름다움을 찾아 사람들의 발자취가 많아진다는 뜻이다. 그러매 구십춘광(九十春光) 춘화 가운데도 아름다운 꽃의 표상 격은 도리화(桃李花) 즉 복사꽃과 함께 지금 이 오얏꽃인 것이다.

　〈동동〉은 기본적으로 세시풍속을 배경으로 삼고는 있으나, 그것이 열두 달 전부에 기약되어 있지는 않다. 2월 연등, 5월 단오, 6월 유두, 7월 백중, 8월 추석, 9월 중양으로 확실히 드러나 있는 반면, 그 나머지 달은 별반 관련이 없어 보인다. 다만 3월은 부처님 앞에 꽃을 뿌려 공양을 드리는 의식인 산화(散花)와 관련이 있을 것이라는 추측도 있는데, 역시 이 3월가도 이 행사의 안에서 조성된 노래는 아닐까?

> 四月 아니 니저
> 아으 오실셔 곳고리새여
> 므슴다 錄事니믄
> 녯 나를 닛고신뎌
> 아으 動動다리

　"곳고리"는 '꾀꼬리'의 고어이다. "녹사(錄事)"는 고려시대 정승성(政丞省)의 정구품(正九品)에 속하는 벼슬이다. 이 벼슬을 수행하는 역할 담당자가 남성이매, 노래의 화자는 절로 여성이 된다. "녯 나를"은 '옛 나를'과 '옛날을'의 두 가지 관점이 있으나, 어느 쪽인들 손색이 없는 낭만을 띤다. "닛고신뎌"는 감탄형 '잊고 계시는 구나'와 의문형 '잊고 계신가' 사이에 이견이 있다. 〈동동〉 열두 달 상사의 노래는 각 연마다가 해타성주(咳唾成珠) 아닌 것이 없으나, 이 연에서 고독의 미적(美的) 정서가 정점에 다다른 느낌이다.

　한편 이 4월 편은 문득 저 고구려 유리왕(瑠璃王)이 불렀다는 꾀꼬리 노래 곧 다음의 〈황조가(黃鳥歌)〉가 연상되는 노래이기도 하였다.

翩翩黃鳥	펄펄 나는 꾀꼬리는
雌雄相依	암수 서로 정다운데
念我之獨	외로울사 이내 몸은
誰其與歸	뉘와 함께 살아갈꼬

〈황조가〉와 〈동동〉 모두에 꾀꼬리가 남녀상열을 상징하는 새로 부각되었다. 이렇게 외로움의 서정(抒情)을 황조라는 새에게 부친 것이 같았을 뿐 아니라, 그 고독의 원인이 두 노래에 공(共)히 짝이 없음을 탄식한다는 점도 통하였다.

五月 五日애
아으 수릿날 아춤 藥은
즈믄 힐 長存ㅎ샬
藥이라 받줍노이다
아으 動動다리

"수릿날 아춤 藥은"의 '수릿날'은 일명 단오절이다. 고려 민속에 수릿날 아침 날 천년 장수를 위해 복용하는 모종의 약이 있었던 양하다. 그것을 님께 바친다고 했다. 하지만 어떤 약인지는 확실치 않고, 다만 『동국세시기』에 보면 "단옷날 오시(午時)에 익모초를 캐어 먹는다[午時探益母草]"는 기록이 있으니, 그 가능성을 예측할 따름이다. "長存ㅎ'의 장존(長存)은 오래 산다는 말이다.

六月ㅅ 보로매
아으 별해 ᄇ룐 빗 다호라
도라보실 니믈

젹곰 좃니노이다

아으 動動다리

유두절(流頭節)의 노래이다. '유두(流頭)'는 흐르는 물에 머리를 감는다는 뜻이니, "동류수두목욕(東流水頭沐浴)" – '동쪽으로 흐르는 물가에 머리 감고 몸을 씻는다 – 의 구절에서 두 글자를 취해 유두절이라고 한 것이다. 신라 때부터 있었던 행사로, 그렇게 하면서 액운을 떨어내고 청유(淸遊)하며 하루를 보냈다고 한다. 절기상 음력 6월이 일년 중 가장 무더운 때라 유두절은 오늘날의 바캉스 시즌에 해당한다. 이 날 노래의 여인은 자신의 신세를 "별해 ㅂ론 빗 다호라"라고 했다. "별"은 '물가'를 말하니 '물가에 버려진 빗 같다'는 말이다. 그런데 이에서 '빗'에 비유한 것은 우연의 소치가 아니다. 바로 유두날 여인들이 개울에서 머리 감고, 감은 머리를 곱게 빗기 위해 쓰이는 빗은 중간에 이가 빠지거나 빗살이 부러질 수 있고, 그러면 가차 없이 그 자리에 버려지기 일쑤이다. 혹은 빗을 버리는 자체가 짐짓 액막이를 위한 행위라고도 한다. 하여튼지 이에저에 그 모양으로 버려진 빗이 노래의 여인한 테는 그냥 심상한 사물로만 넘어가 지지 않았다. 버려진 빗에서 버려진 자신을 발견했을 테요, 그 비유법 안에서 여기 유월의 노래가 탄생했을 것이다.

"젹곰"은 보통 '조금', 또는 '조금이라도'의 뜻으로 접근한다. 자신을 돌아봐 주시는 님을 '조금' 따르겠다는 말은 무슨 의미일까? 사랑하는 님이 물가의 빗처럼 자신을 버렸지만, 그래도 여전히 체념이 안 되는 나는 더 큰 상처를 받지 않기 위해 이전보다는 조금만 님을 따르겠다는 말로 해명을 한다. 또는 머잖아 나를 저버릴 님이언정 나를 사랑하시는 그 잠시 동안이나마 따르겠다는 상황으로 이해를 한다. 두 번째 '조금이라도'의 경우는 님에게 버려져 참담한 신세가 된 나를 다른 누군가가 있어 돌아봐 주는 일이 있다면 그 사람을 아주 약간 조금이나마 좇아 따르겠다고 보는 해석이다. 딴판으로, "젹곰"을 '넘어지며 엎어지며'로 보기도 한다. 어떡해든 뜻이야 닿겠으나, 어학적인 근거와 뒷받침이 아쉽다.

> 七月ㅅ 보로매
> 아으 百種 排ᄒᆞ야 두고
> 니믈 ᄒᆞᆫ디 녀가져
> 願을 비ᅀᆞᆸ노이다
> 아으 動動다리

　전통적으로 7월 15일을 백종일(百種日), 혹은 백중일(百中日), 백중날이라고 하였다. 종(種)의 옛 음이 '중'인지라 백중이 되었다고도 한다. 백종(百種)이 꼭 일백 가지 종류만 아니라, 많은 종류를 뜻한다. 세상 떠난 이를 위하여 많은 음식을 차려 위로하는 날인데, 그러면 기다리던 님은 문득 이미 이 세상 사람이 아닌 뜻으로 와 닿게 된다. 이 〈동동〉의 여인이 여태껏 당연히 재회 가능한 님을 사모하는 줄로만 알았는데, 여기서 보면 님은 이미 저승의 사람이 아닌가 모호하게 만든 바로 그 대목이기도 했다. 역시 이 노래가 시간적인 절차를 따라, 일어난 상황의 순서대로 부른 노래가 아님을 새삼 상기시키는 부분이기도 하다.

> 八月ㅅ 보로ᄆᆞᆫ
> 아으 嘉俳 나리마론
> 니믈 뫼셔 녀곤
> 오ᄂᆞᆶ 嘉俳샷다
> 아으 動動다리

　앞서 보름이 명절인 달로 2월·6월·7월이 있었고, 이제 끝에 8월 보름이 하나 남았다. 8월 보름은 중추가절, 오늘날은 추석이란 이름의 큰 전통 명절이거니와, 그 연원과 유래는 역시 저『삼국사기』의 지수(指授)에 따라 신라 3대 유리왕(儒理

王) 때의 대규모 길쌈내기에 두고 있다. 님 없는 명절은 그것이 번화할수록 자신한
텐 아무 명절도 아닌 더 큰 고독일 뿐이라는 속에서, 상대방 님의 존재감이 극대화
되어 있다.

> 九月 九日애
> 아으 약이라 먹논 黃花
> 고지 안해 드니
> 새셔가 만ᄒ얘라
> 아으 動動다리

　음력 9월 9일은 아홉 구(九)가 두 번 겹친다[重]고 하여 중구일(重九日), 또는 9가
양(陽)의 숫자이기 때문에 중양절(重陽節)이라 일컬어 왔다. 『동국세시기』에는 이
날의 풍속에 국화를 따서 화전(花煎)을 해먹는 습속이 있었다고 하니, 그것을 살린
노래이다. 약으로 먹는다는 말에 구애되어 약리적인 합당성을 과도히 사실(査實)
하기보다는, 그냥 국화차, 국화주를 음용하고 국화전을 식용함이 몸에 좋으리라
는 민간의 인식으로 수용함이 무난할 듯싶다.
　"새셔가만ᄒ얘라"는 띄어쓰기 방식에서 크게 양론으로 갈린다. '새셔(歲序) 가만
ᄒ얘라'와 '새셔(歲序)가 만(晩)ᄒ얘라.' '가만하다'는 '움직임이 조용하여 남에게
드러나지 아니하다'란 뜻이니, 만추에 담장 너머로 들어오는 국화꽃들에서 문득
조용한 세월의 흐름을 감지했다는 말이겠다. 후자는 세월의 흐름이 느지막이 만기
(晩期)에 이르렀다는 말. 전자의 경우, 이 가사를 한글로 정착한 때가 조선 초이고,
주격조사 '이/가'가 쓰인 시기는 조선 중기 이후라는 근거로써 타당함을 세운다.
하지만 고문의 사례로 볼 때는 오히려 후자 안에서 유리한 면도 있다. 『시경』 소아
(小雅)의 〈소명(小明)〉 편에 '歲聿云暮(세율운모)'와, 또한 저 『문선(文選)』에 실린 반
악(潘岳) 지은 〈과부부(寡婦賦)〉 중 "歲云暮兮日西頹(세운모혜일서퇴)" 등에서 그러하

였다. 그 의미가 하나같이 계절이 꽤 깊었음을 가리키는 까닭이다. 더하여, 여요(麗
謠) 보편의 운율이 2·5조와 3·4조 사이에 어느 쪽에서 도두 압권인가도 이에
무시 못 할 요인이 된다.

十月애
아으 져미연 ᄇ롯 다호라
것거 ᄇ리신 後에
디니실 흔 부니 업스샷다
아으 動動다리

음력 10월은 처음 겨울로 접어들어 그냥도 몸조차 스산해지는 계절이건만 노래
의 서정적 화자는 '칼로 저며서 버린 ᄇ롯'처럼 임이 꺾어서 버린 신세로 있다.
"ᄇ롯"은 흰빛 무늬가 있는 붉은 빛깔 콩의 한 종류인 '보롯'·'보로쇠'라는 설과,
일면 '보리수나무'라는 설도 있다. 하지만 중추가 되는 핵심어는 저미고, 꺾고,
버린다 쪽에 있다. 그 식물이 정확히 무언지는 우기차(又其次)의 문제일 뿐이다.
제철엔 그 열매가 음식거리로 소중히 다뤄지지만, 제철 다 지나고 추위 엄습한
계절에는 땔감으로 전환되어 마구 꺾이고 부러진다는 의미로 보고 있다.
　여인은 유월엔 자신이 버려진 빗과 같다더니 이번에는 버려진 줄기 같다고 하
소연하였다. 이러할 때 자신을 챙겨줄 이는 더도 아닌 한 사람이면 족하건만, 드
넓은 세상천지에 바로 그 한 사람이 없음을 탄식한다. 그녀의 절대고독은 광막한
천지와 동일한 크기로 존재한다.

十一月ㅅ 봉당 자리예
아으 汗衫 두퍼 누워
슬홀ᄉ라온뎌

고우닐 스싀옴 녈셔
아으 動動다리

　

"봉당 자리"란 두 방 사이의 빈 공간이다. 동짓달 한 겨울밤 그 자리에 한여름 속적삼을 덮고 누운 여인의 처연한 경상을 드러내고 있다. 11월의 이 대사는 저 버림받은 6월의 "빗"과 10월 "ㅂ롯"의 정황을 고스란히 이어받는 속에서 공감이 획득된다. 버려진 것만도 원통한 일이거늘, 그 피폐된 정신에 육신까지 극한의 괴로움을 당하는 지경에서 화자의 참고(慘苦)는 절정으로 치닫는다.

　

十二月ㅅ 분디남ㄱ로 갓곤
아으 나슬 盤잇 져 다호라
니믜 알픠 드러 얼이노니
소니 가재다 므르웁노이다
아으 動動다리

—中 김충현의 1971년 揮毫 〈동동〉

버려져 혼자 사는 여인의 불행은 급기야 여기까지 닥쳐든 양하다. 여인은 어느새 분디나무로 깎은 젓가락이 되어 있었다. "분디"는 일명 남초(南椒) 혹은 산초(山椒)라고도 한다는데, 위의 "ㅂ롯"이나 한가지로 제일의적(第一義的)인 구실은 못된다.

　"나슬 반"은 임을 위해 올리는 상. 의미의 중핵(中核)은 끝의 행, 객(客)이 가져다가 그 젓가락 입에 물었다는 데 있다. 그리하여 바로 직전까지 겪었던 참담한 슬픔이 이 마당에 들어서선 돌이킬 수없는 절망으로 바뀌어든다. 이제껏의 힘겨웠던 침잠(沈潛)이 이 계제엔 구제불능의 침몰(沈沒)로 치닫는다. 앞의 연까지는 암만 고통이어도 임 섬기며 가는 삶이었지만, 막바지엔 그것이 가능한지 아닌지 가늠도 못할 혼돈과 황폐의 극점(極點)을 맞게 된 것이다.

　〈동동〉이 여느 상열지사와 달리 가장 이색적인 면은 여인의 사랑이 열두 달 사계절의 변화를 타고 있다는 사실일 것이다. 일반의 애정가요는 일 년 열두 달 중 어느 달이거나 계절이거나 어느 한 시점 안에서 서회(敍懷)가 될 뿐이다. 다른 시간대와 연락(聯絡) 관계가 없는 법인데 여기 〈동동〉에서는 일 년 열두 달에 빠짐없는 애정 체험의 연결성을 나타낸다.

　동시에, 그 열두 달 계절의 변화에 따라 여인의 정서도 그때마다 빛깔을 새로이 한다. 13연의 경파(瓊葩) 옥장(玉章)에 일관된 주제는 송도와 사랑이라 하겠지만, 처음의 송축 찬양하던 마음이 어느 순간 떠난 임에 대한 원망으로 바뀐다. 다시 간절한 그리움이다가 설핏 회한과 동요로, 문득 괴로움을 절규타가 급기야 절망으로까지 변화가 무쌍하였다. 진솔한 여인의 사랑 그 마음의 행로가 다채롭게 그려졌으니, 이 노래의 특장(特長)이라 할 것이다.

　〈동동〉의 노랫말 풀이 못지않게 꾸준히 논의돼 온 것은 '월령체(月令體)'에 관한 문제였다. 기실은 초창기에 양주동이『여요전주(麗謠箋注)』에서, 이것의 "구법(句

法)이 우리 가요의 한 전통적 형식인 월령체로 배열된 것"이라 한 이래 대개는 별 문제의식 없이 그냥 이렇게 불러 왔음이 일반이었다. 하지만 70년대 들어서 월령체가 아닌, '달거리 노래'로 호칭함이 타당하다는 견지가 대두되었다. 그러나 보통은 '달거리'와 '월령체(月令體)'를 혼동해서 쓰는 경우가 많으매, 이에 대책이 필요한 실정이다.

우선 이를 월령체로 보는 관점에서는 형식상 열두 달 세시(歲時) 가요로서 월순 (月順) 구조를 띠고 있다는 점을 대전제로 삼는다. 외형적인 틀을 존중하자는 취지 이다. 담긴 내용보다는 노래의 구조에 의해 판단되어야 할 문제이니, 형식상의 용어를 다시 내용상의 차이로 구분하는 것은 타당하지 않다고 주장한다.

하지만 '월령체'와는 엄연 구별하여 '달거리'로 해야 한다는 입장에서는 기능면 에서 월령체가 정령(政令)과 권농인 데 반해, 달거리는 유락(遊樂)이거나, 상사 (相思) 등으로 본다. 또한 수사법상 월령체가는 경계거나 명령 등의 산문적 어미가 대부분인 데 비해, 달거리는 감탄과 의문형의 시적 어미가 대부분이다. 또 인물 면에서도 월령체가에는 등장인물이 없는데 반해, 달거리에는 님이거나 부모 등 대상이 되는 인물이 있다는 등으로 그 차이점을 밝힌다.

간단히 어학사전에 설명된 '월령'의 풀이만 본대도, "한 해 동안의 정례적인 정 사(政事)나 의식(儀式), 농가(農家)의 행사 따위를 월별로 구별하여 적어놓은 표"라 했으니 과연 〈동동〉이 보여주는 내용과는 괴리가 있다.

기원전 3세기, 중국 진시황 즉위 초반에 승상 여불위(呂不韋)가 총 편집했다는 『여씨춘추(呂氏春秋)』 안에 '십이기(十二紀)'란 것이 있다. 일 년 열두 달로 나누어 해야 할 일과 하지 말아야 할 사항들을 정리해 놓은 것으로, 월령(月令)의 개념 안에 있다. 전한 시대에 나온 『예기(禮記)』에는 '월령편(月令篇)'이라고 하여 이것 이 아예 편명으로까지 올라가 있다. 여기서 열두 달 동안 행할 바의 정사를 기록하 였으니, 『여씨춘추』 중에 있는 기(紀) 12권인 십이기(十二紀)의 요약이라고 할 수 있다. 1세기에 반고(班固)가 지은 『한서(漢書)』의 '선제기(宣帝紀)'에도 "월령(月令)은 열두 달 정사의 기준이 되는 것(月令所以紀十二月之政)"이라고 하였다. 실제로 청(淸)나라 강희제(康熙帝) 때 오정정(吳廷楨)이 총괄해서 편수했다는 『월령집요(月令輯要)』가 있었고, 예외 없이 정치 지침서이다. 한편 『후한서(後漢書)』에 음악과 관련하여 '월률(月律)'의 말이 나오는 데 이 또한 월령과 동일한 뜻으로 쓴 것이었다. 대개 전통적으로 '月令'의 '令'자에 대해 '時令', '使也', '命也' 등으로 설명해 온바에 지침(指針) 내지는 교술(敎述)의 뜻임을 알겠다. 우리의 조선 후기에 나온 〈농가월령가(農家月令歌)〉 역시 권농(勸農)을 주제로 하여 농가에서 일 년 동안 해야 할 방향을 달의 순서에 따라 노래한 것이다.

그러므로 지금 보는 〈동동〉과 같은 점을 찾자면 단 한 가지, 다달이 순서적으로 전개시켰다는 외형적인 측면이 그럴뿐이다. 국가나 농가 기타 분야의 정례적인 연간 행사를 월별로 나눠 교술한 월령체와, 지금 여인이 님 그리는 상사(相思)의 정한을 월별로 나눠 그린 〈동동〉의 내용은 사뭇 동떨어진 것이다. 이 문제점을 포착한 임기중이 "달을 앞에 건 달의 노래"란 점을 살려 '달거리'라고 함이 타당할 것이라는 논지를 폈다. 또한 사전에서도 '달거리'를 "한 해 열두 달의 순서에 따라 노래한 시가의 형식"이라고 두루뭉술하게 정의한 바에, 이 용어가 보다 근리(近理)해 보이기는 한다.

그러나 문득 '달거리'에 대한 사전 풀이 중에는, "한 해 동안의 기후의 변화나 의식(儀式) 및 농가 행사 등을 달의 순서에 따라 읊은 노래"라 한 것도 있으매 거의 '월령'에 대한 정의와 같고, 반면 〈동동〉의 내용과는 여전한 거리가 있다. 달거리의 '-거리'를 '걸다'란 뜻 대신, '(일)거리'의 의미로 받아들인 소치인 양하다. 이에 '달거리'라는 용어 역시도 재고가 요청된다. 게다가 그 정의를 "한 해 열두 달의 순서에 따라 노래한 시가의 형식"이라고 한 〈농가월령가〉가 또한 달거리라 하겠으니, 그 차별성의 근거가 사라지고 만다. 그럴뿐 아니라 이 말 자체가 오랜 전통

속에 숙성된 단어가 아닌지라 아직 생경하다. 언뜻 듣고서 그것이 담고 있는 내용에 대해 감도 잡기 어려운 바에, 용어로서 소임을 다하기 어렵다. 따라서 일언지하에 쉽게 알아 들을만한 용어로의 대체가 아쉽다.

1959년에 음악사학자인 이혜구는 〈동동〉이 『돈황곡(敦煌曲)』의 〈십이월상사(十二月相思)〉와 관련이 있다고 발표한 바 있다. 『돈황곡』은 중국 감숙성 소재의 돈황에서 발견된 바 민간의 가사를 모아 놓은 총집으로, 여인의 이별이 상당수 수록돼 있다. 이후의 논자들도 관심을 갖는 분위기임에, 이에 약간만 옮겨 대조해 볼 필요가 있다.

그런데 기실 양자 간에 사의(辭意)가 직통한다 싶은 데는 거의 물색하기 어렵다. 같은 달끼리 놓고 애써 맞춰보려 하면 더욱 난감할 따름이다. 결정적으로 우리 쪽은 연모의 정이 2월 연등(燃燈), 5월 단오, 7월 백중, 8월 가배절, 9월 중양절 등 세시의 풍속을 품으면서 극진한데, 저 중국의 노래에서는 전적으로 여인 내면의 주정(主情)에만 의존해서 피력해 나갈 따름이었다. 일례로 한중(韓中)에 똑같이 대명절인 8월 중추의 가사를 견주어 본대도 그러하다. 〈동동〉에서 '가배 날이지만 임을 모셔 지내야만 오늘이 가배명절이렷다'고 했거니와, 이에 비해 중국 쪽 상사 노래는,

八月仲秋秋已闌	팔월 중추절이라 가을도 이미 저물어
日日愁君行路難	매일 그대 생각으로 고달픈 인생살이
妾願秋胡速相見	첩은 하루속히 만나보기만을 기다려
□□□□□□□	□□□□□□□□□□□□□□□

하여 잘 부합되지 않는다. 같은 7월 노래끼리 대조해 보아도 역시 맥락을 찾기 어려울 뿐이다.

七月ㅅ 보로매 아으 百種 排ㅎ야 두고,
니믈 흔디 녀가져 願을 비웁노이다.

七月孟秋秋已涼　　칠월 초가을, 서늘한 가을에
寒雁南飛數幾行　　남으로 나는 차가운 기러기 행렬
賤妾思君腸欲斷　　임 생각에 첩의 애간장 끊어지는 듯
□□□□□□□　　□□□□□□□□□□□□□

　　다만 〈동동〉 첫밭의 1월부에 '정월 내리는 물은 얼었다 녹았다 하는데 누리 가
운데 나선 몸이 홀로 지내는구나'와, 〈십이월상사〉 1월부에 있는 다음 글의 비교
안에서 자못 유사점을 초출(抄出)해 볼만하다.

正月孟春春猶寒　　정월 초봄은 따사론 듯 추운데
狂夫□□□□□　　그 임은 □□□□□□□□□
無端嫁得長征婿　　까닭 모르게 떠나 버린 저 임은
敎妾尋常獨自眠　　나만 혼자 무료히 잠들게 하네

　　'얼었다 녹았다'는 '따사론 듯 추운데'와 통하고, '몸이 홀로 지내는구나'는 '나만
혼자 무료히 잠들게 하네'와 연상됨이 있다. 그리고 〈동동〉의 여인이 11월 봉당자
리에 한삼 덮고 추위 속에 한둔하는 장면은 〈십이월상사〉 9월부의,

九月季秋秋欲末　　구월 늦가을, 가을도 막바지에
忽憶貞君無時節　　문득 임께서 제철 놓치실세라
□□錦被冷如氷　　무명이불 차갑기 얼음 같은데
與□□□□□　　□□□□□□□□□□□

및, 12월부의

十二月季冬冬極寒　　십이월 늦겨울 혹심한 추위에
晝夜愁君臥不安　　밤낮 님 걱정에 잠자리도 뒤숭숭

등에서 나우 근사성을 엿볼 만하다. 하지만 더욱 도두 보이는 부분은 4월부의
〈동동〉에서 '왔어라 꾀꼬리새여, 무슨 까닭에 녹사님은 옛 나를 잊고 계신가' 한
것과, 〈십이월상사〉 2월부에서의

貞君一去已三秋　　내 님 떠나가신 지 하마 삼년인데
黃鳥窓邊啼新月　　창가의 꾀꼬리 갓 뜬 달에 우니나니

라고 한 대목, 나아가 4월부 중의

妾今猶在舊日境　　전 여직껏 옛일 간직하고 있는데
君何不憶妾心竭　　어이 애타는 이 마음을 잊으셨나요

에서 세운 상관성이 감지되니, 어쩌면 〈동동〉의 제작 과정에 얼마간 참계(參稽)
삼은 것일는지도 모른다.

　이렇듯 〈동동〉이 〈십이월상사〉와 더불어 ⅰ) 형식상으로 같은 열두 달에 나누
어서, ⅱ) 내용상으로도 임에 대한 상사의 정을 하소연하고 있으매, 두 노래가
한 동아리처럼 동일 유형을 이루고 있다. 게다가 원조 노래인 〈십이월상사〉 했을
때의 '십이월'이란 표현이 어떤 형식의 노래인가에 대해 구실이 명백하고, '상사'
란 표현이 또한 내용 주제를 명확히 구분하는데 손색이 없다. 그런 까닭에 '십이월
상사체(十二月相思體)'라고 하면 수긍이 빠르고 의미도 핍진할 것인바, 이 전통의

용어 활용이 온당할 듯싶다.

동시에, 〈동동〉이 비록 자체로 월령가는 아닐지라도 후대에 〈농가월령가〉 같은 후대의 월령체 노래들에 일정 부분 영향을 주었을 가능성 역시도 가늠치 못할 바가 아니다. 아울러 〈동동〉 같은 열두 달 상사체가 후대에 잘 드러나지 않았던 일 또한 기이하다고 하지 않을 수 없는데, 그 이유는 또한 조선시대의 강고한 성리 유학사상과도 무관해 보이지 않는다.

『문헌비고』는 1770년에 홍봉한(洪鳳漢)이 편찬한 책이다. 이 책 안에 〈동동〉 관련한 아주 희한한 정보 하나가 일대 논란을 야기시켰다. 이 노래가 순천 장생포에서 위풍을 떨친 유탁 장군을 군사들이 찬미하여 지었다는 것이다. 영웅을 찬양하여 지은 군인의 노래가 여인의 애모가라니 댓바람에 메떨어져 보인다. 군사들이 노래의 작곡자라 함도 전고(前古)에 이숙(耳熟)지 않은 정보이다. 설상가상으로 군사들이 유탁에 대한 찬양가요라는 사실과, 조선조 가악의 목록에서 남녀상열의 음사(淫詞)이기로 삭제했다는 사실 간에 모순과 충돌 또한 이만저만한 것이 아니다. 그리하여 연구 초기에 양주동을 위시한 상당수의 논자들은 이 기록을 두고 단순한 기록상의 착오일 뿐으로 치부하였다.

거기 반해, 『문헌비고』의 이 기록을 그대로 신뢰하는 논지가 이에 맞섰다. 임기중은

『증보문헌비고』 권106 樂考17에 〈동동〉이 軍歌로 소개되어 있다.

『고려사』악지의 〈장생포〉라는 노래가 군사들이 유탁을 찬양한 노래라고 한 배경담과 『문헌비고』의 〈동동〉 기록을 하나로 묶어, "이 장생포의 군악이 바로 궁중의 연회악으로 상승한 것이 동동"이라는 의견을 펼쳤다. 그리하여 『문헌비고』의 이 희한한 기록을 둘러싸고 학계가 혼전(混戰) 묵수(墨守)의 상태를 보여 왔다. 반면 『악학궤범』에서의 〈동동〉 기사에는 그런 얘기 등은 전혀 없이 그냥 가무의 배경과 노래가사만 소개하여 있으니, 도무지 곡절 모를 노릇처럼 되었다.

이참에 관계 문헌들을 한 자리에 모아놓고 검토해 볼 이유가 생겼다. 저간 〈동동〉 노래의 정체성 논란 과정에서 크게 『고려사』, 『악학궤범』, 『신증동국여지승람』, 『증보문헌비고』 등의 자료가 동원되었다.

하지만 돌연 『문헌비고』에 〈동동〉이 곧 〈장생포〉라는 기이한 정보가 나타났다고 하여 이것을 가장 우선시로 대서특필할 일이 아니다. 우선은 책이 간행된 순서를 따라 살피는 쪽이 훨씬 냉철한 판단을 기할 수 있겠다. 『고려사』는 1451년, 『동국여지승람』은 1481년(신증여지승람은 1530년), 『악학궤범』은 1493년, 『문헌비고』는 1770년(증보문헌비고는 1907년).

가장 선행의 『고려사』에서는 악지(樂志)2 속악부에 〈동동〉과 관련한 기사 한 건을 소개해 있고, 같은 악지(樂志)2 및 열전24의 두 군데에 유탁 관련의 〈장생포〉 노래를 소개하고 있다. 먼저 〈동동〉 표제 하의 내용을 본다.

① 動動 : 動動之戱 其歌詞多有頌禱之詞 盖效仙語而爲之 然詞俚不載.

(『고려사』樂志2 俗樂)

'동동'이라는 놀이는 그 가사에 상당수 송축의 사(詞)가 들어 있는데, 대체로 시가에 뛰어난 이들의 말을 본따서 지은 것이다. 그러나 가사가 속스러워 기재하지 않는다.

『고려사』 악지 속악 조에 있는 〈장생포〉 노래 배경담

여기 '仙語'의 '仙'에 관해 논란이 많으나, 진실은 '뛰어나다'는 뜻 내지 '시가에 뛰어난 사람'을 의미하는 것이다. 아울러 이해의 편의를 위해 인용문 앞에 임시 번호를 매겨두었다. 이번에는 같은 악지(樂志)2의 속악(俗樂) 조에 표제지건(標題之件)을 〈장생포(長生浦)〉라고 한 것을 본다.

② 長生浦 : 侍中柳濯 出鎭全羅 有威惠 軍士愛畏之及倭寇順天府長生浦 濯 赴援 賊望見而懼 卽引去 軍士大說 作是歌. (『고려사』 樂志2 俗樂)

시중(侍中) 유탁(柳濯)이 전라도에 나가서 진수(鎭守)할 때 위엄과 은혜가 겸비하여 군사들이 그를 아끼고 경외하였다. 왜적이 순천부(順天府)의 장생포(長生浦)를 침범하자 유탁이 구원 나갔는데, 왜적이 그를 바라보고는 두려워하여 곧 철수해 버렸다. 군사들이 크게 기뻐서 이 노래를 지었다.

유탁의 군사들이 침노했던 왜구들이 퇴각하는데 따른 기쁨을 노래한 것이라 했다. 이어서 권111의 〈유탁〉 열전에 들어있는 사연을 본다.

③ 柳濯 : 倭寇萬德社 殺掠而去 濯以輕騎追捕 悉還其俘 終濯在鎭 寇不復犯 自製長生浦等曲 傳樂府. (『고려사』 열전24)
　　　왜구들이 만덕사에 침입하여 약탈해 가자, 유탁이 기병으로써 따라잡아서는 붙잡혔던 이들을 되돌려 왔다. 유탁이 진에 있을 때는 끝내 왜구가 다시는 범하지 못하였기에 스스로 〈장생포〉 등의 곡을 지었으니, 지금 악부에 전한다.

장생포 외에 만덕사란 공간에서의 활약 하나가 더해진 내용인데, 여기 거듭해서 〈장생포〉의 이름이 나온다. 관찬(官撰)의 지리서인 『동국여지승람』은 『고려사』의 출간 이래 꼭 30년 후에 나온 것인데, 이에서는 〈장성포(長省浦)〉라는 표제 하에 같은 유탁의 기사를 수록해 있다.

④ 長省浦 : 在府東六十里 高麗時 倭入寇 至是浦 柳濯將兵擊之 賊望見而引去 軍士大悅 作歌. (『동국여지승람』, 順天都護府, 山川)
　　　장생포는 순천부의 동쪽 60리에 있는데 고려 때 왜군이 침입하여 여기 이르렀으나 유탁이 군사를 거느리고 공격하였다. 이에 왜적들이 바라보다가 군사를 끌고 가버리니 군사들이 기뻐서 노래를 지었다.

이는 『고려사』 ②의 내용에 살짝 표현만 달리하여 원용한 것임을 한눈에도 간파할 수가 있다. 다만 『고려사』의 '장생포' 대신, '장성포'라고 한 것만이 다르다.
그 다음에 편찬된 『악학궤범』의 '동동' 조에서는 노래의 작가거나, 노래가 만들어진 연대에 대해서도 하등 소상(昭詳)해 놓은 바가 없다. 하물며 유탁이거나, 장생포, 장성포 같은 말 따위는 없으니, 망연(茫然)히 홀린 느낌이다.

『문헌비고』는 『고려사』나 『악학궤범』보다 거의 300년이나 후의 책이다. 그런데 『고려사』거나 『악학궤범』에선 한 번도 언급된 적도 없는 희한한 말을 '동동' 관련하여 제시한 말이 그만 시비논란의 사단이 되고 말았다. 바로 다음의 글이다.

⑤ 動動 : 合浦萬戶柳濯 有威惠 倭寇順天長生浦 濯赴援 倭望風潰 軍士悅之 作此曲以美之 李睟光云 頌禱之詞. (『증보문헌비고』 樂考17)
　　동동 : 합포만호 유탁(柳濯)은 위엄과 자애가 있었다. 왜군이 장생포에 침입하였을 때 유탁이 원군 나오자 왜군이 멀리 바라보고는 흩어졌기에 군사들이 기뻐 이 곡을 지어 찬미했다고 한다. 이수광은 이를 송도(頌禱)하는 가사라고 하였다.

여기서 글머리 타이틀을 '동동'이라 하고선, 『고려사』 악지에 나오는 〈장생포〉의 배경담을 소개해 놓았다. 300년 전의 『고려사』에서는 〈장생포〉라던 제목을 일약 〈동동〉으로 둔갑시켜 버린 통에 일대 혼돈이 야기된 것이다. 그리고 이를 빌미로 〈장생포〉가 곧 〈동동〉의 전 단계 노래라는 논의가 처음 대두하였다.

하지만 『고려사』 기록 ①의 〈동동〉 관계 기사에서는 암만 괄목해 본대도 유탁과 관계된 얘기는 전혀 없다. 두 문헌 간에 상호 보완은 고사하고 오히려 상충만 나타났을 뿐이다.

하물며 『문헌비고』는 『고려사』를 논핵하는 양 권106의 악고(樂考) 17에 『고려사』와 똑같은 명칭인 '장생포'라는 팻말 하에 다른 내용의 기사를 올렸다.

⑥ 長生浦 : 柳濯破倭寇於萬德社 悉還捕獲 寇不復犯 濯自製長生浦曲 傳于樂府. (『증보문헌비고』 樂考17)
　　장생포 : 유탁이 만덕사에서 왜구를 격파하고 포획한 것을 모두 돌려주자 왜구가 다시는 침범하지 않았다. 유탁이 이에 〈장생포〉 곡을 지었거니, 악부에 전한다.

『고려사』에서는 유탁의 군사들이 유탁을 기리고자 지은 노래가 〈장생포〉라고 했더니, 여기『문헌비고』에서는 유탁이 왜구 진압에 득의양양하여 직접 지어 부른 노래가 〈장생포〉라고 하여, 다시금 혼란이 가중되었다. 논자 중엔『고려사』의 것은 '장생포', 『문헌비고』의 것은 '장생포곡'이라고 하여 각기 다른 존재라고 했으나, 지금 보면『증보문헌비고』의 표제 역시 '장생포'일 뿐이다. 해설 중에 '장생포' 곡조란 뜻으로 '장생포곡' 했을 뿐이니, '찰찰불찰(察察不察)'이란 말처럼 지나치게 세밀하다가 실상을 놓친 셈이다. 이렇게 같은 제목을 놓고 두 문헌 사이에 저어(齟齬)가 발생했으니, 결과적으로 〈동동〉의 내력을 알기 위한 목적에『고려사』와『문헌비고』간에 원만한 합의와 협조를 얻기는 틀어진 꼴이 되었다. 둘 중 하나는 신빙성에 제동이 걸릴만한 귀책사유를 면하기 어려워 보인다.

이 경우 무게 비중이 높은 앞 시대의 문헌들이 세워놓은 정보들을 몇 백 년 뒤의 문헌이 일언반구 경위의 해명 없이 초들어 뒤바꿔 놓았다면, 그런 쪽의 신뢰 비중을 높여 보기는 어렵다. 초기에 양주동, 조윤제를 위시하여 상당수의 논자들이『문헌비고』의 착오라 한 것도 무리함은 아니다. 외양만으로도 〈동동〉 13연의 서정적 자아는 딱한 정지(情地)에 처한 여성이며 임은 무정한 남성이 명백한데, 유탁 장군의 군사들이 자신들의 영웅을 받들어 찬양하는 일에 무슨 연유로 실연한 여성의 상사병적(相思病的)인 내용을 노래했다는 것인지 아무리해도 동이 닿지 않는다. 하물며 〈동동〉 열두 달 사연 간에 살아있는 임인지 이미 세상 떠난 임인지 그 켯속이 제각각이라 갈피를 잡을 수 없으매, 영웅을 위한 찬양의 노래라고 하기에 못내 어색감을 면치 못하였다.

결과, ④『증보문헌비고』기록상의, 군사들이 기뻐서 여성의 비극적인 서정시인 〈동동〉을 지었다는 말의 무리함보다는, ②『고려사』에서 군사들이 기뻐하여 군공(軍功) 현장의 지명인 〈장생포〉를 지었다는 쪽이 단연 합당해 보인다.

하지만 그렇게 어긋나는 와중에도 공통점은 있으니, 유탁의 군사들이 노래를 지어 불렀다는 사실이다. 따라서 이를 외면하지 않는 반영이 필요하다. 그랬을 때 군사들의 작곡이란 게 비록 일반적인 일은 못되지만, 용혹무괴(容或無怪)한 일로 생각해 볼 수도 있다. 마침 여기 대한 완충론으로서, 군사들이 지었다는 군악은 전적인 창작이 아니라, 기존에 숙성되어 있던 달거리 민요를 바탕으로 보완 창출했을 것이라는 견해도 나왔다.

이 경우에 분량 면으로도 길지 않았으리라는 추측도 가능할 수 있을 터이다. 사실 군사들 기준에서 그 유장(悠長)한 13수 가사 전문(全文)을 일일이 다 지었다는 일은 암만 생각에도 영절스럽지 못하다. 『고려사』에는 있지도 않은 군사 창작설인데도 200년 뒤의 문헌을 어떡해든 신뢰하겠다는 차원에서, 유탁의 군사들이 노래에 관여했을지언정 기껏 13연 〈동동〉의 전체는 아닌, 일부로서만 수긍이 가능하다. 곧 유탁을 위해 만든 '동동' 한 작품이 별도 존재했다면 그것은 대개 오늘날 유전되는 가사 〈동동〉 중에 송도(頌禱)적인 성격을 띤 한두 조각 편린(片鱗)이었을 개연성의 타진이다. 그리고 바로 이 단가 형태의 유탁 찬양가가 궁중의 별곡으로 유입되면서 대폭 확대 변양(變樣)되었다고 한다면 문득 이해가 순조로워진다.

추리는 보다 적극성을 띨 수 있다. 〈장생포〉가 궁정악 〈동동〉으로 간 과정이었다고 할진대 『문헌비고』는 무슨 이유로 군사들의 노래를 '장생포'로 적지 않고 '동동'으로 기록하였던 것일까? 혹 어쩌면 군사들이 작곡했다는 '동동'이 오늘날 우리가 보는 그 〈동동〉과는 다른 곡은 아니었을까? 앞서 '동동'이 노래 제목으로서 별반 순리롭지 못함에 대해 언급했지만, 한 걸음 더 나아가 이것이 단독의 가요 이름인지, 장르 이름인지도 모호하여 의심스런 국면이 없지 않았다.

고려 때 연등회와 팔관회는 고려시대에 거국적인 대행사였다. 이때 우리 고유 전통의 향악에 맞춰 추는 춤을 향악무(鄕樂舞)라고 했다. 향악무에는 무고(舞鼓), 동동무(動動舞), 아박무(牙拍舞), 학무(鶴舞)가 있었다고 한다. 조선시대까지도 이

어졌는데, 동동무(動動舞)는 특히 섣달 그믐날 궁중에서 행하던 나례(儺禮) 뒤에 처용희(處容戲)와 함께 공연되기도 하였다. 그러나 성리학이 고조된 중종(中宗) 때 '남녀상열지사(男女相悅之詞)'라 하여 〈정읍사(井邑詞)〉와 함께 폐지된 사실이 있다. 향악정재 중 하나인 '동동무'는 바로 고려 별곡 〈동동〉 가사 위에 실은 궁중무용이다. 이것의 공연에 아박(牙拍)을 들고 거기에 맞는 형식에 맞춰서 춘 아박무(牙拍舞)의 한 가지 형태인 것이다. 그런데도 동동무와 아박무를 따로 분류했음은 무슨 이유에서였을까?

무릇 위에 열거한 것들 중의 나머지인 무고(舞鼓), 아박무(牙拍舞), 학무(鶴舞) 등은 이것이 어떤 한 작품명이 아니라 그냥 춤의 장르 명 가운데 하나로만 여겨진다. 아박무와 학무야 진작 장르 명으로서 무난해 보이고, 다만 문제는 무고이다. 〈정읍사〉는 가사[문학]와 곡[음악] 단계의 이름이고, 〈무고〉는 춤[무용]의 단계로 확대된 이후의 명칭이니, '정읍사→무고'의 단계로 착실히 진행된 셈이다. 말하자면 '정읍사'의 춤 버전 명칭이 '무고'라는 것인데, 사실은 이같은 조치는 어딘가 합리적이지 못한 국면이 있다. 차라리 '정읍무(井邑舞)'라고 했다면 단일 무용곡 이름인줄을 곧장 인지할 만했는데, 생뚱맞게 '무고'라고 했다. 하지만 무고란 북소리에 맞춰 춤을 춘다는 말이고, 정재란 궁중무용이란 뜻이니, '무고정재'는 북소리에 맞춰 춤추는 공연이란 뜻의 일반명사이다. 그러면 무고란 차라리 장르 이름에 가까운 것이다.

이처럼 진행 과정이 꽤 잘 구분돼 보이는 '정읍사→무고' 관계도 이렇듯 애매한 국면이 있거늘, 거기 비해 지금 이 '동동'의 경우는 그 절차부터도 불투명하기 그지없다. 곧 『악학궤범』과 『고려사』의 기록 안에서의 '동동'은 문학과 음악을 바탕으로 그 안무(按舞)까지 포함한 상태의 명칭이었다. 문학과 음악 단계의 이름은 무엇인지 막연한 가운데, 시(詩)·가(歌)·무(舞)의 삼위(三位)가 일체 융합된 형상으로서의 '동동'이란 이름만 남은 셈 되었다.

게다가 위에서 동동무가 더 큰 개념의 아박무에 속함에도 그냥 이것을 별개의 단위로 세워 열거하는 현상을 보았거니, 동동무가 혹 단독 작품 명이 아닐지도 모른다는 의심이 처음 고개를 들었다. 더더욱 노래 제목으로 했다던 '동동'이 북소리의 의성어라고 하는 사실도 석연한 일은 아니었다. 그리하여 어쩌면 '동동' 또한 북에 맞춰 부르는 음악 춤의 한 장르라는 데 생각이 미친다.

나아가 유탁의 군사들이 부른 노래가 필시 '동동'이라 했으매 그 사실을 삼가 인정하되, 여기 〈동동〉이 어쩌면 『악학궤범』에 실려 있는 그 〈동동〉이 아닌 것은 아닐까? 앞서에 '동동'은 고유한 노래의 제목이 아닌, 고려 당년에 무고정재처럼 당시 음악 공연의 한 형태인 것으로 보았다. 또 북을 두 차례 연타하는 소리에 말미암아 생긴 명칭이라고도 했다. 그렇다면 지금 『악학궤범』 안에 소개된 〈동동〉의 경우에만 북소리 의성어를 들어 제목 삼았던 것일까? 혹시 그때 유탁의 군사들이 유탁을 탄양할 때 연주하던 노래에 또한 연타의 고성(鼓聲)이 귀에 인상적이라 군사들이 쉽게 '동동'이란 동일 호칭을 들어 제목처럼 말했을지 또한 모를 일이다. 이를테면 '동동'을 고유명사로 인지하는 대신, 하나의 보통명사처럼 생각해서, 이도 또한 북소리가 특징적이니 그리 부르면 되겠다 하고 부담 없이 그렇게 불러왔던 제삼의 노래를, 뒤에 『문헌비고』의 저자가 그대로 기록한 것은 아닐까 하는 추정이다.

그런데 마침 조선 전기 9대 임금인 성종 12년에 다음과 같은 회심(會心)의 기사가 나옴에 참으로 이 추론이 틀린 것이 아닐 수 있다는 생각에까지 미친다. 곧 그해 8월 3일에 중국의 사신을 인정전(仁政殿)에 맞이하여 베푸는 잔치 속에 왕과 중국 사신이 나눈 대화의 한 장면이다.

月山大君 婷行酒時 童妓起舞 上使曰 是何舞耶 上曰 此舞 自高句麗時已有之 名曰動動舞 上使曰 此舞則好矣 頭目等戲蟾舞亦好 欲令舞之 上曰 隨大人

之意 而使之呈戱 不亦可乎 上使卽呼頭目來舞 烏山君 澍行酒 上使曰 殿內侍
衛宰相 承旨 內官 請賜酒 上從之 領議政鄭昌孫等 以次行酒.

『성종실록』권132, 성종 12년 8월 3일 을사일의 기록이다. 월산대군(月山大君)
이정(李婷)이 술을 돌릴 때에 동기(童妓)가 일어나서 춤을 추니 상사(上使)가, "이것
이 무슨 춤입니까?" 물었다. 이에 임금이, "이 춤은 고구려 때부터 있었던 것으로
동동무(動動舞)라 하지요." 하였다. 상사가 말하기를, "이 춤도 좋지마는 두목(頭目)
등의 희섬무(戲蟾舞)도 좋으니, 추라고 하셨으면 합니다." 하니 임금께서, "대인의
뜻을 따라 놀이를 하게 함이 좋으리." 이에 상사가 곧 두목(頭目)을 불러서 춤추
게 하였다. 오산군(烏山君) 이주(李澍)가 술을 돌리자, 상사가 말하기를, "전내(殿
內)에서 모시고 있는 재상과 승지, 내관들에게도 술을 내리시지요." 하니, 임금이
그 말을 따라 영의정 정창손(鄭昌孫) 등에게 차례로 술을 돌리게 하였다.

고려의 동동무가 동동 곡(曲)과 어우러져 처음 탄생을 본 고유한 춤으로만 알았
는데, 진작 고구려 시절부터 '동동무'란 게 있었다니 경아(驚訝)할 일이 아닐 수
없다. 하물며 지금 조선 전기의 성종 임금조차 고구려 당시의 춤을 의연히 감상하
고 있다니 당혹할 판이다. 성종의 주연에서 베풀어진 그 〈동동무〉가 진정 고려의
속악정재인 〈동동무〉와 같은 것이라면『고려사』악지와『악학궤범』에서 고구려의
춤으로 소개해야 하거늘, 고려의 속악정재라 한 것은 일약 오류로 판정해야 할
판이다.

지금 조선의 '동동무'가 바로 고구려 '동동무'라고 한 성종의 말을 그대로 수용
한다 손, 여전히 고려 '동동무'와의 관계는 상고하기 어려울 뿐이다. 하지만 자리
의 분위기로 봐서는 어린 기생 혼자가 일어나 안무한 듯 보이고, 또한 여러 기녀들
의 춤과 노래가 병행된 느낌이 전혀 없기에, 저 고려시대의 기녀 그룹이 아박과
함께 대규모로 연출해 낸 그 '동동무'는 아닌 성싶다. 또 다른 동동무에 속하는

춤인가 하니, 궁극에 동동무가 궁정무의 여러 장르들 중 하나일 개연성은 높기만 하다. 그러면 이제 악곡명으로서의 '동동'이 또한 작은 단위의 작품 이름이 아닌, 큰 단위 장르 이름이 아닐까 보랴.

10
만전춘 滿殿春

불변의 사랑에 대한 소망을 노래한 연장체(聯章體)의 고려가요 〈만전춘(滿殿春)〉은 가장 화젯거리 풍부한 별곡이었다.

그러나 이제 별곡의 칭호와 연관하여 여기선 만전춘의 뒤에 '별곡(別曲)' 대신 '별사(別詞)'란 말이 덧붙어 있었다. 자칫하면 〈만전춘〉에 무슨 원래가사로서의 원사(原詞)가 따로 있고 이와는 또 다른 가사인 별사(別詞)가 따로 있는 것인가 등의 난센스마저 유발될 수도 있다. 대신, 이 명칭에 대해서 살피건대 조선시대에도 동일 표제의 〈만전춘(滿殿春)〉이 있었으니, 이를 의식한 이름이라 함이 대세인 양하였다. 곧 조선의 사대부가 한문의 악장 형식으로 지은 그 〈만전춘〉 가사와 구별되는 별도의 노래 가사임을 명시하기 위한 작명이라는 것이다. '별곡'이란 말 자체가 고려 당년에 기존의 정통음악 외에 별도·별개로 왕의 성색(聲色) 취향을 위해 만든 노래이기에 일단 이 짐작에 무리는 없어 보인다.

이와는 다르게 고려가요 〈만전춘〉이 남녀상열지사로 지탄 받음에 따라 별사라 한 듯싶다는 추측도 있지만, 별사란 말 안에 무슨 비하(卑下) 내지 폄하하는 의미가 담긴 것은 아니었다.

무릇 고려가요의 표제는 〈청산별곡〉·〈서경별곡〉처럼 곧장 별곡임을 명시하기도 하지만, 〈가시리〉·〈동동〉·〈정석가〉처럼 별곡이란 말을 굳이 세워 쓰지는 않는 경우라 해도 별곡임엔 틀림이 없는 것이다. '別' 자와 '曲' 자 두 글자로 못박아 말해야만 별곡의 뜻이고, 이 두 글자가 충족되지 않으면 별곡이 아닌 바가 아니다. 그나마 〈만전춘〉에서 '별사'라는 표현이나마 한 것은 저 〈가시리〉·〈동동〉과 같이 생략돼 버린 경우에 비한다면 훨씬 자상한 소개라 할만하다.

요컨대 별사란 말은 '별곡의 가사'란 말로서 순탄하다. 곧 노래를 기준해서 말하면 별곡(別曲)이겠고, 가사 중심으로 표현할 경우는 '별사(別詞)'라 한 것에 다름이 아니다. 『악장가사』 원전에 만전춘 '別詞'로 표기해 놓음도 그 곡조가 아닌, 가사를 강조한 결과일 따름이다.

하물며 '별곡'이란 말 자체가 이미 여러 개의 이칭을 갖고 있었다. 저 『고려사』 기록을 섭렵하다 보면 별곡의 뜻으로서 '신성(新聲)'이란 말이 쓰였는가 하면, 간혹은 '신조(新調)'란 표현으로 대신 되기도 했다. 모두 기존에 있는 음악 이외의 새로운 소리 또는 가락이란 뜻이다. 또 익재(益齋) 이제현 같은 이가 '신사(新詞)'라고 했음도 역시 새로운 음악 즉 별곡인 '신성(新聲)'을 가사 기준에서 구사한 표현일 뿐, 동의이명(同義異名)에 다름 아니다.

결국, 이 〈만전춘〉 별사 역시 궁중에서 잔치를 벌일 때 속악정재에서 불렸던 별도의 악곡 곧 별곡이었던 것이다. 이제 『악장가사』에 실린 바로 그 별사부터 음색(吟索)해 본다.

어름 우희 댓닙 자리 보와 님과 나와 어러주글만뎡
어름 우희 댓닙 자리 보와 님과 나와 어러주글만뎡
정(情)둔 오늜범 더듸 새오시라 더듸 새오시라

경경(耿耿) 고침샹(孤枕上)애 어느 ᄌᆞ미 오리오
셔창(西窓)을 여러ᄒᆞ니 도화(桃花)ㅣ 발(發)ᄒᆞ두다
도화는 시름업서 쇼츈풍(笑春風)ᄒᆞᄂᆞ다 쇼츈풍ᄒᆞᄂᆞ다

넉시라도 님을 ᄒᆞᆫ듸 녀닛경(景) 너기다니
넉시라도 님을 ᄒᆞᆫ듸 녀닛경(景) 너기다니
벼기더시니 뉘러시니잇가 뉘러시니잇가

올하 올하 아련 비올하
여흘란 어듸 두고 소해 자라 온다
소콧 얼면 여흘도 됴ᄒᆞ니 여흘도 됴ᄒᆞ니

남산(南山)애 자리 보와 옥산(玉山)을 벼여 누어

금슈산(錦繡山) 니블 안해 샤향(麝香) 각시를 아나 누어

남산(南山)애 자리 보와 옥산(玉山)을 벼여 누어

금슈산(錦繡山) 니블 안해 샤향(麝香) 각시를 아나 누어

약(藥)든 가슴을 맛초옵사이다 맛초옵사이다

아소 님하 원디평싱(遠代平生)애 여힐술 모르옵새

맨 뒤 한 행으로 된 "아소 님하 원대평생(遠代平生)애 여힐술 모르옵새"도 미흡한 대로 한 개의 연으로 본다고 전제할 때, 전체 6연 짜리 노래인 셈이다.

다른 별곡들에 비해 연간(聯間) 행수(行數)의 변화가 심해 형식상 가장 파격(破格)이라 할 만하다. 하지만 해독은 다소 용이한 편이라 어의를 따로 풀이할 일이 상대적으로 적다.

『악장가사』에 실린 〈만전춘〉

2연에서 "경경(耿耿)"은 '마음에서 잊히지 않고 걱정 됨'이라는 뜻의 명사이다. "여러하니"는 '여니'인데 리듬상 4음절로 부연한 것이다. "쇼츈풍(笑春風)ᄒᆞᄂᆞ다"는 '봄바람에 웃는구나'.

3연은 〈정과정〉의 가사와 거진 다를 바가 없다. '녀닛경(景)'은 '녀다(行)' 어간에 '니(지속형)+ㅅ(사잇소리)'이 합친 말로 '살아갈 모양'으로서 순조롭다. "너기다니"는 '여겼더니(念)'·'생각하였더니'. "벼기다"는 '우기다', '맹세하다', '어기다' 등 안에서 종잡지 못하는 실정이다.

4연의 "아련 비올하"에서 "아련"은 '연약한', '어린', '딱한' 등의 세움이 있다. "비올하"의 '올하'는 '오리'의 고어인 '올ㅎ'에 호격조사 '아'가 더해진 것이다. '비오리'는 '쇠오리보다 좀 크고 날개는 자줏빛으로 찬란한 오리'이다. "여흘"은 '여울'의 옛말이니, '물살이 세게 흐르는 곳'이고, "소해"는 '연못에'. 위의 '올ㅎ'처럼 ㅎ끝소리를 갖는 특수명사 '소ㅎ'에다 처소격조사 '애'가 첨부된 것이다. "자라온다"의 'ㄴ다'는 옛 국어에 의문형 종결어미이니, '자러 오느냐?'의 뜻. 이때 '비오리'는 바람둥이 님을 에둘러서 한 말이고, 연못은 화자 여인, 여울은 다른 여성을 은유한다고 보는 것이 통상이다. 하지만 반대로 못을 다른 여인으로, 여울을 주인공 화자로 보기도 한다. 이 경우 다른 여인과의 관계가 시들해지면 다시 주인공 여인에게로 돌아오겠다는 뜻. 이밖에 비오리는 임이 새로 사랑하게 된 예쁜 여인, 연못은 '임과 함께 정사를 나누는 공간'이란 설, 그런가 하면 여울은 '몽고여성', 연못은 '고려의 여인', 비오리는 '고려에 들어온 몽고인'으로 보는 설, 나아가 못이나 여울이 각각 궁궐 안팎을 나타낸다는 설 등도 있었다. 이렇게 서로 다른 풀이에도 불구하고 이 모두에 공통점은 있었으니, 하나같이 관계의 파탄이라는 정황에서 예외가 없었다.

이상의 예측들과는 딴판의 것도 있다. 비오리가 임이 아닌, 새로 접근하여 들이대는 제삼자 남성으로 보는 상황에서 주인공 여인이 제삼의 남성으로부터 수작을 당하기도 하지만, 그러한 유혹 따위 아랑곳없이 임에 대한 일편심을 다짐한다는 의미로 선회한다. 이 순간 파탄이 아닌, 사랑이 한층 굳고 오달진 쪽으로 상승세를 타게 된다. 그러나 은근 비사쳐 묘사한 이 대목을 정작 노래 작사자는 어떤 의중으로 지었는지, 나아가 당시의 감상자 층은 어떤 방향으로 알아들었을지 궁겁기 짝이 없다.

5연의 '안해'도 '안ㅎ'(內)에 처소격 '애' 조사가 합쳐진 것. "사향각시"는 '향을 몸에 지닌 예쁜 여자'·'매력 넘치는 여인'을 형상화한 것이다. "藥든 가슴"에서의 약에 대해서는 '상사병을 고치는 약', '사향이 담긴 향낭', '외로움을 달랠 약' 등의 헤아림이 있었다.

6연의 "아소"에 대한 접근은 크게 감탄구 '아아' 및 '알아주소서', 또는 '마옵소서'의 안에서 불일(不一)하다. "모ᄅᆞᆸ새"의 '새'는 존대법 청유형종결어미인 '-사이다'의 줄임 형이다.

이상을 바탕으로 현대어로 바꾸면 대개 이러하리라.

[1]
얼음 위에 댓닙 자리 펴서
임과 나와 얼어 죽을망정,
얼음 위에 댓잎 자리 펴서
임과 나와 얼어 죽을망정,
정 둔 오늘 밤 더디 새오소서, 더디 새오소서.

[2]
근심 서린 외로운 잠자리에 무슨 잠이 오리오.
서쪽 창문을 열어보니
복사꽃이 피고 있구나.
복사꽃은 시름없이 봄바람에 웃네, 봄바람에 웃네.

[3]
넋이라도 임과 함께 하자고
임과 함께 하는 줄만 여겼더니,
넋이라도 임과 함께 하자고
임과 함께 하는 줄만 여겼더니,
어기던 이가 누구였습니까? 누구였습니까?

[4]
오리야, 오리야,
가련한 비오리야.
여울은 어디 두고
연못에 자러 오느냐?
연못 문득 얼게 되면
여울도 좋으니, 여울도 좋으니.

[5]
남산에 잠자리 보아
옥산을 베고 누워,
금수산 이불 안에서
사향 각시를 안고 누워,
남산에 잠자리 보아
옥산을 베고 누워,
금수산 이불 안에서
사향 각시를 안고 누워,
사향이 든 향기론 가슴을 맞추십시다. 맞추십시다.

[6]
아아, 임이시여, 원대 평생에 이별 모르고 지냅시다.

우선 표제로 올라간 '만전춘(滿殿春)'이란 말의 뜻이 무엇인지에 대해서도 의견이 고르지 못하였다. 글자 자체로는 '궁전에 가득한 봄', 또는 '궁전에 봄 가득하다'는 말이지만, 내용 전반과 견주어 썩 와 닿지는 않아 뵌다. 그야말로 능견난사(能見難思)라는 말처럼, 보면서도 정확히 어떠한 영문인지를 알아내기가 어렵기만 하다. 앞서의 가설대로 일단 기존에 향유하던 '만전춘'이라는 곡조가 있었고, 새로 6연으로 합성해낸 가사들을 거기 맞춰 넣었기에 제목도 따라서 '만전춘'이라 했다고 안쫑잡을 수도 있다. 마치 조선조에 윤회 등이 새로 제작한 악장의 가사를 고려 〈만전춘〉 악보에 맞춰 담고는 그리 제목 붙였던 것처럼.

달무리 차부자 筆錄의 〈만전춘〉 全詞

수수께끼와도 같은 이 표제에 동 대기 위한 논자들의 별궁리(別窮理)도 나왔다. '전(殿)'은 '후전(後殿)'을 의미하니, 외부와의 단절 속에 고독한 후궁들의 노래일 것으로 진단하면서, 작품 역시 그들에 의해 지어졌다고 본다. 따라, 못과 여울이 다 궁녀를 뜻하며, 5연에 등장하는 사물들도 궁인들의 세계와 관련 있다고 주장한다. 그런데 혹 궁녀들의 삶의 애환을 노래의 소재로 삼았을는지는 모르지만, 전적으로 그녀들 창작이라고는 보기는 난감한 국면이 있다. 제1연 같은 것은 그 바탕이 민간의 노래로 간주된다 하고, 또 한시 투의 가사도 섞여 있다. 게다가 이것이 어차피 당시 왕의 성색(聲色) 취향을 위해 만든 별곡인지라, 음곡에 넣을 가사를 전담하는 궁정 내 지식인 작사가의 손길을 거치지 않을 수 없었다.

진일보하여, '전(殿)'은 후전(後殿)이 아닌 '무대로서의 궁전', '만(滿)'은 참여자 무리가 '만원(滿員)'을 이루다, '춘(春)'은 배우 노릇의 '기생'이라는 특이한 논지도 없지 않았다. 하지만 '春'에 차라리 '술'이라는 뜻은 있어도 '기생'이란 의미가 있는지 생소하다. 그보다 '춘(春)'에는 '청춘(靑春)'이라 할 때의 '젊은 나이'란 뜻, 그리고 '춘정(春情)'이나 '춘화(春畫)' 할 때처럼 '남녀의 정(情)' 및 '정욕(情慾)'이란 의미도 있으니 차라리 이런 개념들로 적용했을 시에 모호함이 덜해진다. 그럼에도 3·4연은 그 몰입하는 바가 육체적인 것 아닌 정서적인 데 있으니 이 풀이로써 또한 두루 원만을 기하기 어렵다.

그런데 마침, 조선시대에 궁중의 정재(呈才) 때 추던 향악(鄕樂) 춤으로 〈춘광호(春光好)〉라는 것이 있다. 글자 그대로 '봄빛 좋을시고' 라는 말이다. 또, 만전춘(滿殿春)의 '만춘(滿春)'과 무관해 뵈지 않으니, '춘만(春滿)'이란 어휘가 있다. '봄이 가득하다'는 뜻과 함께 '평화스러움'을 나타내는 뜻이다. 그리하여 〈滿殿春〉 표제에서의 '春'은 '평화로운 봄날' 정경을 지시한 의미로서 무게감이 더해진다.

1연에서는 얼음 위 댓잎자리를 세워 죽음들을 초극하는 뜨거운 사랑 및, 님과 오랫동안 함께하고 싶은 소망을 곡진(曲盡)하였다.

2연은 님 생각에 잠 못 이루는 밤의 정경(情景)이다. 상사일념(相思一念)에 빠진 화자가 님의 부재로 인한 번민의 형상과, 자신의 암암한 처지를 창밖의 명랑한 복사꽃과 대비시켜 고독감을 극명(克明)하였다.

3연에서는 영원히 함께하자는 맹서를 어기고 떠난 님의 처사에 대해 원망하였다. 원망도 사랑의 다른 표현이라 한다면 앞의 1, 2연과 함께 여전히 님에 대한 원모(怨慕)·애모(愛慕)를 표백한 것이지만, 동시에 시련에 든 여인 화자의 곡경(曲境)을 암시해 주는 대목이기도 하였다.

4연에서는 돌연 자기 연인인지 제삼자인지 불분명한 남자의 방탕한 여성 편력에 대해 오리, 여울, 소(沼) 등의 비유를 동원하여 나무라는 듯 혹은 희영수하는 듯한 대화가 펼쳐진다. 동시에 여태까지의 여인 목소리가 아닌 수럭수럭한 남자의 허룽거리는 발성이 처음 드러났다. 이 노래에 대화체의 틀이 들어서는 순간이기도 하였다.

5연에서는 님과의 간절한 육체적 욕망을 표출하였다. 하지만 그 주체가 여성 당사자 같지 않아 납득치 못할 상황이 발생했다. 기왕에 1~4연까지를 여성 화자의 목소리로 보는 데 반해, 5연에 들어서면 그 인식을 유지하기 어려워진다. "옥산(玉山)을 벼여 누어 금슈산(金繡山) 니블 안해 샤향(麝香) 각시를 아나 누어" 중 맨 끝의 "샤향(麝香) 각시를 아나 누어"라는 대목 때문이다. 사향은 사향노루 수컷 복부에 지름 3cm 정도의 주머니 모양인 향낭(香囊)에서 얻은 분비물의 건조물이다. 흑갈색의 가루로서, 약품 내지는 고급 향료로 사용된다. 각시란 갓

사향이 들어있는 향낭.
이 주머니 안의 분비물을 건조시켜 향료를 만든다.

결혼한 젊은 여자 즉 새색시란 말이니, 향내 그득한 새색시를 안고 누운 이에 대한 연상의 우선성은 남성에 있다. 결과, 윗 연에서 대화체가 돌발했던 데 이어 문득 노래 화자의 성별이 바뀌어드는 기이한 현상까지 벌어지니, 통일감이 결여된 산발적 노래라는 이미지를 면치 못했다. 한편, "사향각시"를 그냥 '사향주머니'에 대한 의인화로 보는 입장도 있었고, 그런 관점에선 노래의 화자는 의연히 본디의 여성으로 남게 된다.

6연은 두 가지 해석이 가능하다. 하나는 1연~5연의 의미를 승계하는 분위기에서 이 또한 사랑하는 애인과 이별하는 일 없이 길이길이 함께 하자는 기원의 말로서 합당할 수 있다. 그런가 하면 저 〈동동〉 및 〈정석가〉의 첫머리에서 보았던 것처럼, 놀이에 참여한 임금께 올리는 송축의 구호(口號)로 본대도 나름 일리 없지 않다. 고려 별곡엔 감상자로서의 임금이 함께 하였던 엄연한 사실이 있고, 〈만전춘〉의 마지막 연 역시 그러한 분위기 속에서 우러난 치하의 메시지로 간주함이 못내 악지스런 것은 아니다.

그런데 전체로서 볼 때 4·5연은 앞의 1·2·3연과의 연결이 부자연스럽다. 일반적으로 〈만전춘〉의 주제를 말할 때 님과 이별 없는 사랑을 누리고자 하는 소망을 노래했다고 하는데, 그것은 기껏 1·2·3연까지 안에서 적용 가능한 평이다. 4연은 다른 여인과 방탕한 생활을 하는 님의 모습을 그려 있고, 5연은 아예 남성의 처지에서 육체의 탐닉 쪽으로 돌변을 나타내고 있다. 결국 〈만전춘〉이 전체적으로 오로지 이성에 대한 애욕(愛慾)에만 침잠하는 품이 다른 생각은 끼어들 여지가 없다. 따라서 이 노래의 주제 역시 이성에 대한 정신적 육체적 잠착(潛着)이라 함이 더 핍진하다. 바로 조선조에 이 노래를 금기하고 폄훼했던 이유이기도 하였다.

또한 6개의 염정 가사들이 순차적인 연결 대신 산만하게 나열되다보니 유기적인 의미의 통일성이 결여되는 모양새가 되고 말았다. 따라서 노래 전체의 줄거리를 설명하자 해도 장애가 만만치 않다. 게다가 1~4연까지는 여성 화자의 목소리였다가, 5연에서 급작이 남성 화자로 돌변하는 양태까지 나타났다. 더하여 최종 6연은 바로 앞의 성애(性愛) 장면에 뒤미처 사랑을 위한 소망인지 왕에 대한 구호(口號)인지 모를 애매한 내용에다, 딱 한 줄로만 처리한 형식의 파격 또한 매우 도드라져 보인다.

그 뿐이 아니다. 분련체(分聯體)임에도 각 연을 구분하는 후렴구가 없는 현상 역시 일반적이지 않으며, 1·3·4연이 순 국어 어휘 일색인 반면 2연과 5연에서 문득 한자 어투로 변양(變樣)을 나타낸 것 역시 통일성이 결여되었다. 결국, 이 노래는 당대 유행하는 노래들의 별곡화 내용 중에 종요로운 것들을 혼성(混成)해서 만든 합성가요임이 굳건히 타당하다. 그런 중에 〈서경별곡〉처럼 시간적·인과적인 연쇄성을 띠면서 전개되는 노래가 있고, 〈동동〉처럼 줄거리 없이 즉흥 위주로 나열된 노래도 있거니와, 여기 〈만전춘〉 같은 경우는 후자에 준한다.

하지만 해석의 방향에 따라서는 〈만전춘〉이 연쇄성을 띤 서사적인 노래가 될 수도 있다. 곧 4연에서 방탕한 비오리가 여주인공의 남자가 아니라 제3의 다른 남자로 관측할 경우, 용케 오직 한 남자만을 지키는 여인의 지절가(持節歌)로 문득 의미 변환이 일어난다.

순국어로 된 1연은 민요의 성격이 짙은 반면, 2연은 한시다운 성격을 강하게 내포해 있다. 이 2연의 첫 행 "경경(耿耿) 고침샹(孤枕上)에 어느 ᄌᆞ미 오리오"는 5언시 두 구(句)를 풀어놓은 양하고, "셔창(西窓)을 여러ᄒᆞ니 도화(桃花)ㅣ 발(發)ᄒᆞ두다" 및 "도화는 시름업서 쇼츈풍(笑春風)ᄒᆞᄂᆞ다 쇼츈풍ᄒᆞᄂᆞ다" 역시 칠언시 두 개 구를 번역해 놓은 듯한 느낌이다. 총괄해서 보면 오·칠언 혼용의 장단구(長短句)에 대한 역사(譯詞)임을 방불케 한다. 장단구란 한 편의 시에서 자수가 많은 구절과 적은 구절을 섞어서 지은 시로, 당나라 이후 오대(五代)를 거쳐 송나라에서 크게 성행한 양식이다. 이제 여기 2연을 돌려 한시 형태로 부드럽게 재현할 수 있는바, 저자가 임의 시역(試譯)해 보인다.

耿耿孤枕上 / 豈期何眠哉
倏排西窓桃花發 / 桃花無憾笑春風

　　한편, 의외의 사실로서 '만전춘'으로 표제 삼은 음악이 한갓 고려속요 〈만전춘〉에만 유일한 것이 아니었다. 『세종실록』(권146)과 『대악후보(大樂後譜)』(권5), 『경국대전』(권3)에도 〈만전춘〉으로 제목이 표기된 악보(樂譜)가 보전돼 있다. 그러매 이 문제부터 짚고 넘어가야 할 것 같다. 고려의 '만전춘'은 남녀상열지사로서 지탄을 받은 속악인데 반해, 조선의 '만전춘'은 아예 조선의 궁중 악곡으로 채용된 아악인 것이니 그 상치(相馳)가 이만저만하지 않다. 다른 이름 얼마든지 쓸 수 있는데 왜 하필 이미 비속한 상열지사라면서 낮춰 본 선조(先朝)의 별곡 명을 그대로 따서 썼던 것일까? 그렇게 하지 않을 수 없던 어떤 필연적인 이유라도 있었던 것인지 궁금하기 그지없다.

　　이 현상에 대해 크게 두 가지 가정이 가능하다. 먼저 앞에 언급했듯 원래의 '만전춘'이 또한 외설스런 만전춘 가사를 위해 지어진 것이 아닌, 독립된 한 훌륭한 연주용 악곡일 수 있다. 그러면 쾌락에 종사했던 고려 조정이 외설 가사를 연주용 악곡에 넣어 향유했던 그것을 이제 조선의 조정에서도 가져다가 외설 가사 대신 우아한 가사를 입악(入樂)하여 감상했을 가능성이다.

　　이와는 달리, 고려의 뛰어난 곡이 그처럼 야한 작사와 합쳐진 사실에 대해 상없다고 개탄한 조선의 지배층이 고려 당년의 수려한 선율은 고스란히 살린 채 가사만을 전아한 내용으로 얹혀 면모 일신했을 가능성을 생각할 수 있다. 조선 세종

대에 윤회(尹淮, 1380~1436)가 태조의 건국을 성왕(聖王)의 출현에 빗대어 한문 악
장(樂章) 형식으로 지은 〈봉황음(鳳凰吟)〉이 있다. 다름 아닌 고려 〈처용가〉에 있던
원 가사만 뺀 채 여기 가사만 고스란히 〈처용가〉의 악곡에 얹혀서 악명만 그렇게
바꾼 것이다. 같은 방식으로 이 〈봉황음〉 가사를 고려 당년의 외설성 가사와 함께
공연됐던 〈만전춘〉 악보에도 얹혀서 연주하기도 했다. 이로써 고려 당시에 벌써
〈만전춘〉을 감상하기 위한 작사와 작곡이 동시에 이루어졌음을 알만하다. 이런
경우는 조선 초 악장의 다른 군데에서도 발견이 가능하다. 다름 아닌 조선 초의
악장인 〈정동방곡(靖東方曲)〉은 1393년(태조 2) 정도전(鄭道傳)이 이성계를 송도(頌
禱)하여 지은 한시인데, 고려 별곡

인 〈서경별곡〉의 악률(樂律)에 맞
춰 만든 것이다. 이렇게 조선의 왕
실이 고려 별곡의 가사를 상열지사
로서 비하했음에도 그 음곡만은 살
려 쓰고자 노력했던 자취가 발견된
다. 중간에 일부 선율에 대해 약간
의 변주(變奏)조차 없었던 것은 아
니지만, 그렇듯 미련을 버리지 못
했던 이유는 대개 고려악의 빼어난
매력 때문으로 보인다.

더불어, 조선의 왕실이 포기치 못
한 것은 음곡만이 아니었다. 조선『성
종실록』(권219) 성종 19년 8월 갑진
(甲辰)일에 이세좌(李世佐)가 아뢴 내
용을 보면, 〈만전춘〉의 연주가 여

『성종실록』 권219에 실린 고려가요 〈만전춘〉 관련의 기사

전하였는데 이때 기녀들로 하여금 부르게 시켰던 가사는 〈봉황음〉의 그것이 아닌, 비속하고 음란하다고 밀어냈던 원래의 고려 가사인지라 배척함이 마땅하다고 하였다. 이에 성종이 좌우를 둘러보자, 우의정 이극배(李克培)가 응대하되, "맞는 말이긴 하나, 이미 오랜 관행인지라 갑자기 고칠 수 없나이다[此言是也 但積習已久 不可遽革]"고 한 진언(進言)이 저간(這間)의 사정을 명백하게 알려준다.

〈만전춘〉은 6연의 분련체이면서도 각 연의 사이에 후렴구가 없고, 고려가요에 보편적인 3음보 율격도 잘 지켜지지 않고 있다. 게다가, 특히 제2연은 3·4·3·4 / 3·4·3·4 / 3·5·4·3 기본인 시조 형식의 기원으로 보는 논리가 진작부터 개진되어 왔다. 시조의 종장에 해당하는 세 번째 행의 두 번째 음보(音步)가 5음절 이상 돼야 하는 기준에는 못 미쳐 비록 시조와 완합(完合)되지는 않지만 상당히 접근되어 있는 것만큼 사실이기 때문이다.

더하여, 제5연조차도 반복되는 구절을 지우면 3장 6구의 시조를 연상케 하는 모양새에다, 시조에서와 같은 한 행 4음보를 나타내고 있다. 일면, 중복 구절을 그대로 따라 읽어나갈 경우 그것이 흡사 시조를 부연 확대시킨 형태로서의 가사(歌辭)를 연상케 하는 바가 또한 없지 않다.

그 뿐이 아니다. "넉시라도 님을 흔디 녀닛景 너기다니 벼기더시니 뉘러시니잇가"는 저 고려 의종 때의 정서(鄭敍)가 의종을 생각하며 지은 〈정과정곡〉의 "넉시라도 님은 흔디 녀겨라 벼기더시니 뉘러시니잇가" 및, 고려 고종 때의 경기체가인 〈한림별곡(翰林別曲)〉의 "景 긔 엇더ㅎ니잇고"와 대비하여 문득 선겁다 하지 않을 수 없을만큼 관계가 긴밀하다.

혹자는 이렇게 복합성을 띤 〈만전춘〉을 고려의 가장 이른 시기의 것으로 간주하기도 했다. 그러나 〈만전춘〉 가사 일부를 정서가 〈정과정곡〉 지을 때 표절해 쓰고,

이규보 이인로 등 고려의 두터운 문인계층들이 〈한림별곡〉을 창작할 때 〈만전춘〉 3연으로부터 단장취의(斷章取義)했다고 판단하기 어렵다. 2연이 시조와 비금비금한 현상 또한 시대적 추세가 장차 자연발생적으로 시조 형식이 이미 나타났거나 나타날 때가 무르익었다는 징후로 봄이 타당하다. 그럴망정 고려 말의 엄격한 성리유학자들이 처음 시조를 창안해 내어 창작에 임할 때 저속하게 보았던 이 속요 2연의 형식을 높이 여겨 자신들의 엄전한 문예양식에 빌려 썼다는 가정은 암만해도 납득이 버겁기만 하다.

〈만전춘〉의 이 잡양(雜樣) 현상은 역시 민요·시조·한시·경기체가 및 〈정과정곡〉 등 다양한 문예적 적층(積層)을 적극 활용하여 융합(融合)을 기(企)한 결과이다. 이 현란한 채색(彩色)은 다른 고려가요에서 찾기 힘든 본 작품만의 특징이라 해도 과언이 아니다. 고려 궁정이 경년열세(經年閱歲)로 편곡해낸 여러 가요들을 보아왔으나, 이 단계에 이르면 백화난만(百花爛漫)한 전성(全盛)의 때를 지나 바야흐로 단풍도 반나마 이울어 가는 무렵에 접어든 감이 있다. 또는 석양 빛에 과객의 등허리 같은 장면을 연출했다 하겠으니, 속요 바탕의 별곡은 가히 〈만전춘〉에서 손색이 없는 대미(大尾)를 장식했다고 해도 지나치지 않다.

그리하여 이 곡이 나온 시점도 가장 단순한 방식으로 가늠한다고 하면 〈정과정곡〉의 의종(재위 1147~1173) 시절을 넘고, 〈한림별곡〉의 고종(재위 1213~1259) 무렵도 지나, 14세기 초 시조 문예의 첫새벽을 장식한 우탁(禹倬, 1263~1342)·이조년(李兆年, 1269~1343)의 전열(前列) 쯤에서 구할 수 있을 법하다.

景游 金昌龍

평양 원적, 서울 출생, 연세대학교 문과대학 국어국문학과 졸업(1976), 연세대학교 대학원 국어국문학과 문학석사(1979), 연세대학교 대학원 국어국문학과 문학박사(1985), 한성대학교 인문대학장, 학술정보관장, 민족문화연구소장 역임, 한성대학교 크리에이티브인문학부 교수(현재).

저서

『한중가전문학의 연구』(개문사, 1985), 『한국가전문학선』(정음사, 1985), 『우리 옛 문학론』(새문사, 1991), 『한국의 가전문학·상』(태학사, 1997), 『한국의 가전문학·하』(태학사, 1999), 『중국 가전 30선』(태학사, 2000), 『가전문학의 이론』(박이정, 2001), 『고구려 문학을 찾아서』(박이정, 2002), 『한국 옛 문학론』(새문사, 2003), 『가전 산책』(한성대학교출판부, 2004), 『인문학 산책』(한성대학교출판부, 2006), 『가전을 읽는 방식』(제이앤씨, 2006), 『가전문학론』(박이정, 2007), 『교양한문100』(한성대학교출판부, 2008), 『인문학 옛길을 따라』(제이앤씨, 2009), 『고전명작 비교읽기』(한성대학교출판부, 2009), 『우화의 뒷풍경』(박문사, 2010), 『한국노래문학의 의혹과 진실』(태학사, 2010), 『대학한문』(한성대학교출판부, 2011), 『시간은 붙들 길 없으니』(한성대학교출판부, 2012), 『문방열전-중국편』(지식과 교양, 2012), 『우리 이야기문학의 재발견』(태학사, 2012), 『조선의 문방소설』(월인출판사, 2013), 『문방열전-한국편』(보고사, 2013), 『고구려의 시와 노래』(월인출판사, 2013), 『고구려의 설화문학』(보고사, 2014), 『국문학연습』(공저, KNOU출판문화원, 2014), 『한국의 명시가-고대·삼국시대편』(보고사, 2015), 『열녀춘향슈절가라』(한성대학교출판부, 2016), 『한국의 명시가-통일신라편』(보고사, 2016), 『명작한문』(도서출판 역락, 2017)

새로 읽는 고려의 명시가 - 별곡 편
2018년 2월 6일 초판 1쇄 펴냄

지은이 김창룡
펴낸이 김흥국
펴낸곳 도서출판 보고사

책임편집 이순민
표지디자인 오동준

등록 1990년 12월 13일 제6-0429호
주소 경기도 파주시 회동길 337-15 보고사 2층
전화 031-955-9797(대표), 02-922-5120~1(편집), 02-922-2246(영업)
팩스 02-922-6990
메일 kanapub3@naver.com / bogosabooks@naver.com
http://www.bogosabooks.co.kr

ISBN 979-11-5516-757-1 93810
ⓒ 김창룡, 2018

정가 18,000원

본 저서는 한성대학교 교내학술비 지원 과제임.